हिन्द पॉकेट बुक्स

शासक

निकोलो मैकियावेली इटली के राजनयिक एवं राजनैतिक दार्शनिक, संगीतज्ञ, कवि एवं नाटककार थे। मैकियावेली की ख्याति (कुख्याति) उसकी रचना द *प्रिंस* के कारण है जो कि व्यावहारिक राजनीति का महान ग्रन्थ स्वीकार किया जाता है।

वे फ्लोरिडा गणराज्य के नौकरशाह थे। 1498 में गिरोलामो सावोनारोला के निर्वासन और फांसी के बाद मैकियावेली को फ्लोरिडा चांसलेरी का सचिव चुना गया।

लियानार्डो द विंसी की तरह, मैकियावेली पुनर्जागरण के पुरोधा माने जाते हैं।

शासक

लेखक

मैकियावेली

प्रस्तुति

शशि बंधुम

हिन्द पॉकेट बुक्स

पेंगुइन रैंडम हाउस इम्प्रिंट

हिन्द पॉकेट बुक्स

यूएसए | कनाडा | यूके | आयरलैंड | ऑस्ट्रेलिया | सिंगापुर
न्यू ज़ीलैंड | भारत | दक्षिण अफ्रीका | चीन

हिन्द पॉकेट बुक्स, पेंगुइन रैंडम हाउस ग्रुप ऑफ़ कम्पनीज़ का हिस्सा है,
जिसका पता global.penguinrandomhouse.com पर मिलेगा

पेंगुइन रैंडम हाउस इंडिया प्रा. लि.,
चौथी मंजिल, कैपिटल टावर -1, एम जी रोड,
गुड़गांव 122 002, हरियाणा, भारत

पेंगुइन
रैंडम हाउस
इंडिया

प्रथम हिन्दी संस्करण हिन्द पॉकेट बुक्स द्वारा 1986 में प्रकाशित
यह हिन्दी संस्करण हिन्द पॉकेट बुक्स में पेंगुइन रैंडम हाउस द्वारा 2022 में प्रकाशित

10 9 8 7 6 5 4 3 2

इस पुस्तक में व्यक्त विचार लेखक के अपने हैं, जिनका यथासंभव तथ्यात्मक सत्यापन किया गया है, और इस संबंध में प्रकाशक एवं सहयोगी प्रकाशक किसी भी रूप में उत्तरदायी नहीं हैं।

ISBN 9789353492441

मुद्रक : मणिपाल टेक्नॉलजीस् लिमिटेड, भारत

अनुक्रम

समर्पण-पत्र
महिमामय लारेन्जो द' मेदीची की सेवा में

शासक की अनुकम्पा प्राप्त करने के आकांक्षी लोग प्रायः अपनी सर्वाधिक मूल्यवान सम्पत्ति को लेकर, अथवा उसी की विशेष मनभाती वस्तुओं को लेकर स्वयं उसके समक्ष उपस्थित हुआ करते हैं। यही रीति है। अतएव हम देखते हैं कि शासकों को प्रायः घोड़े, शस्त्रास्त्र, जरीदार वस्त्र, मणिमाणिक्य अथवा उनके उच्च पद के अनुकूल ऐसे ही अन्य आभूषण भेंट किए जाते हैं। इस समय मैं, अपने समर्पण के प्रतीक के रूप में कुछ लेकर स्वयं को महामहिम के समक्ष प्रस्तुत करने की आकांक्षा रखता हूं। और मुझे अपनी सम्पत्ति और स्वामित्व के दायरे में ऐसी कोई चीज़ नज़र नहीं आती जो इतनी प्रिय हो, अथवा जिसकी महत्ता मैं महान व्यक्तियों के कृत्यों के बोध के समरूप आंकता होऊं। यह बोध मैंने समकालीन राजनीतिक घटना प्रवाह के साथ दीर्घकालिक परिचय तथा प्राचीन युग के निरन्तर अध्ययन के बल पर प्राप्त किया है। मैंने इन मामलों का बड़े परिश्रम से विवेचन किया है, उनपर लम्बे समय तक सोचा-विचारा है और अब उनका सार-संक्षेप एक छोटी-सी पुस्तक में करने के बाद मैं उसे महामहिम की सेवा में भेज रहा हूं।

यद्यपि मैं जानता हूं कि यह कृति आपके समक्ष प्रस्तुत किये जाने योग्य नहीं है, फिर भी मुझे पूरा विश्वास है कि आप इसे स्वीकार करने की कृपा करेंगे। यह महसूस करते हुए कि मैं आपके समक्ष उस साधन से बढ़कर मूल्यवान कोई चीज़ पेश नहीं कर सकता था, जिसके द्वारा आप थोड़े ही समय में उस सबको पा और समझ सकते हैं, जिसे पाने और समझने के लिए मैंने लम्बे अर्से तक प्रताड़नाएं सही हैं और मुसीबतें उठाई

हैं। मैंने इस कृति को अलंकारों से सजाया नहीं है, मीठी-मीठी बातों से भरा नहीं है, बड़े-बड़े और प्रभावशाली शब्दों अथवा अन्य किसी भी प्रकार के आकर्षणों तथा अलंकारों से, जिनका प्रयोग बहुतेरे लेखक अपनी-अपनी कृतियों को सजाने अथवा उनका वर्णन करने में करते हैं, लादा नहीं है। क्योंकि मेरी महत्त्वाकांक्षा रही है कि या तो मेरी पुस्तक को कोई महत्त्व ही न दिया जाए, अथवा इसमें संकलित विविध वक्तव्यों और इसके कथ्य का गम्भीरता के बल पर मूल्यांकन किया जाए। मैं यह भी आशा करता हूं कि किसी निम्न कोटि के व्यक्ति द्वारा शासकीय व्यवहार के नियमों का लिप्यंकन करने का दुस्साहस धृष्टता नहीं माना जायेगा, क्योंकि मैं समझता हूं कि प्राकृतिक दृश्यों का चित्रांकन करने के इच्छुक व्यक्ति को पर्वतीय सुषमा तथा पठारी इलाकों की प्रकृति का अध्ययन करने के लिए मैदानों में उतरना पड़ता है तथा निचली भूमि का सौन्दर्य निहारने के लिए उच्चतर भूमि पर जाना पड़ता है, उसी प्रकार शासकों की यथार्थ प्रकृति को पूरी तरह समझने के लिए व्यक्ति को सामान्य नागरिक ही होना चाहिए। अतएव, महामहिमामय, मैंने जिस भाव से यह छोटा-सा उपहार आपकी सेवा में भेजा है, उसी भाव से आप इसे स्वीकार करें। यदि आप इसका परिश्रम से अध्ययन करेंगे और इसके विषय में सोचेंगे तो आप इसमें मेरी इस त्वरित आकांक्षा को समझ सकेंगे कि आप इतने महान हों, जितना कि आपको अपने भाग्य और उपलब्धियों के बल पर होना चाहिए और अगर अपने उच्चासन से आप महामहिमामय इन निचले मैदानों की ओर झांकेंगे तो देखेंगे कि मैं अकिंचन किस सीमा तक अकारण भाग्य की महान और निर्मम शत्रुता का शिकार हुआ बैठा हूं।

---

1. लारेन्जो (1492-1519) पिएरो द' मेदीची का बेटा और गियोवानी द' मेदीची (लियो दशम्) का भतीजा था। गियोवानी ने उसे 1516 में उर्बिनो का डयूक बना दिया। उसका बेटा फ्लारेंस का प्रथम डयूक था। ग्यूलियानो द' मेदीची जिसके प्रति सम्भवतः मैकियावेली पहले अपनी कृति 'शासक' समर्पित करना, चाहता था, पिएरो तथा गियोवानी का भाई था और ये दोनों लारेन्जो इल मैग्निफिको के बेटे थे।

निकोलो मैकियावेली

व्यावहारिक राजनीति के आदिगुरु के रूप में भारत में जो प्रतिष्ठा ब्राह्मण कौटिल्य को प्राप्त है, वही स्थान यूरोपीय राजनीतिक दर्शन के क्षेत्र में मैकियावेली को भी प्राप्त है। फ़र्क सिर्फ यही है कि भारत में हम कौटिल्य का नाम आज भी सम्मान के साथ लेते हैं और मैकियावेली राजनीति की हर बुराई का इलज़ाम अपने सिर लेने वाला विवादास्पद मोहरा बन चुका है। शायद इसका कारण भारत देश के एकीकरण में कौटिल्य की सफलता और अपनी व्यावहारिकता के बावजूद मैकियावेली के दर्शन की विफलता है।

मैकॉले ने मैकियावेली की चर्चा करते हुए कहा था—"मुझे सन्देह है कि विश्व साहित्य के इतिहास में आमतौर पर कोई और नाम इतना बेहूदा भी हो सकता है, जितना उस व्यक्ति का नाम, जिसकी अब हम चर्चा करने वाले हैं।..." परम्परागत मान्यताओं के अनुसार 'शासक' ("द' प्रिन्स" अथवा इतालवी भाषा में "इल प्रिन्सीप") शैतान द्वारा प्रेरित कृति है।

भारत तक मैकियावेली की कुख्याति इंग्लैण्ड होकर आई है और इंग्लैण्ड में वह पेरिस से पहुंची थी। फ्रांसवालों की नजर में वह इसलिए बुरा आदमी था कि वे लोग इटली के तत्कालीन शासक कैथेराइन द' मेदीची के प्रति काफी द्वेषभाव रखते थे। 1640 ईस्वी में जब 'शासक' का 'प्रथम अंग्रेजी संस्करण प्रकाशित हुआ था, उस समय तक उसके "चरित्र और चिन्तन की कलुषता" सारे यूरोपीय जनमानस पर छा चुकी थी। यूरोपीय साहित्यकार अपने त्रासद नाटकों तथा अन्य कृतियों की रोमांचकारी पष्ठभूमि के रूप में मैकियावेली के इटली को प्रस्तुत करते थे। शैतान का पर्यायवाची सम्बोधन 'ओल्ड निक' मैकियावेली का भी पर्याय

बन चुका था और शैतान को मैकियावेली सरीखा कहना उतना ही सहज हो चुका था जितना मैकियावेली को शैतान सरीखा कहना।

धार्मिक विद्वेष से प्रेरित द्वन्द्वों में हर बुरे काम का दोष इसी विचारक के मत्थे मढ़ा जाता था। सच्चाई यह है कि उसने कभी भी कैथोलिक सम्प्रदाय की बुराई नहीं की। हां, वह राज्य-कार्य में पादरियों के हस्तक्षेप का कट्टर विरोधी था। यही कारण है कि पोप के साम्राज्य के विरुद्ध की गई उसकी टिप्पणियां अनेकों सुधार-विरोधी कैथोलिकों को सालती रहीं। इसके विपरीत प्रोटेस्टैण्ट सम्प्रदाय के अनुयायी उसे कैथोलिक शासकों का उपदेशक-सलाहकार मानते थे और ये कैथोलिक शासक सन्त बार्तोलोमिऊ दिवस के भयावह हत्याकाण्ड के लिए उत्तरदायी थे। इतने परस्पर-विरोधी भावों को जगाने वाला व्यक्तित्व यदि समय के धुंध और कुहरे में छिपकर एक कल्पनारंजित किम्वदन्ती का रूप धारण कर ले तो क्या आश्चर्य ?

'शासक' के सन्दर्भहीन उद्धरण इस कृति के लेखक की कुटिलता और नीचता के प्रमाण माने जाते हैं। इस कृति की यही निराधार बदनामी इसके रचयिता के जीवन एवं सत्य को निरन्तर विकृत करती चली जाती है। शुरू में इस रचना का स्वागत लगभग उपेक्षा के साथ किया गया था। धीरे-धीरे जब इसकी प्रसिद्धि हुई और इसका मुद्रित संस्करण लोगों के हाथों में आया, तो धर्मगुरुओं ने इसके विरुद्ध हाहाकार मचाया। और यहीं से आक्षेप और कटूक्ति के युग का सूत्रपात हो गया।

बाद में कुछ लोगों ने मैकियावेली के प्रति सदाशयता से प्रेरित होकर इस कृति में किसी गुह्य अर्थ के निहित होने की भ्रान्त धारणा को लेकर 'शासक' की पैरवी करनी शुरू की। आलोचकों, समीक्षकों ने एक बार मैकियावेली के व्यक्तित्व पर दृष्टिपात किया और एक झक्की लफंगे का चमत्कारिक चरित्र-चित्रण कर डाला।

यह कृति आज भी बदनाम है, अंशतः मैकियावेली की परम्परा-विरोधी धारणाओं के कारण और अंशतः इसलिए कि इसको उतनी बार पढ़ा नहीं जाता, जितनी बार इसे उद्धृत किया जाता है। इसकी इस बदनामी का एक कारण यह भी है कि अधिकांश लोग इसका मूल्यांकन एक समसामयिक सन्दर्भ की पूर्ति के लिए लिखी गई दस्तावेजी कृति के रूप में नहीं, निरपेक्ष

दृष्टि से लिखे गए राजनीतिक दर्शन के एक ग्रन्थ के ही रूप में करते हैं।

उल्लिखित वक्तव्य से एक गलतफ़हमी हो सकती है। 'शासक' मात्र किसी पत्रकार द्वारा किया गया तथ्य संकलन अथवा सामयिक टिप्पणी नहीं है, यद्यपि इसे समझने के लिए तत्कालीन इतिहास का काफी ज्ञान अपेक्षित है। किम्वदन्ती के धुंधलके को लांघकर मैकियावेली के इटली का पर्यवेक्षण किए बगैर, उस युग की मनःस्थिति को समझे बिना, 'शासक' की सार्थकता को न तो समझा जा सकता है और न ही उसकी पैरवी की जा सकती है।

यह कृति एक आशावादी व्यक्ति की वैयक्तिक एवं राष्ट्रीय त्रासद अनुभूतियों का परिणाम है। मैकियावेली के जीवनकाल में इटली बराबर बर्बर युद्धों से त्रस्त रहा। इस विचारक तथा जन सामान्य के मतानुसार भी, तत्कालीन इतालवी रियासतें प्रतिद्वन्द्वी विदेशी शक्तियों की चक्की में पिसकर रह गई थीं। इटली की यह स्थिति, मौर्य शासकों के उद्भव तथा महामन्त्री कौटिल्य की प्रतिष्ठा से पूर्व के भारत की राजनीतिक स्थिति का ही प्रतिबिम्ब थी।

मैकियावेली की युवावस्था में इस देश में काफी स्थिरता थी। जिस वर्ष, 1469 में उसका जन्म हुआ, उसी वर्ष फ्लारेंस के प्रभावशाली शासक के रूप में लारेन्जो द' मेदीची का उद्भव हुआ था। यद्यपि उन दिनों इटली असंख्य छोटी-बड़ी रियासतों में बंटा हुआ था, फिर भी मेदीची की कूटनीति देशभर में शान्ति बनाए हुए थी। यों पूरे इटली पर पांच प्रमुख शक्तियों का अधिकार था और इनमें से प्रत्येक का क्षेत्रीय विस्तार काफी था। ये पांच शक्तियां थीं—स्वयं फ्लारेंस, वेनिस, मीलान, नेपल्स तथा पोप।

ईस्वी सन् 1492 में लारेन्जो की मृत्यु हो गई। 1494 में शाह चार्ल्स अष्टम् ने नेपल्स की राजगद्दी पर अपना दावा जताने के लिए सेना लेकर इटली पर कूच का डंका बजा दिया। इटली के बुरे दिनों की शुरुआत का यही वर्ष माना जांता है। चार्ल्स के उत्तराधिकारी लुई बारहवें ने अरागान के फर्डिनैण्ड के साथ सौदेबाजी करके नेपल्स के विभाजन का फ़ैसला किया और स्पेन की शक्ति को भी सत्ता-संघर्ष के इस अखाड़े में खींच लिया। स्पेन वाले कुछ ही वर्षों में सारे दक्षिण के मालिक बन बैठे।

सोलहवीं शताब्दी के प्रथम चरण में इतालवी शासक एक आक्रान्ता को दूसरे से भिड़ाकर अपने बचाव का प्रयास करते रहे। मगर वे लोग आपस में कभी भी आवश्यक एकता बनाकर नहीं रख सके। (चन्द्रगुप्त मौर्य के उद्भव से पहले का भारत क्या इससे कुछ भिन्न था ? अथवा ब्रिटिश सौदागरों के युग का भारत भी क्या इससे कुछ अलग था ? और क्या आज का भारत इससे कोई बेहतर तस्वीर पेश करता है ?) ईस्वी सन् 1527 में मैकियावेली की मृत्यु हुई। उस समय तक इटली की नपुंसकता अपने चरम बिन्दु पर पहुंच चुकी थी। उसी वर्ष रोम को विद्रोही साम्राज्यवादी सैनिकों द्वारा लूटा और जलाया गया। अन्ततः इटली स्पेन के शिकंजे में आ गया। मीलान, नेपल्स और सिसिली पर स्पेन का सीधा शासन था। फ्लारेन्स उसी के संरक्षण में था और प्रायद्वीप में सैनिक छावनियों के माध्यम से स्पेन के शासक ही राज्य कर रहे थे।

इन कुछेक वर्षों के दौरान इटली की दुर्गति से, राष्ट्र द्वारा सहे जा रहे अपमान और लांछना से, मेकियावेली मन ही मन बहुत दुखी था ; लेकिन इतालवी तथा विदेशी, मेकियावेली की भाषा में, बर्बर लोगों के बीच की विभाजन रेखा की चेतना थी, फिर भी इटली के प्रति उसकी धारणा राष्ट्रीय नहीं, जातिगत एवं सांस्कृतिक थी। वह शायद वेनिस और नेपल्स को इटली का अनिवार्य अंग नहीं मानता था।

मेकियावेली का 'राष्ट्र' फ्लारेन्स था। उसकी राष्ट्र-भक्ति इस नगर राज्य तक ही सीमित थी। फ्लारेन्स में कभी किसी प्रकार की सरकार रही हो, उसने एकाग्रचित्त होकर समर्पित भाव से इसी राज्य की सेवा की। यह उसका दुर्भाग्य ही था कि जब वह प्रौढ़ हुआ, तब तक एक स्वतन्त्र राज्य के रूप में फ्लारेन्स के दिन लद चुके थे।

निरन्तर आक्रमणों की श्रृंखला ने फ्लारेन्स को कमज़ोर करके स्पेन का आश्रित बना दिया। 1494 में जब फ्रांस ने हमला किया, तो लारेन्सो के बेटे को पसीना आ गया। आतंक के मारे इस पियरो द'मेदीची ने चार्ल्स के साथ सौदेबाज़ी शुरू कर दी। इस क्षुद्र हृदय शासक को नागरिकों ने उसकी अनुपस्थिति में ही देशद्रोही घोषित कर दिया। पियरो के निष्कासन तथा चार्ल्स के रोम अभियान के बाद फ्लारेन्स में एक बार फिर लोकतन्त्र

की स्थापना हुई।

प्रारम्भ में फ्रांसीसियों के प्रभाव के कारण और फिर व्यापार तथा दूरदर्शिता के लिहाज़ से, फ्लारेन्स फ्रांसीसियों के साथ मैत्री सम्बन्ध बनाए रहा ; लेकिन इसका कोई लाभ इस राज्य को नहीं हुआ। फ्रांसीसियों ने पहले फ्लारेन्स द्वारा शासित नगर राज्य पीसा को स्वतन्त्र राज्य बनने में मदद दी। यहीं से फ्लारेन्स वालों पर पीसा को फिर से प्राप्त करने तथा परोक्ष रूप से मैकियावेली पर फ्लारेन्स के लिए एक कुशल और समर्थ नागरिक सेना खड़ी करने की सनक सवार हुई।

फ्रांसीसी शासक फ्लारेन्स से धन तो बटोरते रहे, मगर बदले में इस राज्य को उन्होंने कुछ भी नहीं दिया। इस लोकतन्त्री सरकार पर पहले सवोनारोला का और बाद में मैकियावेली के मित्र सोदेरिनी का प्रभाव रहा ; लेकिन यह सरकार ईस्वी सन 1512 तक ही चली। इसके बाद वेनिस, स्पेन के फर्डिनैण्ड तथा पोप जूलियस द्वितीय के पवित्र संगठन ने बलात् मेदीची परिवार को गद्दी पर बैठाया और लुई द्वारा विजित लगभग तमाम इतालवी प्रदेश उससे छीन लिये।

मेदीची परिवार के सदस्यों, लिओ दशम तथा क्लीमेन्त सप्तम का पोप के रूप में उद्भव होने पर फ्लारेन्स पोप-साम्राज्य के विस्तार की नीति का अनुयायी हो गया। 1527 में एक अन्तराल आया। जब रोम में हुई लूटमार का समाचार यहां पहुंचा तो पोप क्लीमेन्त के प्रतिनिधि के शासन के विरुद्ध विद्रोह हुआ और एक बार फिर फ्लारेन्स में लोकतन्त्र की स्थापना हुई ; लेकिन तीन ही वर्ष बाद सम्राट चार्ल्स पंचम की सेनाओं ने फ्लारेन्स को एक बार फिर मेदीची परिवार के हवाले कर दिया। यह परिवार वहां लगभग दो सौ वर्षों तक जमा रहा यद्यपि मान्यता के स्तर पर ये लोग शीघ्र निरस्तित्व होते चले गये।

अपने समय के राजनीतिक जीवन से घनिष्ठतम स्तर पर मैकियावेली का सम्बन्ध अवश्य ही था। उसके पिता एक सामान्य किन्तु पुरातन प्रतिष्ठित परिवार के सदस्य एवं फ्लारेन्स में एक वकील थे। उसका कैशोर्य और यौवन फ्लारेन्स की संस्कृति के स्वर्ण युग में बीता। जब फ्रांसीसी सेनाएं निर्विरोध नगर में घुस आईं, उस समय तक मैकियावेली एक अज्ञात

युवक था। उसके साहित्यिक समकालीनों को उसका पता नहीं था और उस समय तक शायद उसने कभी कुछ लिखा भी नहीं था।

पन्द्रहवीं शताब्दी के अन्तिम चरण की घटनाओं का उसके मन पर गहरा प्रभाव पड़ा था। उसने मेदीची-परिवार का प्रभाव देखा और महसूस किया कि प्रजा की सद्भावना पर निर्भर न रहने वाला कोई भी शासन अधिक दिनों तक टिका नहीं रह सकता। उसने फ्लारेन्स में विभिन्न गुटों की आपसी प्रतिद्वन्द्विताओं को, सवोनारोला के प्रभाव के युग में देखा और देश की आन्तरिक एकता के बल पर खड़ी हुई एक शक्तिशाली सरकार की ज़रूरत महसूस की। शीघ्र ही उसे और भी निकट से राजनीतिक समस्याओं से उलझना पड़ गया।

फ्लारेंस के लोगों में एक बड़ी बुद्धिमत्तापूर्ण परम्परा थी। वहां लेखकों और साहित्यकारों को सरकारी नौकरी दी जाती थी ; यद्यपि इस नौकरी में वेतन बहुत कम मिलता था। मैकियावेली द्वारा आजीवन भोगी गई दरिद्रता इसका प्रमाण है। लगभग तीस वर्ष की उम्र में 1498 में उसकी नियुक्ति सचिव और द्वितीय श्रेणी के मन्त्री के रूप में हुई। नागरिक सेवाओं में यह पद काफी ऊंचा माना जाता था। उसका काम सरकार की कार्यकारिणी समितियों को सलाह देने का था।

इस पद पर रहकर प्रायः वह कूटनीतिक दायित्वों का निर्वाह करता रहा। प्रशासनिक तथा सैनिक पदों पर भी उसने काम किया। मैकियावेली 14 वर्ष तक सरकारी नौकरी करता रहा। 1512 में लोकतन्त्री शासन के पतन के साथ ही उसके भी कार्यकारी जीवन का अन्त हो गया।*

सोदेरिनी उसे बहुत पसन्द करता था और उससे ढेरों काम लेता था। इसीलिए मैकियावेली से ईर्ष्या करने वाले शत्रु बहुतेरे थे। स्पेन, फ्रांस तथा साम्राज्य की सैनिक और राजनीतिक गतिविधियों का काफी गहरा और त्वरित प्रभाव फ्लारेन्स-वासियों के स्वास्थ्य पर पड़ता था। अतएव वहां का लोकतन्त्री सरकार निरन्तर कुटनीतिक आदान-प्रदान में उलझी

---

* मैकियावेली के कार्यकारी जीवन का यह ब्यौरा डॉक्टर डब्ल्यू० सबिन्स्टाइन द्वारा लिखित 'इटालियन स्टडीज फार 1956' (हेफर एण्ड सन्ज, कैम्ब्रिज) पर आधारित है।

रहती थी। स्फ़ोर्ज़ा एक छोटा-सा राज्य था, जिसका फ्लारेंस के लिए बहुत अधिक सैनिक महत्व था। 1499 में मैकियावेली को कैटेरिना स्फ़ोर्ज़ा जाना पड़ा। पीसा के विरुद्ध युद्ध जारी रखने के लिए शर्तें तय करने का काम लेकर ईस्वी सन् 1500 में वह फ्रांस गया और सम्राट लुई से मिला। सीज़र बोर्गिया की बढ़ती हुई महत्वाकांक्षा से चिन्तित अपने राज्य का सन्देश लेकर उसके पास गया। नये पोप के चुनाव और नीतियों की घोषणा का व्यक्तिगत अनुभव प्राप्त करने के लिए 1503 में उसे रोम जाना पड़ा। चर्च के खोये हुए साम्राज्य को फिर से जीतने के लिए फ्लारेन्स से मांगी गयी सैनिक सहायता के मुद्दे को लेकर बातचीत करने के लिए 1506 में वह नेपी में पोप जूलियस द्वितीय से मिला और 1507 में जब मैक्सि मिलियन ने रोम में अपने राजतिलक के अवसर पर होने वाले समारोह के लिए फ्लारेन्स वालों से खर्च मांगा तो इस धनराशि की मात्रा तय करने के लिए मैकियावेली मैक्सि मिलियन से भी मिलने गया।

मैकियावेली कोई असाधारण रूप से सफल कूटनीतिज्ञ रहा हो, ऐसी बात नहीं है। यद्यपि वह अपने युग के सर्वाधिक महत्त्वपूर्ण व्यक्तियों से मिलता रहा। उनसे की जाने वाली बातचीत में कभी भी निर्णायक की सत्ता लेकर वह शामिल नहीं हुआ ; लेकिन फिर भी वह कूटनीतिज्ञ की हैसियत से जी भर कर घूमा और आंख-कान खुले रखकर तमाम जानकारी बटोरता रहा। इस काल में उसने अपने उच्चाधिकारियों को जो पत्र लिखे या जो प्रतिवेदन भेजे, वे ऐसी असंख्य दूरदर्शितापूर्ण टिप्पणियों से भरे पड़े हैं, जो आगे चलकर उसकी महत्त्वपूर्ण कृतियों का आधार बनीं।

जिन राज्यों की यात्रा पर वह जाता था, उनकी राजनीतिक अवस्था के मूलाधार को खोज निकालने की उसमें असाधारण क्षमता थी। इसके लिए सामान्य नुक्तों की बड़ी सजगता से जांच करनी पड़ती थी और इसी जांच के आधार पर वह सार्वकालिक और सार्वलौकिक सिद्धान्तों का निर्माण करता था। इसी युग में उसके सिर पर यह सनक सवार हुई कि फ्लारेन्स को भाड़े के सैनिकों की शूरवीरता अथवा अस्थिर चित्त मित्र राष्ट्रों की अनिश्चित सैनिक सहायता पर निर्भर रहने के बजाए अपनी नागरिक सेना का गठन करना चाहिए।

लेकिन इस मुद्दे पर भी भाग्य ने उसका साथ नहीं दिया। 1505 में सोदेरिनी ने मैकियावेली को नागरिक सेना-सम्बन्धी अपनी योजनाओं को क्रियान्वित करने का निर्देश दिया। वह फ्लारेन्स द्वारा शासित प्रदेशों में घूम-घूमकर सैनिकों की भरती की अथक चेष्टा करता रहा। 1507 के प्रारम्भ में एक अध्यादेश जारी करके नागरिक सेना के नवरत्नों की नियुक्ति की गई। इस समिति का अध्यक्ष उसी को तैनात किया गया ; लेकिन मैकियावेली के सिपाही पीसा के विरुद्ध युद्ध में अपने करतब नहीं दिखा सके और 1512 में स्पेन वालों से लड़ते हुए बुरी तरह से विफल रहे। यद्यपि दावा यह किया जाता है कि स्पेनी सैनिकों से लड़ते समय फ्लारेन्सवासी सैनिकों के साथ धोखा किया गया था। यों इस नागरिक सेना की पैरवी के लिए तर्क यह भी दिया जा सकता है कि अपने देश की सैनिक और नागरिक गरिमा को जगाने का मैकियावेली का प्रयास 1529-30 में जाकर रंग लाया, जब फ्लारेंस लोकतन्त्र ने सफलतापूर्वक एक दीर्घकालिक सैनिक घेरे का डटकर मुकाबला किया।

मैकियावेली लोकतन्त्र का नहीं, देश का भक्त था। मेदीची के पुनः सत्तारूढ़ होने पर इसे अपदस्थ कर दिया गया। मैकियावेली अब भी राजनीतिक घटना प्रवाह का अवलोकन जिज्ञासु और चमत्कृत दृष्टि से कर रहा था। इस घटना प्रवाह में अपनी भूमिका निभाने के अवसर से उसे निरन्तर वंचित किया जा रहा था। जमाने द्वारा पहुंचाई गई यह असह्य चोट ही भावी पीढ़ियों के लिए वरदान बन गई। वह अपने मन की कटुता को लगातार अपनी कृतियों में उंडेलता रहा। जो सलाह या मार्गदर्शन वह अपने समकालीन शासकों को देना चाहता था, वह उससे कागज काले करता चला गया।

नवम्बर 1512 में उसने बहुत आशान्वित होकर मेदीची को एक पत्र लिखकर शासन को सुधारने की राय दी। मैकियावेली को नज़रबन्द कर दिया गया। कुछेक महीनों बाद उस पर नये शासकों के विरुद्ध षड्यन्त्र रचने का सन्देह किया गया। उसे बन्दी बनाकर भारी यातनाएं दी गईं, लेकिन शीघ्र ही उसे मुक्त कर दिया गया। वह अपने निर्धन पारिवारिक घर में सानकाशियानो में जाकर रहने लगा। वहां से वह फ्लारेन्स की

इमारतों को देख सकता था। वह सोचता रहता था कि इन मीनारों के साये में और महराबों के पीछे क्या हो रहा है? यहीं आवास के दौरान उसकी साहित्यिक गतिविधियों को समृद्धतम दौर गुजरा।

समय-समय पर वह फ्लारेन्स आता रहा। अवकाश ग्रहण करने के कुछ वर्ष बाद उसने ओरिसेलारी उद्यान में होने वाली साहित्यिक गोष्ठियों में भाग लेना शुरू किया। यहां वह अपनी रचनाएं और लेख भी पढ़ा करता था और उसे अपनी कला के पण्डित का-सा सम्मान प्राप्त होता था।

इसी दौर में मेदीची घराने से उसका परिचय कराया गया। सरकारी पद पाने की उसकी आशाएं एक बार फिर जाग उठीं। व्यापारिक महत्त्व के कुछेक काम करने के बाद वह थोड़े समय के लिए फिर सार्वजनिक जीवन में लौटा। वह रोम आया। यहां उसे पोप क्लीमेन्त की ओर से 'फ्लारेन्स का इतिहास' के लेखन के लिए आर्थिक सहायता दी गई। यहां उसने रोमाना में एक नागरिक सेना खड़ी करने के लिए पोप को तैयार करना चाहा। उसकी यह चेष्टा भी विफल रही। पोप ने इस दिशा में कोई व्यावहारिक कदम नहीं उठाया। बहुत कोशिश के बाद अन्ततः उसे फ्लारेन्स के परकोटे की किलेबन्दी की एक परियोजना को पूरा करने का दायित्व सौंपा गया।

दुर्भाग्य से मैकियावेली का सार्वजनिक जीवन में पुनरागमन भी उसके लिए सुखकर सिद्ध नहीं हुआ। जब लोकतन्त्र का फ्लारेन्स में पुनरोदय हुआ, तो उसे मेदीची परिवार का पिट्ठू समझा गया। नये शासकों की नजर में वह सन्दिग्ध व्यक्ति बन गया। अतएव उसकी खुलकर उपेक्षा की गई। इसके कुछ ही समय बाद वह बीमार पड़ गया। उसके उदर में किसी भयंकर रोग ने डेरा डाल दिया था।

ईस्वी सन् 1527 में उसका देहावसान हो गया। उसके पुत्र के कथनानुसार उसकी मृत्यु के समय उसका परिवार बहुत दरिद्रावस्था में था।

मैकियावेली के पारिवारिक जीवन के विषय में हमें बहुत कम जानकारी मिलती है। ईस्वी सन् 1502 में उसने मारिएत्ता कोर्सिनी से विवाह किया था। मारिएत्ता से उसके छः बच्चे हुए। पत्नी उसके प्रति पूर्णतया समर्पित थी ; लेकिन क्योंकि मैकियावेली का मन-प्राण राजनीति में बसा हुआ था, अतएव उसकी भद्रा पत्नी जीवन भर उसकी उपेक्षा की

शिकार बनी रही।

उसके सम्बन्ध में जैसे अनैतिक, अनुशासनहीन जीवन की परिकल्पना की जाती है, वैसा जीवनयापन उसने सचमुच कभी किया होगा, इसमें सभी जानकार लोगों को सन्देह है। एक कुरूपा वेश्या से हुई अपनी किसी मुलाकात का वर्णन करते हुए जो एक पत्न उसने अपने मित्न फ्रांसेस्को वेत्तोरी को लिखा था, वह और कुछ नहीं, मात्न साहित्यिक कल्पना की ही उड़ान मालूम होता है।

निस्सन्देह वह भावातिरेक से ग्रस्त प्राणी था। परम्परागत बदनामी के अनुसार जिस षड्यन्त्रकारी, धूर्त और धैर्यवान ठग का चित्नण किया जाता है, वह यथार्थ मैकियावेली से कहीं मेल नहीं खाता ; लेकिन यदि उकसाये जाने पर वह भावान्दोलन का शिकार हो सकता था—उदाहरणतया कभी अपने ही दुर्भाग्य से और कभी भाड़े के सैनिकों द्वारा की गई कृतघ्नता के कारण—तो भी उसके जीवन क्रम से छोड़ा गया प्रभाव यही है कि वह भीड़ से अलग-थलग रहने वाला, चेहरे पर अपमानजनक, तिरस्कारपूर्ण मुस्कान धारण किए हुए दूर खड़ा रहने वाला दम्भी दर्शक हो सकता है, सामान्य व्यक्ति की कुण्ठाओं तथा वर्जनाओं के नीरस बोझ तले दबने वाला औसत प्राणी नहीं। राजनीतिक जीवन में व्यावहारिक स्तर पर महत्त्वपूर्ण भूमिका निभाने की आकांक्षा के साथ, गर्वीले स्वभाव तथा बौद्धिक अलगाव की पटरी तो बैठ जाती है ; लेकिन सदैव तो ऐसा नहीं होता।

विलारी के शब्दों में युवा मैकियावेली का जीवन वृत्तान्त इस प्रकार है : "मध्यम कद, इकहरा शरीर, चमकती हुई आंखें, काले बाल, काफी छोटा-सा सिर, शुक-नासिका और कसे हुए से होंठ। उसके पूरे व्यक्तित्व से जाहिर होता था कि वह बड़ी पैनी नजर से हर वस्तु और घटना का निरीक्षण करता है और बड़ी गहराई से सोचता है ; लेकिन इसी व्यक्तित्व से यह प्रभाव भी पैदा होता था कि यह व्यक्ति दूसरों पर कुछ अधिक प्रभाव या दबदबा नहीं रखता—न ही रख पाता। निरन्तर उसकी मुख मुद्रा पर जो व्यंग्य की, विद्रूप की छाया बनी रहती थी, उससे वह छुटकारा नहीं पा सकता था। उसकी आंखों में इसकी झलक मिलती थी। इसी से

लगता था कि यह व्यक्ति बड़ी निर्ममता से, बड़े निरपेक्ष भाव से किसी भी स्थिति का मूल्यांकन कर सकता है। इसके बावजूद उसका जीवन और व्यक्तित्व प्रायः उसकी अपनी प्रबल कल्पना शक्ति के द्वारा शासित रहता था। कभी-कभी तो उसकी यह कल्पना शक्ति इस हद तक उस पर छा जाती थी कि वह अतिकल्पनाशील और अकल्पनीय कोटि का भविष्य द्रष्टा नजर आने लगता था।"

वह कठोर परिश्रमी प्राणी भी था। जिस लोकतन्त्र की सेवा उसने अकथनीय परिश्रम से की थी, वह उस समय ध्वस्त हुआ, जब मैकियावेली 40 वर्ष का था। इसके बाद के जबरदस्त बेकारी के जमाने में उसने कई पुस्तकें लिखीं : और इन पुस्तकों के बल पर वह इतालवी गद्य के आद्य गुरुओं में गिना जा सकता है। ये पुस्तकें थीं—'शासक', 'लिवी विषय का वक्तव्य' (उसका वास्तविक राजनीतिक दर्शन) ; 'युद्ध की कला', 'फ्लारेंस का इतिहास', शोध ग्रन्थ 'भाषा-सम्बन्धी बातचीत', गलत मूल्यांकन के शिकार कुछ नाटक 'मान्द्रागोला' और 'क्लीजिया' और इसके अतिरिक्त भी गद्य एवं पद्य में लिखित अनेक रचनाएं।

आज सामान्यतया यह कहा और समझा जा सकता है कि उसकी मेधा और व्यक्तित्व का प्रतिनिधित्व करने का असाधारण दायित्व 'शासक' पर डालकर समीक्षकों-आलोचकों ने उसके साथ घोर अन्याय किया है ; वर्ना उसका बुद्धि-चापल्य और उसकी अभिव्यंजना, उसका पाण्डित्य एवं उसकी पैठ बहुत गहरी थी, फिर भी उसके विषय में कोई भी निर्णय देने के लिए 'शासक' को आधार बना लेना अनुचित नहीं है, क्योंकि यह कृति उसकी सर्वश्रेष्ठ रचना है और उसके सारे राजनीतिक चिन्तन का सार इसी में निहित है।

आज भी यह कृति लोगों की भावनाओं को भड़काती है और विवाद का विषय बनी हुई है। इसका कार्य, इस के लेखन का उद्देश्य, इसके लेखन की तिथि, इसका अन्तिम अध्याय और यह मुद्दा भी कि पहले-पहल यह कृति अपने प्रारंभिक समर्पण के साथ प्रकाशित हुई थी या उसके बिना—ये ऐसे मामले हैं जिन पर आज भी कोई अन्तिम और अकाट्य निर्णय नहीं दिया जा सकता।

मैकियावेली की धारणा थी कि 'शासक' के प्रकाशन के लिए क्षमायाचना की, अथवा कोई सफाई देने की कुछ विशेष आवश्यकता नहीं है। 10 दिसम्बर, 1513 को फ्रांसेस्को वेत्तोरी के नाम लिखे गए अपने एक पत्र में उसने पुस्तक के उद्भव और उसके कथ्य-विस्तार का इतना विस्तृत ब्यौरा दिया है कि उसके आधार पर कम-से-कम कुछेक अतिरंजित धारणाओं का खण्डन निश्चय ही किया जा सकता है।

लगभग व्यंग्य और पश्चात्ताप की भाषा में यह पत्र फ्लारेन्स से दूर रहकर बिताए गए उसके जीवन की कहानी कहता है, जो इस प्रकार है : वह सूर्योदय के साथ ही उठ जाता है और यह देखने जाता है कि उसके लकड़हारे उसके लिए कैसे अपना काम पूरा करते हैं ; वह कभी दान्ते को पढ़ने के लिए इधर-उधर भटकता है, कभी पेत्रार्क, ओविद, तिबुलस आदि को एकाकी बैठकर पढ़ता तथा अपनी प्रेम-कहानियों को दुहराता, बार-बार जीता है। कभी-कभी वह राह में आते-जाते किसी राहगीर के साथ बतियाता हुआ शराब घर चला जाता है। उदासी और चिन्तन में मग्न सस्ते किस्म का खाना खाता है, फिर सराय में जा पहुंचता है और चौपड़ अथवा ताश खेलते हुए, स्थानीय व्यापारियों के साथ मन बहलाते हुए अपना समय काटता है।

लेकिन फिर शाम हो जाती है। मैकियावेली घर लौटता है और अपने अध्ययन कक्ष में जाकर आसन जमा लेता है। अपने चिकने कपड़े उतार दरबारी वेशभूषा पहनकर और कल्पना के घोड़े पर सवार होकर ऐतिहासिक राजदरबारों में प्रविष्ट होता है और इतिहास के प्रसिद्धतम तथा महानतम व्यक्तियों के साथ दोस्ताना ढंग से बातचीत करता है। वह राजनीति के सम्बन्ध में बातचीत करता है। उसका जन्म ही इसीलिए हुआ था। वह इन महान शासकों से उनके द्वारा अपनाई गई विशिष्ट नीतियों के कारण पूछता है, और वे उसे स्पष्ट रूप से सारी बातें बताते हैं।

एक बार उसने बातचीत के दौरान कहा था, "मैंने 'रियासतों के बारे में एक छोटी-सी पुस्तक लिखी है। इसमें मैंने जितनी गहराई से हो सकता है, इस विषय पर विचार किया है। मैंने इसमें चर्चा की

है कि रियासत क्या होती है, कितने प्रकार की रियासतें होती हैं, उन्हें कैसे प्राप्त किया जाता है, कैसे उन पर अपना नियन्त्रण बनाए रखा जा सकता है, उनसे हाथ क्यों धोने पड़ते हैं ? और अगर मेरे लेखन का कोई अंश पढ़कर आपको कभी खुशी हो तो इसका आपको बुरा नहीं मानना चाहिए और इस कृति का तो शासक को, विशेषकर नये शासक को स्वागत करना चाहिए। इसीलिए मैंने इसका समर्पण महिमामय ग्यूलियानो के नाम किया है... ।"

आज भी यह व्यापक धारणा है कि मैकियावेली की 'छोटी-सी पुस्तक' रियासतों के बारे में लिखी गई। 'शासक'—उसके 'लिवी विषयक वक्तव्य' का कुछ हिस्सा लिख लिए जाने के बाद शुरू की गई थी। इसका लेखन जुलाई 1513 में शुरू हुआ और 1514 में समाप्त। 'शासक' में प्रतिपादित सभी सिद्धान्तों तथा उसमें वर्णित सभी घटनाओं को अधिक विस्तार के साथ 'लिवी विषयक वक्तव्य' में पढ़ा जा सकता है।

लेकिन दोनों कृतियों के बीच पृष्ठभूमि और दृश्यांकन का चमत्कारिक अन्तर है। 'वक्तव्य में भावातिरेक की कमी नहीं है; लेकिन उसमें हर विषय पर ब्यौरे से चर्चा की गयी है। उसमें कही गयी हर बात से एक समर्पित लोकतन्त्री विचारक बाहर झांकता नजर आता है और यही लोकतन्त्र की गन्ध उसके अपने तत्कालीन जीवन के लिए खतरा दिखाई देती थी। इसके विपरीत 'शासक' के हर पृष्ठ से एक निरंकुश शासक मस्ती में झूमता हुआ निकलता है। यह निरंकुश शासक क्या है, निर्मम, कार्यशील और गतिवान, अविनीत है। वह सोलहवीं शताब्दी के नये राजाओं का साहित्यिक पूर्वज ही लगता है।

मैकियावेली को 'वक्तव्य' की उदार चेतना से इस राक्षसीवृत्ति वाले 'शासक' की ओर क्यों मुड़ना पड़ा ? इस प्रश्न का मूलाधार यही मान्यता है कि 'शासक' के लेखन से पूर्व 'वक्तव्य' की शुरुआत की जा चुकी थी। डॉक्टर हैन्स बैरन इस बात से सहमत हैं। वे दोनों पुस्तकों के बीच बदलते हुए चिन्तन प्रवाह को मैकियावेली के मानस के स्वाभाविक विकास का प्रतिबिम्बन मानते हैं।

निश्चय ही फिर से सरकारी नौकरी पा जाने की आशा और आकांक्षा

का इसमें काफी हाथ था। पुस्तक के ''ग्यूलियानो द' मेदीची' (और बाद में लारेन्जो द' मेदीची) के नाम किये गये समर्पण से उसकी अवसरवादिता-भर ही नहीं झलकती है, चाहे मैकियावेली सरकारी नौकरी पाने के लिए बेहद उत्सुक रहा हो। उसके पास ऐसा सोचने का कोई कारण ही नहीं था कि ग्यूलियानो तथा लारेन्जो इतिहास-सिद्ध प्रख्यात एवं महान व्यक्ति सिद्ध नहीं होंगे कि उनके द्वारा अकाट्य निर्णय शक्ति एवं प्रबलता से काम किये जाने की और निरन्तर फूट एवं विदेशी सत्ता के शिकार इटली का उद्धार करने की 'शासक' में व्यक्त की गयी आशा पूरी नहीं होगी।

वस्तुत : सर्वोत्तम कोटि के नये शासक का मैकियावेली द्वारा किया गया कल्पनाप्रवण चरित्रांकन इतनी ईमानदारी से किया गया है और इतना जीवन्त है कि वह मात्र दासभावना से उद्भूत नहीं हो सकता। जहां कहीं उसने ब्यंग्य-विद्रूप का आश्रय लिया है, अथवा चाटुकारिता की चेष्टा की है, वहीं वह हलका पड़ गया है और निर्वस्त्र हो गया है।

यह भी कहा जा सकता है कि मैकियावेली की मौलिक रुचि राज्य में थी, प्रशासनिक पद्धतियों में नहीं। राज्य की भी उसकी धारणा उस सत्तात्मक इकाई पर आधारित है, जो आत्म निर्भर है, जो अन्य राज्यों से निरन्तर संघर्षरत रहती है और जो इसी कारण निरन्तर शक्ति और सैन्य की खोज में रहती है। उसके द्वारा वर्णित नया शासक राज्य का ही मानवीकृत रूप था। इसी के बहाने मैकियावेली को मेदीची को प्रसन्न करने और उसकी अनुकम्पा प्राप्त करने का अवसर मिला। इसी के माध्यम से उसने प्रभावशाली विदेशनीति की उच्च राजनीतिक चुनौती के विषय में अपनी धारणाओं का नाटकीकरण किया।

मैकियावेली ने इस कृति 'शासक' में विदेशनीति के सम्बन्ध में जो विचार व्यक्त किये हैं, उन्हें जैसे कोई निरंकुश शासक अपने वैदेशिक सम्बन्धों का आधार बना सकता है, वैसे ही किसी लोकतन्त्र की विदेशनीति का आधार भी बनाया जा सकता है और मैकियावेली के निरंकुश शासक को आप अनुत्तरदायी, अत्याचारी, आतंकवादी शासक नहीं कह सकते। वह बार-बार इस बात पर जोर देता है कि शासकों को अपने शासन का आधार जनता की सद्भावना को बनाना चाहिए। यह शासक पौर्वात्य

देशों के किसी प्रजापीड़क, स्वेच्छाचारी शासक-सा निरंकुश नहीं हो सकता। उसे अपनी प्रजा की भावनाओं तथा संवेदनाओं के प्रति निरंतर सजग रहना चाहिए। उसे क्रूरता का मार्ग अपनाने के लिए प्रस्तुत रहना पड़ता है, तो केवल इसलिए कि दूरगामी परिणामों की दृष्टि से कई बार अशक्त और क्रूर सिद्ध होने की अपेक्षा क्रूरता का परिचय देना अधिक दयालुता का प्रमाण होता है।

इसलिए मैकियावेली की इस कृति में यदि कथ्य के स्तर पर कोई विसंगति या विरोधाभास मिलता है—यदि वह एक स्थान पर लोकतन्त्री दृष्टिकोण से और दूसरे स्थान पर निरंकुश शासक के दृष्टिकोण से विवेचन करता हुआ दिखाई देता है, तो इसका यह मतलब नहीं कि कभी वह स्वातन्त्र्य की पैरवी करता है और कभी आतंकवाद की। हमें काल-गणना का भ्रम उत्पन्न करने वाली परस्पर विरोधी धारणाओं, लोकतन्त्र और तानाशाही (टोटलिटेरियनिज्म) के बीच विरोध की धारणाओं को लेकर, उसके उद्देश्यों के प्रति कोई भ्रान्ति अपने सामने पैदा नहीं होने देनी चाहिए। फ्लोरेन्स के लोकतन्त्रवादी तन-मन-प्राण से मेदीची से घृणा करते थे ; लेकिन दोनों ही पक्ष अपने-अपने पथ का अनुसरण कट्टरपंथी ढंग से कर रहे थे। मेदीची लोग जितने कट्टर तानाशाह थे, लोकतन्त्रवादी विचारक सार्वजनिक मताधिकार के उतने ही कट्टर प्रचारक और धारक थे।

मैकियावेली अपने-आप में अधिकार और शक्ति से सम्पन्न राज्य की कल्पना को लेकर सारा चिन्तन कर रहा था। वह चाहता था कि उद्धार की तमाम आशाओं के दायरे से परे तक, सैकड़ों बड़े-छोटे टुकड़ों में बंटे हुए इटली पर समग्रतः अपना अधिकार और नियंत्रण स्थापित करने में समर्थ शासन की स्थापना की जाए। उन दिनों आवश्यकता इस बात की थी कि विदेशी आक्रमण और नियन्त्रण का प्रतिरोध करने का इच्छुक इतालवी शासक निर्ममतापूर्वक अपने कार्य-व्यापार का संचालन करे।

इस व्यावहारिक विचारधारा के साथ ही वह एक राजनीतिक दर्शन का भी प्रतिपादन कर रहा था। यह दर्शन उसकी कोई नितान्त मौलिक उद्‌भावना रही हो, सो बात नहीं। इस दर्शन के अनुसार प्रत्येक

राष्ट्र अनिवार्य रूप से चक्रवत् प्रगति करता है। समृद्धि से विपत्ति की ओर तथा पुनः विपत्ति से समृद्धि की ओर। राष्ट्र अनिवार्य रूप से पथभ्रष्ट होते हैं। उनके मूल्यों और मानदण्डों का पतन होता है; लेकिन जब कभी ऐसा होता है, तब राज्य की महत्ता को बचाया जा सकता है। इस महत्ता की पुर्नस्थापना की जा सकती है। शर्त यह है कि इसका दायित्व कोई ऐसा आदमी ले जो राज्य के संस्थापक जैसा ही महान, पराक्रमी एवं बुद्धिमान व्यक्ति हो।

इटली के पुनरोत्थान का बीड़ा उठाने लायक व्यक्ति की तलाश में मैकियावेली ने पहले तो रोमनों की ओर दृष्टिपात किया। इस दृष्टि से वह अपने युग का विशिष्ट प्रतिनिधि था। उसकी भी यही आस्था थी कि मानव प्रकृति स्थिर रहती है और प्राचीनकाल के लोगों की राजनीतिक एवं कलात्मक गरिमा का आज के युग में कोई मुकाबला नहीं किया जा सकता, न भविष्य में किया जा सकेगा।

राज्य के संस्थापक और विधायक का प्रारूप उसने प्राचीन विश्व के अध्ययन के ही आधार पर तैयार किया था। राज्य के पुनरुत्थान का दायित्व लेने वाले राष्ट्र नायक, तानाशाह आदि की धारणा भी उसके प्राचीनतावादी दृष्टिकोण का ही प्रमाण थो। उसके द्वारा प्रतिपादित तानाशाह आधुनिक जगत का सत्तालोलुप अवसरवादी व्यक्ति नहीं होता, बल्कि एक ऐसा प्रबुद्ध व्यक्ति होता है, जो संकट काल में राष्ट्र की बागडोर सम्हालता है, राष्ट्र के व्यक्तित्व और चरित्र को खण्डित होने से बचाता है और राष्ट्र की खोयी गरिमा को फिर से स्थापित करता है। उसकी कल्पना का तानाशाह कई बार अपने सह-नागरिकों की अनुमति एवं अनुमोदन से भी सत्तारूढ़ होता है, जिससे कि देश में व्यवस्था स्थापित की जा सके तथा राष्ट्रीय शक्ति का पुनरुदय सम्भव हो सके। चाणक्य द्वारा प्रशिक्षित तथा सिंहासनारूढ़ कराया गया चन्द्रगुप्त मौर्य इस परिकल्पना से तनिक भी भिन्न नहीं था। 'अर्थशास्त्र' में प्रतिपादित आदर्श शासक की धारणा मैकियावेली के दम्भी आदर्श से कुछ भिन्न और कुछ बेहतर ही ठहरती है।

मैकियावेली प्रेरणा के लिए अतीत की ओर देखता था ; लेकिन

अपनी धारणाओं को रूप देने के लिए वह विभिन्न व्यक्तियों के राजनीतिक कार्य-व्यवहार के आधार पर सामान्यीकरण की विधि अपनाता था। इस विधि के अन्तर्गत अतीत की तुलना वर्तमान से करनी पड़ती थी और मैकियावेली के युग के विशिष्ट 'आधुनिक शासक' वे लोग थे जो फ्रांसीसी आक्रमणों के कारण कमजोर पड़े राष्ट्रीय समुदायों की भ्रष्ट स्थिति का लाभ उठाकर दूसरों के अधिकारों का हनन करके गद्दी पर बैठे थे।

सीज़र बोर्गिया के चरित्र-चित्रण में मैकियावेली की प्रशासनिक सुधारक की एवं किसी भी कुशल इतालवी सत्तालोलुप तानाशाह के समक्ष प्रस्तुत संभावनाओं की कल्पनाएं मिश्रित थीं। सीज़र द्वारा अपने पिता पोप अलेग्ज़ान्देर की सहायता तथा निर्मम इच्छाशक्ति के बल पर इटली के मध्य अपने लिए एक साम्राज्य खड़ा कर लेने की घटनाएं मैकियावेली को याद थीं। बरसों पहले जब उसे फ्लोरेंस की लोकतंत्री सरकार की ओर से सीज़र के पास भेजा गया था, तब सीज़र उसे एक खतरनाक सम्भावित शत्रु नज़र आया था ; लेकिन इस कृति 'शासक' में वह सीज़र को एक जीवन्त आदर्श के रूप में प्रस्तुत करता है। कोई भी इतालवी शासक जो आधे मन से काम करने और अधूरी कार्यवाहियां करने की आदत नहीं रखता और जो तिनके से झोंपड़ी छवाने का साहस रखता है, मैकियावेली के अनुसार उसे सीज़र को उदाहरण मानकर चलना चाहिए। इस स्तर पर आदर्श प्रस्तुत करने के जोश में मैकियावेली ऐतिहासिक सीज़र को भूल गया है। इस पुस्तक में प्रस्तुत सीज़र इस विचारक के राजनीतिक चिन्तन का जीवन्त रूप है, जिसे वह मेदीची के सामने आदर्श रूप में प्रस्तुत कर रहा है।

'शासक' में व्यक्त मनोवैज्ञानिक पैठ और मानवीय चरित्र का सार्वजनिक जीवन के परिप्रेक्ष्य में किया गया गहन अध्ययन चमत्कारिक है। इस पुस्तक में पैगम्बरों जैसी भविष्यवाणी करने की प्रवृत्ति पायी जाती है। यही नहीं, इस कृति का गद्य भी बड़ा अभिधात्मक, लेकिन भावातिरेक से भरपूर है और मजे की बात यह कि इस कृति में, प्रथम संस्करण से लेकर आज तक पाठक को चौंकाने और झटका देने की असाधारण

क्षमता बनी हुई है। सदैव बनी रहेगी।

मैकियावेली जितना अच्छा कलाकार था, उतना ही अच्छा विश्लेषणकर्ता भी था। अपने विश्लेषण की प्रक्रिया में भी वह चौंकाता और चुटियाता हुआ चलता था। अर्थ की विपरीतता और सामान्यीकरण, दोनों से उसे प्यार था। वह अपनी टिप्पणियों और निष्कर्षों को निरन्तर नाटकीय रूपाकार में प्रस्तुत करता हुआ चलता था। तर्क की अपेक्षा अन्तर्ज्ञान का सहारा वह अधिक लेता था और वांछित प्रभाव उत्पन्न करने के लिए अपने निष्कर्षों को लगातार अतिरंजित करता चला जाता था।

दुस्साहसपूर्ण और वेगपूर्ण वक्तव्यों में उसे एक विशेष प्रकार के रोमांच और पुलक का अनुभव होता था। किसी भी कीमत पर प्रशासन में मुस्तैदी और फुर्ती लाना उसका लक्ष्य था। विदेशी सत्ताओं की सख्त-मिज़ाजी का मुंह तोड़ जवाब तुर्शी से ही देने के लिए उसके द्वारा इतालवी शासकों के प्रति किया गया आह्वान ही शायद वह कारण है, जिसने शताब्दियों से लगातार इस कृति को उदारचेता विचारकों की तीव्र आलोचना का विषय बना रखा है, लेकिन बात सिर्फ इतनी ही नहीं है। जब 'शासक' की अमरता के विषय में सब कुछ कह और सुन लिया जाता है तब भी सवाल यह रह जाता है कि इसमें प्रस्तावित आचारसंहिता का सैद्धान्तिक औचित्य स्वयं-सिद्ध होते हुए भी और अधिकांश शासकों के प्रशासनिक और दैनिक व्यवहार का नियामक आधार होते हुए भी सभी की वितृष्णा का विषय बना हुआ है।

मैकियावेली का दावा था कि वह राजनीति का विवेचन एक नये ढंग से कर रहा है। उसका कहना था कि शासकों की आचारसंहिता के विषय में उसके निष्कर्षों का आधार वायवीय नहीं, बल्कि ऐतिहासिक विश्लेषण होगा। इसी बिन्दु पर आकर 'शासक' पत्रकारिता के स्तर से उठकर और एक समसामयिक सन्दर्भ की पूर्ति के लिए लिखित दस्तावेज के दर्जे से उठकर प्रशासन की कला के सम्बन्ध में लिखी गई एक निबन्ध रचना बन जाता है और उसे एक 'क्लासिक' का सम्मान प्राप्त हो जाता है। उसके द्वारा अपनायी गयी विवेचन पद्धति क्रान्तिकारी और विज्ञान-सम्मत थी अथवा नहीं, इस सवाल का जवाब शायद हम यहां नहीं दे

सकते। यह सच है कि 'राजनीति शास्त्र' के विकास-पथ पर 'शासक' एक मील का पत्थर है।

'शासक' के द्वारा पूंजीभूत तमाम रोमांच और वितृष्णा इस स्पष्ट स्वीकृति से उद्भूत हैं कि व्यवहारतः अपने घोषित-अघोषित लक्ष्यों की पूर्ति के लिए सभी सरकारें, सभी शासक निर्ममता और क्रूरता का व्यवहार करने के लिए प्रस्तुत रहते हैं। मैकियावेली द्वारा प्रतिपादित मानव-सम्बन्धी इस हीनभावना को हम लोग शायद आज उतने जोर से चुनौती नहीं दे सकते, जितने जोर से हमारे पुरखे दिया करते थे। जहां वह वर्णन करने लगता है, वहां वह सिद्धान्तों का कोई प्रश्न ही नहीं उठाता ; लेकिन 'शासक' मैकियावेली-युगीन शासकों के दैनन्दिन व्यवहार पर टिप्पणी से अधिक भी बहुत कुछ है। वह मार्ग दर्शक के रूप में स्वयं को मान्यता दिलाना चाहता था और इसीलिए वह प्रशासन-सम्बन्धी मन्त्रणा दे रहा था।

यद्यपि वह कई बार बात को टालने की भी कोशिश करता था। वह चाहता तो सख्त कार्यवाही के औचित्य और आवश्यकता को सिद्ध भी कर सकता था, फिर भी अन्ततः उसने यही कहा कि राजनीति में किसी भी अच्छाई-बुराई का फैसला उसकी कार्यवाही के यथार्थ उद्देश्य और उसकी सफलता के ही आधार पर किया जा सकता है। इस मुद्दे पर मैकियावेली का चिन्तन आज भी उतने ही तीव्र मतभेद का विषय है, जितना वह शताब्दियों पहले था।

'शासक' की भाषा उतनी आधुनिक नहीं है, जितना उसके कलेवर में बांधा गया चिन्तन। हमने इसे आधुनिक बनाने का कोई विशेष प्रयास भी नहीं किया; लेकिन एक परिवर्तन स्पष्ट दिखाई देगा। इस कृति के इतालवी शीर्षक 'इल प्रिन्सीप' का शाब्दिक अर्थ अंग्रेजी में 'द प्रिन्स' है और इस अंग्रेजी शब्द का अर्थ हम लोग सैकड़ों वर्षों से राजकुमार अथवा युवराज ही पढ़ते आये हैं ; लेकिन शताब्दियों के अध्ययन और विवेचन के दौरान इस कृति में 'प्रिन्सीप' का अर्थ कभी भी 'राजकुमार' नहीं लगाया जा सका। यही कारण है कि अर्थ की स्पष्टता को ध्यान में रखकर इसका हिन्दी पर्याय 'शासक' और 'राजा' शब्दों को बनाया है।

इसी प्रकार से 'प्रिन्सीपैलिटी' शब्द के लिए भी 'राज्य' या 'रियासत' और 'डोमीनियन' के लिए 'विजित प्रदेश' अथवा 'उपनिवेश' जैसे शब्दों का प्रयोग किया।

इस अनुवाद की प्रक्रिया में मैकियावेली की जटिलतम धारणाओं को सीधी और स्पष्ट हिन्दी में रखने की चेष्टा की गई है। इसलिए कई बार वाक्यों की संरचना को भी बदलना पड़ा है। इससे एकरसता को टालने में भी सहायता मिली है।

मैकियावेली की मूलकृति में 'ओनोर' (सम्मान), 'ग्लोरिया' (कीर्त्ति अथवा यश), 'फ़ोर्च्यूना' (भाग्य), 'नेसेसिता' (आवश्यकता), 'विर्चू (ईमानदारी, गुणवत्ता) आदि का बारम्बार प्रयोग हुआ है। मैकियावेली तथा 'रिनेसां' काल के अन्य यूरोपीय लेखकों के लिये ये शब्द चलते सिक्के थे। कई बार इनका प्रयोग बड़ी समझदारी से किया गया है। उदाहरणार्थ आठवें अध्याय में, जहां मैकियावेली ओलिवरोत्तो द्वारा अपने पालक-पिता को छलने और उसकी हत्या करने की घटनाओं का वर्णन करता है, इस शब्द 'ओनोर' (आत्म-सम्मान) का बार-बार प्रयोग हुआ है और इस प्रयोग से इसमें निहित विद्रूप की तीव्रता बढ़ी है।

लेकिन मैं इन्हीं कुछेक शब्दों के आधार पर पूरे निबन्ध की संरचना को एक ख़तरनाक आदत समझता हूं और अनुवाद करते समय हर शब्द के पर्याय के रूप में बार-बार एक ही शब्द का प्रयोग आद्योपान्त करते रहना भी जरूरी नहीं समझता। इससे मूलकृति का सौन्दर्य विरूप होता है।

मैं यह आशा ही कर सकता हूं, दावा नहीं कि पाठक इस अनुवाद में मूल लेखक मैकियावेली के लेखन की, उसके चिन्तन की प्रबल धारा का बल अनुभव कर सकेंगे। इस गद्य में चुस्ती है, तीव्र प्रवाह और सीधे चोट करने की क्षमता भी। इसमें कटु व्यंग्य के लिए भी स्थान है, और अलंकार पूर्ण अभिव्यक्ति के लिए भी।

एक साहित्यिक कृति के रूप में 'शासक' की संरचना प्रायः औपचारिक शैली में की गयी थी। उदाहरणार्थ अध्यायों के शीर्षक लातीनी

भाषा में रखे गये थे।[1] आज इस कृति का दायरा कुछ सिकुड़ा हुआ और कुछ दूरस्थ भी नजर आ सकता है ; लेकिन पाठक को चौंकाने के लिए, चौंकाते चले जाने के लिए इसके चिन्तन का आधुनिक युग में किया जा रहा प्रयोग काफी होगा। इसका लेखक एक प्रबल और जटिल भावावेगों का स्वामी था। उसके कल्पना प्रवण प्रबुद्ध व्यक्तित्व का निर्विवाद आईना यह कृति है।

इस अनुवाद का आधार 'इल प्रिन्सीप' का वह संस्करण है, जो 1929 में फ्लोरेंस में प्रकाशित हुआ था और जिसका सम्पादन सेन्योर मेज़ोन तथा कैसेला ने किया था।

---

1. कृति के भीतर ही निहित प्रमाणों तथा इन लातीनी शीर्षकों का अर्थ साहित्यिक मूल्यांकन करने वालों ने यह लगाया है कि 'शासक' के अधिकांश में मैकियावेली का प्रेरणा सूत्र विरोध और विपरीतार्थ के हाथों में था और बारहवें अध्याय के बाद उसकी प्रेरणा का स्रोत शासक के सम्बन्ध में लिखा गया प्रारम्भिक मानवतावादी साहित्य बन गया था। यह अभिमत 'जर्नल आफ मार्डन हिस्टरी', वर्ष 11, अंक 4 (दिसम्बर 1939) में गिल्बर्ट ने व्यक्त किया था।

1
राज्य के प्रकार और उनकी प्राप्ति के उपाय

आज तक जितने प्रकार के राज्यों, रियासतों अथवा उपनिवेशों के अधीन लोग रहते आये हैं और आज भी रह रहे हैं, वे सब या तो लोकतांत्रिक पद्धति के शासन थे, या फिर किसी राजे-रजवाड़े की निजी संपत्ति। रियासतें कई बार परम्परा से स्थापित राज परिवारों के वंशजों को उत्तराधिकार में मिलती हैं और कई बार एकदम नये शासकों के हाथों में चली जाती हैं। नये हाथों में जाने वाली रियासतों में भी कुछेक के शासक ऐसे व्यक्ति बनते हैं जो पहले कभी शासक नहीं रहे, जैसे मीलान के शासक फ्रांसेस्को स्फोर्ज़ा और कुछेक उत्तराधिकार की परम्परा से पुष्ट रियासतें राज्य के एक नये अंग के रूप में जुड़ जाती हैं, जैसे स्पेन के राजा को मिली नेपल्स की रियासत। इस प्रकार प्राप्त की गयी रियासतें या तो राजतन्त्र के अन्तर्गत रह चुकी होती हैं या लोकतन्त्र की अभ्यस्त होती हैं। उन्हें प्राप्त करने वाला शासक कभी अपने बाहुबल से उनको प्राप्त करता है और कभी दूसरों की सहायता से, कभी भाग्यवश और कभी कौशल से।

2
वंशानुगत राज्य

मैं लोकतांत्रिक शासनों की विशद चर्चा अन्यत्र कर चुका हूं, अतएव उनके विषय में कोई विवेचना मैं यहां नहीं करूंगा। यहां मैं केवल रियासत (अर्थात् निजी सम्पत्ति के रूप में चलने वाले राज्य) का ही विवेचन करना चाहूंगा और उसमें भी उल्लिखित क्रम से ही इन रियासतों के प्रशासन और उन पर शासन बनाये रखने के उपायों की चर्चा करूंगा।

मेरा मत है कि नव प्राप्त रियासतों की अपेक्षा किसी राजपरिवार के शासन की आदी हो चुकी रियासतों पर शासन बनाये रखने में, बहुत कम कठिनाइयों का सामना करना पड़ता है। यहां शासक को यही ध्यान रखना होता है कि वह अपने पूर्वजों द्वारा स्थापित परम्पराओं की उपेक्षा न करे और अपनी नीतियों को अवसरानुकूल ढालता रहे। इस प्रकार यदि वह शासक थोड़ा भी जागरूक और परिश्रमी है, तो वह सदैव अपना शासन बनाये रख सकता है। कोई असाधारण एवं अपरिमित शक्ति ही उसे इस शासन से वंचित कर सकती है। इस प्रकार से वंचित होने पर भी, उस शक्ति के ज़रा कमजोर पड़ते ही, वह फिर से अपने राज्य को जीत सकता है।

उदाहरणार्थ इटली में फराश के ड्यूक को ही ले लीजिए। ईस्वी सन् 84 में वह वेनिस के शासकों के हमले सहता रहा ; 1510 में पोप जूलियस के आक्रमणों को भी वह सह गुजरा। ये दोनों आक्रान्ता उसे अपदस्थ नहीं कर सके, केवल इसीलिए कि उसका शासन काफी समय से स्थापित चला आ रहा था। सच तो यह है कि जन्मजात शासक को आक्रमण करने की इच्छा और आवश्यकता अपेक्षया कम ही होती है इसलिए स्वाभाविक

रूप से उसके प्रति शासितों और पड़ोसी शासकों का स्नेह भाव कुछ अधिक ही बना रहता है। अगर वह अपने असाधारण दुर्गुणों के कारण लोगों की घृणा को भड़काता नहीं है तो जनता सहज ही उसका पक्ष लेती है। उसके शासन की पुरातनता और निरन्तरता की गहराइयों में तमाम परिवर्तनों एवं उनके कारणों की स्मृतियां डूब जाती हैं, क्यों कि हर सफल परिवर्तन किसी आगामी परिवर्तन की स्वीकृति की गुन्जायश छोड़ जाता है दीवार को आगे बढ़ाने के लिए छोड़े गए दांतेदार छेद की तरह।

3
मिश्रित राज्य

लेकिन नयी रियासतों में कठिनाइयां पैदा होती ही हैं। पहली बात, अगर कोई रियासत एकदम नयी न होकर किसी पुराने ही राज्य में जोड़ा गया कोई नया हिस्सा है (जिससे सारा का सारा राज्य, समग्रतः, संकलित रियासत कहलाता है), तो वहां प्रायः एक ही स्वाभाविक कठिनाई के कारण अव्यवस्थाएं पैदा होती हैं और वह कठिनाई हर नये राज्य में पैदा होती है। होता यह है कि लोग बेहतर शासन की आशा लेकर स्वेच्छा से अपना शासक बदल देते हैं। इसी आशा के वशीभूत होकर वे शासक के विरुद्ध शस्त्र उठाते हैं, लेकिन वे अपने-आप को ही धोखा देते हैं। अनुभव से उन्हें पता चलता है कि स्थिति पहले से खराब हो चुकी है। यह विडम्बना भी एक अन्य, सामान्य एवं स्वाभाविक आवश्यकता से खड़ी होती है : शासक उन सभी लोगों को आघात पहुंचाने के लिए बाध्य होता है, जिन्होंने उसे गद्दी पर बैठाया है—वह इन सहायकों को बन्दी बनाता है, और नव प्राप्त विजय को सुदृढ़ करने के लिए उन पर और भी अगणित कठिनाइयां लाद देता है। परिणामस्वरूप रियासत पर अधिकार करने के लिए जिन लोगों के हितों को आप चोट पहुंचाते हैं, वे सब आपका विरोध करते हैं, जिन्होंने आपको सिंहासनारूढ़ कराया है, उन्हीं की मैत्री आपके हाथों से छिन जाती है ; उनकी अपेक्षा के अनुसार आप उन्हें उपकृत नहीं कर सकते, और उनके प्रति कृतज्ञ होने के कारण, उनके विरुद्ध कठोर कार्यवाही भी नहीं कर सकते। किसी शासक की सेना कितनी ही प्रबल क्यों न हो, विजित प्रदेश में प्रविष्ट होने के लिए उसे स्थानीय जनता की

सद्भावना की आवश्यकता तो होती ही है। यही कारण है कि फ्रांस के शहंशाह, बारहवें लुई ने जितनी तेजी से मीलान पर कब्जा किया था, उतनी ही तेजी से वह उसे खो बैठे। पहली बार स्वयं लुदोविको की अपनी ही सेनाएं उसके हाथों से नगर को छीन लेने के लिए काफी थीं, क्योंकि उसके स्वागतार्थ नगर के फाटक खोलने वालों ने जब यह महसूस किया कि उनकी अपनी आशाएं और लाभ की अपेक्षाएं छलना मात्र थीं तो वे नवागत शासक के द्वारा किये गये तिरस्कार को सहन नहीं कर सके।

यह भी निश्चित है कि विद्रोह के बाद पुनर्विजित प्रदेश आसानी से अपने शासक के हाथों से नहीं निकलते। कारण ? पिछले विद्रोह का लाभ उठाकर, अपराधियों और विरोधियों को कुचलने में, सन्दिग्ध व्यक्तियों की जांच-पड़ताल कराने में और अपनी कमजोरियों को दूर करके शासन को सुदृढ़ करने में, शासक पूर्वापेक्षा कम झिझकता है। इस प्रकार से, फ्रांस के हाथों से पहली बार मीलान को निकाल लेने के लिए ड्यूक लुदोविको को केवल सीमान्त पर कुछ छापे मारने पड़े ; लेकिन दूसरी बार फ्रांस का शिकंजा हटाने के लिए पूरे संसार को उसका विरोध करना पड़ा, और उसकी सेनाओं को या तो नष्ट कर दिया गया अथवा इटली से खदेड़ दिया गया। इसके कारणों का विवेचन मैं पहले ही कर चुका हूं। कुछ भी हो, फ्रांस के हाथों से मीलान दोनों ही बार निकल गया।

पहली बार ऐसा क्यों हुआ, इसके कारण हम बता चुके हैं। अब दूसरी बार फ्रांसीसी शासन के हाथों से मीलान के निकल जाने के कारणों की चर्चा बाकी है—और यह भी देखना बाकी है कि इस पराजय के निराकरण के लिए फ्रांस के पास क्या-क्या उपाय थे ; और विजित प्रदेश पर अपने शासन को सुदृढ़ बनाये रखने के लिए इसी परिस्थिति में कोई अन्य शासक क्या-क्या कार्यवाही कर सकता था। मेरी धारणा यह है कि विजय के बाद, विजेता द्वारा लम्बे समय से शासित राज्य के साथ मिलाया जाने वाला प्रदेश, उसी राज्य का एक ही भाषा-भाषी भाग होता है, अथवा स्थिति इसके विपरीत होती है। अगर स्थिति यही हो तो उन पर नियन्त्रण बनाये रखना बहुत आसान होता है, विशेषकर जब कि विजित प्रदेश स्वतन्त्रता का आदी न हो। इन प्रदेशों पर अपना अधिकार सुदृढ़

बनाये रखने के लिए भूतपूर्व शासक का वंशनाश ही काफी होता है। इसके अतिरिक्त यदि जनता की पुरानी जीवन-पद्धतियों से छेड़-छाड़ न की जाय और उसके रीति-रिवाजों को न बदला जाय, तो वह शान्त बनी रहती है। बर्गण्डी, ब्रिटानी, गैस्कनी, और नार्मण्डी के भी मामलों में यही तो हुआ था और ये प्रदेश एक अरसे से फ्रांस के ही साथ चले आ रहे हैं। यद्यपि यहां कुछ भाषागत भेद-भाव हैं, इन प्रदेशों के रीति-रिवाज एक-से हैं और वे मिल-जुलकर आसानी से गुजर कर सकते हैं। यदि शासक नये प्रदेशों पर अपना अधिकार बनाये रखना चाहता है, तो उसे दो बातों का ध्यान रखना होगा एक, पुराने शासक के वंश का नाश होना अनिवार्य है ; दूसरे, उसे न तो जनता के रीति-रिवाज बदलने चाहिए और न ही कर व्यवस्था। इस प्रकार कुछ ही समय पाकर नव विजित प्रदेश पुराने राज्य के साथ मिलकर एक हो जायेगा।

लेकिन जब कभी नव विजित प्रदेश की भाषा, रीति-रिवाज, परंपराएं आदि भिन्न होती हैं, तो कठिनाइयां उठ खड़ी होती हैं। इन पर सौभाग्यशाली और तत्पर एवं परिश्रमी शासक ही अपना अधिकार बनाये रख सकता है। इसका सबसे अच्छा और सबसे अधिक प्रभावशाली तरीका तो यही है कि विजेता स्वयं विज़ित प्रदेश में रहने के लिए जाये। इससे नव विजित प्रदेश पर उसका अधिकार अधिक सुरक्षित, अधिक स्थायी होगा। यूनान में तुर्कों की उपलब्धि यही थी। तमाम उपाय करने के बावजूद यदि तुर्क विजेता वहां पर स्वयं निवास के लिए नहीं जाता, तो यूनान पर अधिकार बनाये रखना असम्भव होता। घटनास्थल पर उपस्थिति के कारण, विपत्ति के बीजों को फूटते हुए देख लेना और तत्काल उनका विनाश करना सम्भव होता है। अनुपस्थित रहने पर विपत्ति का पता तभी चलता है, जबकि वह गम्भीर हो चुकी होती है और उसका निदान सम्भव नहीं रहता। इसके अतिरिक्त, विजेता की निजी उपस्थिति के कारण उसके कारिन्दे और अधिकारी भी विजित प्रदेश को लूट-खसोट नहीं सकते। शासक तक सीधी पहुंच होने के कारण जनता सन्तुष्ट रहती है। यदि जनता उसके अनुकूल वृत्ति वाली है तो उससे और भी प्यार कर सकती है। इसके विपरीत मनःस्थिति में शासित

उससे भयभीत भी रहती है। राज्य पर आक्रमण करने के इच्छुक लोग भी शासक की उपस्थिति के कारण सोचने-विचारने के लिए विवश होते हैं। इसलिए नवविजित प्रदेश में बस जाने वाले शासक को अपदस्थ करना कठिनतम कार्य हो जाता है।

एक दूसरा और बेहतर तरीका नव विजित प्रदेश में दो-एक उपनिवेश (कालोनी) बसा देना है। इनके कारण वह प्रदेश बंध कर रह जायेगा। अगर आप उपनिवेश नहीं बसायेंगे, तो आपको (विजित प्रदेश में) छावनियां बनानी पड़ेंगी, सशस्त्र सैनिक और तोपखाने तैनात करने होंगे। बस्तियां बसाने पर कोई अधिक खर्च नहीं होता एवं शासक कोई व्यक्तिगत हानि सहन किये बिना उनकी स्थापना और संचालन कर सकता है। वह केवल उन्हीं लोगों को आघात पहुंचाता है, जिनकी भूमि और मकान लेकर बस्ती के नये निवासियों को देता है और ये लोग अत्यन्त अल्पसंख्यक होते हैं और सदैव धन-सम्पत्ति हीन एवं बिखरे हुए रहने के कारण राज्य को किसी प्रकार की हानि नहीं पहुंचा सकते। अन्य लोगों से कोई छेड़-छाड़ नहीं की जाती। वे इस भय से भी शान्त बने रहते हैं कि नये शासन में धन-सम्पत्ति से वंचित किये गये लोगों जैसी ही हालत उनकी भी न कर दी जाये। निष्कर्ष यह है कि बस्तियां बसाने में बहुत कम खर्च आता है और ये अधिक विश्वसनीय भी होती हैं तथा कम हानिकर होती हैं। जैसा कि मैंने कहा है, सम्पत्ति से वंचित किये गये लोग निर्धन होते हैं और बिखरे हुए रहते हैं, अतएव आपको वे किसी प्रकार की हानि नहीं पहुंचा सकते। यहां इस बात की ओर ध्यान दिया जाना चाहिए कि लोगों का या तो पोषण किया जाना चाहिए अथवा दमन, क्योंकि मामूली आघात का प्रतिशोध तो वे ले सकते हैं, घातक चोट का नहीं। इसलिए शासक जब कभी किसी को चोट पहुंचाये तो इतनी गहरी चोट पहुंचाये कि फिर प्रतिशोध का भय न रहे।

फिर भी यदि शासक (विजित प्रदेश में) बस्तियां बसाने के बदले सैनिकों को ही भेजता है, तो व्यय बहुत अधिक होता है, क्योंकि सारा राजस्व तो प्रतिरक्षात्मक कार्यवाहियों पर खर्च हो जाता है और लाभ हानि में बदल जाता है। इस प्रकार शासक जनता को कहीं अधिक चोट

पहुंचाता है। देश के विभिन्न भागों में अपनी सेना को तैनात करके वह सभी को दुश्मन बना लेता है और प्रजा के रोष के शिकार सभी लोग होते हैं। जो लोग उसके विरोधी हो जाते हैं, वे उसे हानि पहुंचा सकते हैं, क्यों कि पराजित होते हुए भी वे अपने-अपने घरों में बने रहते हैं। किसी भी प्रकार से देखें, प्रतिरक्षा का यह तरीका उतना ही व्यर्थ है, जितना बस्तियों का बसाना सार्थक !

इसके अतिरिक्त, मेरे बताये हुए आधार पर अपने राज्य से भिन्न प्रकार के प्रदेश में जाने वाले हर शासक को स्वयं पास-पड़ोस की छोटी-छोटी शक्तियों का नेता और रक्षक बन जाना चाहिए एवं प्रबलतर शक्तियों को कमजोर बनाने का प्रयास करना चाहिए। उसे ऐसी तमाम सावधानियां बरतनी चाहिए, जिनके कारण उसी जैसा कोई शक्तिशाली विदेशी उस प्रदेश पर आक्रमण न कर सके। प्रायः किसी भी आक्रमणकारी को न्योता देने वाले वे ही लोग होंगे, जो अतीव महत्त्वाकांक्षा अथवा भय के कारण विजेता शासक के शत्रु बन चुके हैं। इस प्रकार से एक बार यूनान में इतोलियन लोग रोमनों को ले आये थे। यही नहीं, रोमनों द्वारा विजित हर प्रदेश में उन्हें न्योता स्थानीय निवासियों ने ही दिया था। होता यह है कि जैसे ही कोई सम्पन्न विदेशी किसी प्रदेश पर आक्रमण करता है, उसे आस-पास की क्षीणतर शक्तियां अपना समर्थन प्रदान करती हैं, क्योंकि वे अद्यतन शासक के प्रति ईर्ष्यालु होती हैं। जहां तक इन क्षीणतर शक्तियों का सवाल है, इन्हें अपने पक्ष में कर लेने में आक्रान्ता को कोई कठिनाई नहीं होती। वे स्वेच्छा से उसके द्वारा स्थापित राज्य में विलय हो जाती हैं। उसे केवल इस बात का ध्यान रखना होता है कि ये क्षीणतर शक्तियां कभी बहुत अधिक शक्ति एवं अधिकार से सम्पन्न न हो जायें। जो सशक्त हैं, उन्हें वह इन (क्षीणतर शक्तियों) के समर्थन से कुचल ही सकता है, और हर प्रकार से इस प्रदेश का स्वामी बन सकता है। जो भी शासक इन नुक्तों पर सावधानी से आचरण नहीं करेगा, वह अपने विजित प्रदेशों को जल्दी ही खो बैठेगा। उन पर अपना शासन बना रहने पर भी, उसे अगणित कठिनाइयों और विरोधों का सामना करना पड़ेगा।

रोमनों ने जिन प्रदेशों को विजय किया था, वहां वे इन बातों का बाकायदा ध्यान रखते रहे। उन्होंने बस्तियां बसायीं। क्षीणतर शक्तियों का दम-खम बढ़ाये वगैर वे उन्हें सन्तुष्ट करते रहे। शक्तिसम्पन्न तत्त्वों का दमन करते रहे, और उन्होंने कभी किसी शक्तिसम्पन्न विदेशी को इन प्रदेशों में सम्मान अर्जित नहीं करने दिया। यूनान इसका बहुत अच्छा उदाहरण है। यहां पर रोमनों ने इकियनों और इतोलियनों को तुष्ट किया। मकदूनिया के शासन को कुचल दिया, और एन्तियोकस को उन्होंने मार भगाया। तमाम सद्व्यवहार के बावजूद रोमनों ने इकियनों अथवा इतोलियनों को कभी अपने क्षेत्र का विस्तार नहीं करने दिया। फिलिप ने इन लोगों से दोस्ती गांठने की कोशिश की, मगर रोमनों ने उसका सिर कुचलकर ही यह दोस्ती होने दी उससे पहले नहीं, और अपनी तमाम शक्ति के बावजूद एन्तियोकस को यूनान में कभी किसी प्रकार का अधिकार नहीं दिया गया।

इन परिस्थितयों में रोमनों ने ठीक वही किया, जो कोई भी बुद्धिमान शासक करता। वे वर्तमान कठिनाइयों से ही नहीं भिड़े, बल्कि भविष्य की सम्भावनाओं को भी उन्होंने देखा और उनका अग्रिम निराकरण किया। भावी कठिनाइयों का सही पूर्वानुमान करने से उनका निदान सहज हो जाता है। विपत्तियों के प्रकट होने की प्रतीक्षा करने से उनका उपचार सम्भव नहीं रहता। रोग निदान से परे जा चुका होता है। राजनीति की स्थिति भी वैसी ही है जैसा कि चिकित्सक लोग शरीर को गलाने वाले अथवा क्षय जैसे रोगों के बारे में कहते हैं। प्रारम्भ में उनका पता लगाना मुश्किल होता है। इलाज आसान हो मगर उसका पता पाकर इलाज नहीं किया गया, तो कुछ समय के बाद उसका पता लगाना आसान हो जाता है, इलाज मुश्किल। राजनीतिक अव्यवस्थाओं का पहले से पता पाकर उनका निराकरण शीघ्र ही हो सकता है (और केवल बहुत अधिक विवेक शील शासक ही इतना दूरदर्शी हो सकता है)। यदि इस अव्यवस्था का पूर्वानुमान नहीं लगाया गया और उसे इतना बढ़ने दिया गया कि हर कोई उसे देख सके तो उसका निराकरण सम्भव ही नहीं रहता।

अतएव रोमन शासक आनेवाली विपत्तियों का पहले से ही पता

लगाते रहते थे और उनके निदान के लिए आवश्यक कार्यवाही करते रहते थे। वे युद्ध से बचने के फेर में इन विपत्तियों को निर्बाध बढ़ने नहीं देते थे, क्योंकि वे जानते थे कि युद्ध को टाला नहीं जा सकता, युद्ध का केवल स्थगन किया जा सकता है और इस स्थगन का लाभ दूसरे लोग उठाएंगे। वे फिलिप और एन्तियोकस से इटली में नहीं लड़ना चाहते थे, अतएव उन्होंने यूनान में ही इनके विरुद्ध युद्ध छेड़ने का फैसला कर लिया। उस समय वे युद्ध को टाल भी सकते थे। मगर उन्होंने ऐसा नहीं किया। जो बात आज हम अपनी पीढ़ी के प्रबुद्ध लोगों की ज़ुबान से सुनते हैं—कि वर्तमान से जितना लाभ उठा सकते हो, उठा लो, फिर पता नहीं अवसर मिले न मिले ! वह प्रलोभन कभी उनके मन में भी नहीं आया। वे लोग तो अपने पराक्रम और दूरदर्शिता का ही अधिकतम लाभ उठाते थे। समय अपने प्रवाह में हर चीज़ को बहाये लिए जा रहा है—उसके प्रवाह में आपके हिस्से अच्छाई भी आ सकती है और बुराई भी।

आइये, फ्रांस की बात को ही लें। जिन तरीकों की चर्चा मैंने की है, क्या फ्रांस ने भी उनका इस्तेमाल किया ? मैं चार्ल्स के बजाए लुई की चर्चा करना चाहूंगा। लुई बहुत समय तक इटली में जमा रहा, इसलिए उसके चरित्र का अध्ययन मैं और निकट से कर सका। आप देखेंगे कि पराये देश में अपने शासन को बनाये रखने के लिए जो कुछ भी किया जाना चाहिए, लुई ने सब कुछ उसके विपरीत किया।

शाह लुई वेनिस वालों की महत्त्वाकांक्षा के घोड़े पर सवार होकर इटली आये थे। वेनिस के शासक लोम्बार्दी का आधा भाग स्वयं हथियाना चाहते थे। मैं शाह लुई की कार्यवाही की निन्दा नहीं करना चाहता। वह इटली में पांव धरने की जगह चाहता था और वहां पर उसका कोई सहायक मित्र नहीं था। इसके विपरीत, शाह चार्ल्स की हरकतों के कारण, लुई के लिए सभी द्वार बन्द थे। अतएव वह जहां जो मिले, उसीको मित्र बनाने के लिए मजबूर था। अगर वह दूसरी गलतियां न करता तो इस मामले में उसकी नीति सफल भी हो गई होती। हुआ यह कि उसके हाथ में लोम्बार्दी के आते ही लुई को वह स्थान मिल गया, जो चार्ल्स ने खो दिया था। जेनोआ का भी पतन हो गया। फ्लारेन्स के शासक उसके मित्र बन

गए। मार्क्विस ऑव मान्तुआ, फरारा के ड्यूक, बेन्तिवोग्ली, फोर्ली की काउन्तेस, फीन्जा, पीसारो, रिमिनी, कैमेरिनो और पियोम्बिनो के नरेश,* लुक्का, पीसा, सिएना आदि के नागरिक, सभी उसकी मैत्री की इच्छा लेकर सामने आए। तब वेनिस के शासकों को यह अहसास हुआ कि उन्होंने जल्दबाजी से काम लिया है। लोम्बार्दी के दो नगरों को पाने के लालच में शाह लुई को उन्होंने तिहाई इटली का शासक बना डाला था!

अब सोचिये कि यदि लुई ने मेरे बताये हुए नियमों का पालन किया होता और अपने इन मित्रों की मैत्री को संभालकर रखा होता तो वह कितनी आसानी से इटली में अपने शासन को बनाए रख सकता था! उसके मित्र बहुसंख्या में थे, वे कमजोर और भयभीत भी थे। कुछ चर्च से डरे हुए थे और कुछ वेनिस वालों से, अतएव वे उसका साथ देते रहने के लिए विवश थे और उनके माध्यम से वह अपनी रक्षा उन ताकतों से भी कर सकता था, जो अब भी प्रबल थीं; लेकिन मीलान में पहुंचते ही उसने वह काम किया, जो उसे नहीं करना चाहिए था। उसने पोप अलेग्ज़ान्देर को रोमान्या पर अधिकार कर लेने में सहायता दी। उसे यह भी याद नहीं रहा कि इस काम से उसने अपने-आपको कमज़ोर कर लिया है और मित्रों को शत्रु बना लिया है तथा आश्रितों को पराया कर दिया है और चर्च की वर्तमान धार्मिक सत्ता को इतनी अधिक सांसारिक सत्ता का बल देकर, उसे बहुत अधिक शक्तिसम्पन्न कर दिया है। एक गलती करने के बाद वह अन्य गलतियां करने के लिए विवश हो गया। पोप अलेग्जान्देर की महत्त्वाकांक्षा को भंग करने एवं उसे तोस्काना का शासन हथियाने से रोकने के लिए, उसे स्वयं इटली आना पड़ा। चर्च को प्रबलतर बनाकर और मित्रों की मैत्री खोकर ही उसने चैन नहीं लिया, बल्कि नेपल्स का राज्य प्राप्त करने के लोभ में उसने स्पेन के शाह के साथ मिलकर उसे बांट लिया। प्रारम्भ में जहां वह इटली का एकमात्र शासक था, वहां अब वह एक ऐसे प्रतिद्वन्द्वी को मैदान में उतार लाया, जिसकी शरण में उसके अपने

---

* इनके नाम थे, क्रमशः/एस्तोरे मैन्फ्रेंदी गियोवान्ती दि कोस्तेन्जो स्फोर्जा, पेन्दोल्फो मालातेस्ता, गियूलियो सीजर दा वेरानो और जेकोयो देग्ली एपियानी।

महत्त्वाकांक्षी और असन्तुष्ट सहायक-मित्र जा सकते थे। वह चाहता तो नेपल्स के शाह को अपने वेतन भोगी के रूप में तैनात कर सकता था।* इसके विपरीत उसने इस शाह को अपदस्थ करके एक ऐसे व्यक्ति को नियुक्त किया, जिसने समय पाकर स्वयं उसी को बाहर खदेड़ दिया।

अधिक सत्ता हथिया लेने की इच्छा सामान्य एवं स्वाभाविक है, यह बात मानी जा सकती है। इस इच्छा के पूरे हो जाने पर कभी किसी की निन्दा नहीं की जाती, प्रशंसा ही होती है लेकिन जब ऐसी इच्छा रखने वाले शासकों में और अधिक पाने की योग्यता नहीं होती और वे फिर भी हर कीमत पर ऐसा करने की कोशिश करते हैं तो उनकी गलतियों के लिए उनकी निन्दा होनी ही चाहिए। फ्रांस में अगर नेपल्स पर अपनी सेना के बल पर हमला करने की सामर्थ्य थी, तो उसे ऐसा करना चाहिए था। अगर यह सामर्थ्य नहीं थी, तो उसे नेपल्स का विभाजन नहीं करना चाहिए था। जहां वेनिस वालों के साथ मिलकर किया गया लोम्बार्दी का विभाजन उचित ठहराया जा सकता है, क्योंकि उससे लुई को इटली में पांव जमाने का अवसर मिला, वहां इस दूसरे विभाजन की निंदा की जानी चाहिए, क्योंकि इसकी कोई आवश्यकता नहीं थी।

इसलिए लुई से ये पांच गलतियां हुईं—उसने क्षीणतर शक्तियों को नष्ट कर दिया, इटली में पहले ही शक्तिसम्पन्न माने जाने वाले कुछ शासकों की शक्ति उसने बढ़ा दी, उस देश में वह एक प्रबल विदेशी शक्ति को खींच लाया, स्वयं वह इटली से दूर बना रहा और उसने वहां कोई बस्तियां नहीं बसाईं। अगर लुई जीवित रहता और एक छठी गलती न करता, तो यह पांच गलतियां भी उसके लिए घातक सिद्ध न होतीं। यह छठी गलती थी—वेनिस वालों को उनके लाभ से वंचित करना। अगर उसने चर्च को प्रबलतर नहीं बनाया होता और स्पेन को इटली में न्योता न होता, तो उसके लिए वेनिस के शासकों को कुचलना आवश्यक भी होता एवं उचित भी ; लेकिन पहली दो कार्यवाहियां करने के बाद, उसे वेनिस

---

* नेपल्स के नरेश थे अरागान के फ्रेदेरिगो। उन्होंने 1501 में फ्रांसीसी सेना के समक्ष आत्मसमर्पण कर दिया था।

वालों की बरबादी रोकनी चाहिए थी, क्योंकि शक्तिसम्पन्न बने रहने पर वे लोग अन्य शक्तियों को लोम्बार्दी पर आक्रमण करने से सदैव रोकते रहते। वेनिस वाले विदेशी आक्रमणकारियों का तब तक विरोध करते रहते, जब तक इस आक्रमण से लोम्बार्दी का शासन स्वयं उन्हीं को नहीं मिल जाता और कोई भी आक्रमणकारी फ्रांस के हाथों से वेनिस वालों को देने भर के लिए लोम्बार्दी का शासन छीनने का कष्ट न उठाता। नये आक्रमणकारी फ्रांस और वेनिस दोनों की सत्ता को चुनौती देने का साहस भी नहीं जुटा पाते।

यदि कोई यह कहे कि शाह लुई ने रोमान्या पर पोप अलेग्ज़ान्देर को केवल इसलिए अधिकार कर लेने दिया कि वह स्वयं युद्ध से बचना चाहता था, तो मैं इन्हीं तर्कों के आधार पर यह कहूंगा कि किसी भी शासक को केवल युद्ध से बचने के लिए अपने आयोजन को भंग नहीं होने देना चाहिए, फिर युद्ध कभी भी टलता नहीं है। वह तो केवल विरोधी के लाभार्थ स्थगित हो जाता है और अगर कोई व्यक्ति शाह लुई द्वारा पोप पर किये गए विश्वास की बात कहे, जिसके बदले में पोप ने वचन दिया था कि वह रोमान्या के शासन के बदले में लुई के विवाह सम्बन्ध को भंग कर देगा और रुएन को कार्डिनल की उपाधि प्रदान करेगा, तो मेरा जवाब वही होगा, जो मैं आगे चलकर शासकों की विश्वसनीयता और उनके वचन-पालन के विषय में कहने वाला हूं। अतः शाह लुई के हाथों से लोग्बार्दी का शासन इसलिए निकल गया कि उन्होंने ऐसे किसी भी नियम का पालन नहीं किया, जिसका पालन दूसरे देशों पर अधिकार करने एवं उन पर अपना शासन बनाये रखने के इच्छुक अन्य शासक करते हैं। इसमें अकल्पनीय कुछ भी नहीं है। यह सब सामान्य है और उचित भी। मैंने इस विषय में रुएन के साथ नान्तीज में उस समय बातचीत की थी, जब रोमान्या पर (पोप अलेग्ज़ान्देर के बेटे सीज़र बोगिया) ड्यूक वैलेन्तिनो का अधिकार था। जब रुएन के कार्डिनल ने मुझसे कहा कि इतालवी लोगों को युद्ध का कोई ज्ञान नहीं है, तो मैंने उन्हें डपटकर जवाब दिया कि फ्रांसीसी लोग राजनीति को नहीं समझते। अगर वे समझते होते तो चर्च को इतना प्रबल न हो जाने देते। इटली में घटी घटनाओं के प्रवाह से स्पष्ट है कि

फ्रांस ने चर्च को एवं स्पेन को सशक्त बनाया और इन दोनों शक्तियों ने फ्रांस का सर्वनाश किया। इसी से हम एक सामान्य सिद्धान्त बना सकते हैं, जो शायद ही कभी गलत सिद्ध होगा—जो भी व्यक्ति अथवा शासक अन्यों के शक्ति सम्पन्न होने का कारण बनेगा वही अपनी बरबादी का कारण भी बनेगा, क्योंकि यह शक्ति या तो मौलिकता से उद्‌भूत होती है अथवा बाहुबल से। शक्ति-सम्पन्न हो चुका व्यक्ति इन दोनों को शक की निगाहों से देखता

4

सिकन्दर के व्दारा विजित दारा के साम्राज्य ने उसकी मृत्यु के बाद भी उसके उत्तराधिकारियों के विरुध्द विद्रोह क्यों नहीं किया ?

किसी नव प्राप्त राज्य पर अपना शासन बनाये रखने से सम्बन्धित सभी कठिनाइयों की चर्चा करने के बाद, इस बात पर सचमुच हैरानी होती है कि कुछ ही वर्षों में एशिया का शासक बन जाने वाले शहंशाह सिकन्दर के विरुद्ध अपेक्षित व्यापक विद्रोह क्यों नहीं हुआ, जबकि उसकी मृत्यु के समय उसकी विजयाभियान अभी पूरा भी नहीं हुआ था ? इसके विपरीत, उसके उत्तराधिकारी निर्भयतापूर्वक शासन करते रहे। उनके प्रशासन में जो भी कठिनाइयां खड़ी हुईं, वे उनकी अपनी महत्त्वाकांक्षाओं और आपसी प्रतिद्वंद्विताओं के कारण ही खड़ी हुईं।

इस प्रश्न के उत्तर में मुझे यही कहना है कि ज्ञातव्य इतिहास में नामांकित सभी रियासतों का प्रशासन दो ही तरीकों से चलाया गया है—या तो ऐसे राजा द्वारा, जो सभी शासितों को दास समझता है और जिसके मन्त्री उसी की अनुकम्पा और अनुमति से प्रशासन में उसकी सहायता करते हैं अथवा किसी ऐसे राजा एवं उसके सामन्तों द्वारा, जिनके पद की स्थापना एवं प्रतिष्ठा, राजा की अनुकम्पा पर नहीं, उनकी अपनी पुरानी वंश-परम्परा पर आधारित होती है। इस प्रकार के सामन्तों की अपनी-अपनी रियासतें और अपनी-अपनी प्रजा होती है, जो उनके स्वामित्व को मान्यता और उनको स्वाभाविक स्नेह देती है। राजा एवं उसके

अनुचरों-दासों द्वारा शासित राज्य में राजा का प्रभुत्व गहनतर होता है, क्योंकि देश-भर में स्वामि-भक्ति का पात्र और अधिकारी एकमात्र वही माना जाता है। अन्य अधिकारियों अथवा मन्त्रियों की आज्ञा का पालन उनके पद के कारण किया जाता है ; लेकिन इनके प्रति जनता को कोई लगाव नहीं होता।

इन दो भिन्न प्रकार के शासनों के समकालीन उदाहरण तुर्क सम्राट और फ्रांस के सम्राट के रूप में देखे जा सकते हैं। तुर्क साम्राज्य का शासन-सूत्र एक ही व्यक्ति के हाथों में है, अन्य सभी प्रशासक उसी के अनुचर एवं दास हैं। यह एक शासक अपने साम्राज्य को संज्याकियों*(प्रशासनिक इकाइयों) में बांट देता है और इनके प्रशासन का दायित्त्व वह अलग-अलग प्रशासकों को सौंप देता है और अपनी आवश्यकता के अनुसार इनको बदलता रहता है ; लेकिन फ्रांस के सम्राट के चारों ओर लम्बे समय से प्रतिष्ठित सामन्तों की भीड़ लगी है, जिन्हें अपनी-अपनी रियासतों में अपनी-अपनी प्रजा से मान्यता एवं स्नेह प्राप्त है। इनके अपने-अपने विशेषाधिकार हैं। सम्राट अपने लिए संकट खड़ा किये बगैर इन विशेषाधिकारों को छीन नहीं सकता।

इसलिए इन दोनों साम्राज्यों की तुलना करने से ही पता चल जाएगा कि तुर्क साम्राज्य पर अधिकार करना कठिन है ; लेकिन एक बार विजय हो जाने के बाद उस पर नियन्त्रण बनाये रखना आसान होगा। दूसरी ओर कई तरह से ऐसा लगेगा कि फ्रांसीसी साम्राज्य को आसानी से हथियाया जा सकता है ; लेकिन उसे अपने अधीन बनाये रखने के लिए बहुत कठिनाई का सामना करना पड़ेगा।

तुर्क साम्राज्य को हथियाने में पेश आने वाली कठिनाई का कारण यह है कि उस पर विजयाभियान के लिए किसी स्थानीय राजा या शासक के द्वारा आमन्त्रित किये जाने की कोई सम्भावना नहीं है और सम्राट के निकटस्थ लोगों के विद्रोह के बल पर अपने विजयाभियान की सफलता की भी आशा नहीं की जा सकती। इसके कारण मैं पहले बता चुका हूं। वे सब लोग अपने स्वामी के प्रति स्वामिभक्ति के बन्धन में बंधे हुए अनुचर

---

* तुर्क प्रदेशों के प्रशासकों के लिए संबोधन

हैं और उन्हें प्रलोभन देकर भ्रष्ट करना अपेक्षया कठिन है। उन्हें भ्रष्ट करने के बाद भी उनसे विशेष लाभ नहीं उठाया जा सकता, क्योंकि पहले दिये गए कारणों के अनुसार वे लोग जनता का नेतृत्व नहीं कर सकते इसलिए जो भी व्यक्ति तुर्क साम्राज्य पर, उसे जीतने की इच्छा से, हमला करेगा, उसे समूचा साम्राज्य एक इकाई के रूप में ग्रथित मिलेगा। ऐसी स्थिति में विजयाकांक्षी को शत्रु के घर में फूट फैलाने के बजाय अपने बाहुबल पर ही भरोसा करना होगा ; लेकिन एक बार युद्ध के मैदान में तुर्क सम्राट को पराजित करने और उसकी सैन्य-शक्ति को पुनर्गठन की तमाम संभावनाओं से परे तक ध्वस्त करने के बाद, उसके परिवार के अतिरिक्त, चिन्ता का कोई कारण बच नहीं रहेगा। इस शाही परिवार को भी समाप्त कर लेने के बाद विजेता के लिए भय की कोई बात ही नहीं रह जाएगी, क्योंकि प्रजा की दृष्टि में अन्यों का कोई महत्त्व ही नहीं होता। जैसे विजय से पूर्व विजेता को उनसे किसी सहायता की आशा नहीं थी, वैसे विजयोपरान्त उसे डरने की कोई ज़रूरत नहीं रह जाती।

फ्रांस की तरह के शासित राज्यों में स्थिति इसके बिल्कुल विपरीत होती है। एकाध सामन्त को अपनी ओर मिला लेने से ही उन पर आक्रमण और अधिकार करना आसान हो जाता है। प्रत्येक राज्य में कुछ ऐसे तत्त्व होते हैं, जो राज्य-विरोधी होते हैं और परिवर्तन के इच्छुक भी। ये तत्त्व उल्लिखित कारणों से आपके लिए राज्य की सीमाओं को खोल सकते हैं और आपके विजयाभियान को आसान बना सकते हैं ; लेकिन विजय के बाद जब आप अपने शासन-तन्त्र को बनाये रखने की कोशिश करेंगे, तब आपके ये विजित और सहायक ही अनेकों कठिनाइयां खड़ी कर देंगे। यहां पर आपके लिए पुराने शासक का वंशनाश कर देना ही पर्याप्त नहीं होगा, क्योंकि विद्रोह का झण्डा खड़ा करने वाले सामन्त और दरबारी अब भी मौजूद होंगे और इन्हें न तो आप सन्तुष्ट कर पाएंगे और न ही नष्ट कर सकेंगे। इन लोगों को उपयुक्त अवसर मिलते ही आपके हाथ से यह राज्य निकल जाएगा।

अगर आप दारा की शासन-पद्धति का अध्ययन करें, तो आप पायेंगे कि वह तुर्क सम्राट की शासन-व्यवस्था से बहुत-कुछ मिलती-जुलती थी।

अत: सिकन्दर के सामने पहला काम उसे पूरी तरह से कुचलना और उसके राज्य पर अधिकार स्थापित करना था। राज्य को जीत लेने के बाद और दारा के मारे जाने पर, पूर्वचर्चित कारणों से ही राज्यशासन पर सिकन्दर की पकड़ बड़ी मज़बूत हो गयी। उसके उत्तराधिकारी अगर संगठित होते, तो वे निर्बाध रूप से इस राज्य पर शासन करते रहते। इस राज्य में सच पूछिये तो उनके द्वारा स्वयं भड़काये गए विद्रोहों के अतिरिक्त कभी कोई विद्रोह नहीं हुआ ; लेकिन जहां तक फ्रांस के ढंग पर शासित प्रदेशों का सवाल है, उनपर इतने निर्बाध रूप से शासन करना सम्भव नहीं होता। इसी तथ्य से स्पेन, फ्रांस और यूनान में रोमनों के विरुद्ध हुए अनेक विद्रोहों का स्पष्टीकरण मिल जाता है। ये देश अनेक रियासतों में बंटे हुए थे और इसीलिए यहां विद्रोह होते थे। इन रियासतों के शासकों को पुराने दिन भूलते नहीं थे, इसीलिए रोमनों को इन पर अपने नियन्त्रण के विषय में सदैव शंका बनी रहती थी।

काफी समय पाकर जब रोमन शासन सुदृढ़ और शक्ति-सम्पन्न हो उठा और जनता रियासतों को पूरी तरह भूल चुकी थी, तो रोमनों ने अपने कदम और मज़बूती से जमा लिए। लेकिन बाद में जब रोमन विजेता स्वयं आपस में ही लड़ने लगे, तो उनमें से प्रत्येक को अपने-अपने अधिकार और हैसियत के अनुसार विजित प्रदेश के किसी न किसी भाग से समर्थन मिलने लगा। पुराने सामन्तों और शासकों का पूरी तरह से सफाया कर दिए जाने के कारण यह समर्थन रोमन-प्रशासकों को उनके निजी रूप में मिलता था। इस बात को यदि ध्यान में रखा जाए, तो किसी को इस बात पर आश्चर्य नहीं होगा कि सिकन्दर ने इतनी आसानी से एशिया पर अपना नियन्त्रण बनाये रखा, अथवा पाइरस एवं उसी जैसे अन्य विजेताओं को अपने विजित प्रदेशों पर अधिकार बनाये रखने में इतनी कठिनाइयों का सामना करना पड़ा। दोनों के बीच का विरोधाभास विजेताओं की योग्यता अथवा सामर्थ्य पर नहीं, विजित प्रदेशों के प्रशासनिक संगठनों पर निर्भर करता है।

5
स्वशासन के अभ्यस्त नगर-राज्यों अथवा रियासतों का प्रशासन उन पर विजय पाने के बाद कैसा होना चाहिए ?

जैसा कि मैंने पहले कहा था—स्वशासन की अभ्यस्त नव विजित रियासतों को अपने अधिकार में सुरक्षित बनाये रखने के लिए तीन तरीके अपनाये जा सकते हैं : एक, उन्हें बरबाद किया जा सकता है ; दूसरे, स्वयं वहां जाकर रहा जा सकता है ; तीसरे, उन्हें अपने कायदे-कानून बनाये रखने की अनुमति देकर इसके बदले नज़राना वसूल किया जा सकता है और उस रियासत को अपने प्रति मित्र बनाए रखने के लिए यहां अल्पसंख्यक सरकार की स्थापना की जा सकती है। यह अन्तिम कार्यवाही इसलिए की जानी चाहिए कि इस अल्पसंख्यक सरकार को अपना अस्तित्व बनाये रखने के लिए सदव इस विजेता की मैत्री और सैन्यबल पर ही भरोसा करना होगा। अतएव उसकी सत्ता को बनाए रखने में यह सरकार हर सम्भव चेष्टा करने के लिए विवश होगी। स्वतन्त्रता के आदी हो चुके किसी नगर-राज्य की अपेक्षा किसी भी अन्य तरीके पर उसी के नागरिकों के माध्यम से शासन करना आसान होगा। इसी तरीके से उस पर अपना अधिकार बनाए रखा जा सकता है।

इसके उदाहरण के रूप में स्पार्टा-वासियों और रोमनों को लिया जा सकता है। अपने द्वारा स्थापित की गई अल्पसंख्यक सरकारों के माध्यम से स्पार्टन शासक एथेन्स और थीबीज़ पर राज्य करते रहे। यद्यपि अन्त में ये नगर-राज्य उनके हाथों से निकल ही गए। रोमनों ने कापुआ, कार्थेज और

नुमान्जिया पर अधिकार रखने के लिए उन नगरों को बरबाद कर दिया और ये नगर कभी भी उनके हाथों से नहीं निकले। उन्होंने स्पार्टा वालों की ही तरह यूनान पर उसे स्वतन्त्र रखते हुए और उसके अपने ही कानून-कायदों के अनुसार शासन करना चाहा ; पर वे सफल नहीं हुए। अतः वहां अपना शासन बनाए रखने के लिए वे लोग इस प्रदेश के कई नगरों को बरबाद करने के लिए विवश हो गए। सच तो यह है कि किसी प्रदेश पर अपना शासन बनाए रखने का उसकी बरबादी से अधिक सफल कोई तरीका हो ही नहीं सकता, जो भी विजेता स्वतन्त्रता के आदी हो चुके किसी नगर-राज्य पर विजय पाने के बाद उसे बरबाद नहीं करता, वह किसी भी समय अपनी बरबादी की उम्मीद कर सकता है, क्योंकि वहां जब भी कभी विद्रोह होगा, नगर की जनता अपनी स्वतन्त्रता और अपनी पुरानी परम्पराओं की दुहाई देकर विद्रोह का औचित्य सिद्ध कर देगी, क्योंकि काफी समय गुज़र जाने पर और नये शासन से होने वाले तमाम फायदों के बावजूद, जनता इन परम्पराओं को भूलती नहीं। विजेता कुछ भी करे और कितना भी दूरदर्शी क्यों न हो, अगर उसने नगर की जनसंख्या को तितर-बितर नहीं किया, तो वे लोग न कभी पुराने राज्य का नाम भूलेंगे, न वहां की परम्पराओं को और पहला मौका मिलते ही तुरन्त उन्हीं की छत्रछाया में एक हो उठेंगे। पीसा ने सौ वर्ष तक फ्लारेंस के शासकों की गुलामी में रहने के बाद सिर उठाया था।

जब नगरों अथवा प्रान्तों की जनता किसी राजा के अधीन रहने की आदी होती है और उसका वंश नाश कर दिया जाता है, तो वह अपने बीच से ही नये राजा का चुनाव नहीं कर सकती और न ही राजा के बिना कार्य संचालन कर पाती है, क्योंकि एक ओर तो वह आज्ञापालन की आदी हो चुकी होती है, दूसरी ओर उसका भूतपूर्व राजा अस्तित्वहीन हो चुका होता है। इसलिए इन लोगों को विद्रोह के लिए तैयार होने में देर लगती है। इस बीच कोई भी शासक विजय प्राप्त करके उन पर आसानी से शासन करता रह सकता है ; लेकिन लोकतन्त्रों में अधिक जागरूकता, गहरी घृणा और प्रतिशोध की प्रबल भावना होती है। पुरानी स्वतन्त्रता की याद उन्हें चैन नहीं लेने देती। अतः उनपर शासन करने के लिए उनको नष्ट कर देना अथवा स्वयं वहां जाकर रहना ज़रूरी होता है।

6

अपने बाहुबल और पराक्रम से प्राप्त रियासतें

नितान्त नये शासक और नये संविधान द्वारा शासित रियासतों की चर्चा के दौरान मेरे द्वारा दिये गए आदर्श किस्म के दृष्टान्तों को सुनकर किसी को आश्चर्य नहीं होना चाहिए। लोग सदैव दूसरों की बनाई लीक पर चलते हैं और अनुकरण द्वारा अपनी समस्याओं का समाधान करते हैं। यद्यपि दूसरों की बनाई लीक का अनुसरण वे नहीं कर पाते और अपने आदर्श-पुरुषों जैसा पराक्रम भी उनमें नहीं होता। बुद्धिमान व्यक्ति वही है, जो महान् व्यक्तियों का अनुसरण करे और दक्ष सिद्ध हुए लोगों का अनुकरण भी। ऐसी स्थिति में यदि उसका अपना पराक्रम उसके आदर्शों के अनुरूप नहीं होगा, तो कम-से-कम उसमें महानता की गन्ध तो होगी ही। उसे उन कुशल धनुर्धारियों की तरह व्यवहार करना चाहिए, जो निशाना दूर होने पर अपने धनुष की सामर्थ्य को आंकते हैं और अपने लक्ष्य से काफी ऊंचा निशाना साधते हैं। वे उतनी ऊंचाई पर बाण नहीं मारना चाहते, बल्कि ऊंचा निशाना साधकर किसी प्रकार से अपने लक्ष्य को पा जाते हैं।

इसीलिए मेरी धारणा है कि नये राज्य में नवागंतुक शासक को अपना शासन बनाए रखने में पेश आने वाली कठिनाइयां उसकी निजी योग्यता अथवा अयोग्यता की समानुपाती होती हैं और इस शासक का सामान्य नागरिक के स्तर से उठकर शासक बन जाना ही या तो उसमें असाधारण योग्यता का प्रतीक होता है अथवा उसके अत्यधिक भाग्यशाली होने का

प्रमाण। इस योग्यता अथवा सौभाग्य से ही कुछ हद तक उसकी मुश्किलें आसान हो जाती है। इसके बावजूद कोई व्यक्ति भाग्य पर जितना कम निर्भर करेगा, वह उतना ही प्रबल हो उठेगा। यदि नये शासक के पास और कोई राज्य-सम्पत्ति न हो, तो उसे विवशतः नवविजित प्रदेश में ही रहना पड़ता है और यह एक अच्छी ही बात है।

लेकिन यदि हम उन लोगों की ओर पलटें, जिन्होंने सौभाग्य से नहीं, अपनी योग्यता के बल पर राज्य पाया है, तो हम उनमें मूसा को पायेंगे, रोम्युलस, साइरस, थीसियस और इसी किस्म के अन्य शासकों को पायेंगे। यद्यपि मूसा (बाइबिल के मोज़ेज़) को हमें तर्क का विषय नहीं बनाना चाहिए, क्योंकि उसने तो ईश्वरेच्छा का पालन-भर किया, फिर भी हमें उस गरिमा और मर्यादा की तो प्रशंसा क़रनी ही चाहिए, जिसके कारण वह ईश्वर से संवाद करने के योग्य बन सका।

लेकिन हम साइरस और उसी जैसे उन शासकों की चर्चा करेंगे, जिन्होंने राज्यों को जीता अथवा उनकी स्थापना की। वे सब प्रशंसा के पात्र थे और उनके द्वारा की गई कार्यवाहियां एवं स्थापित परम्पराएं जांच करने पर मूसा द्वारा किए गए कार्यों से कम महत्त्व की नहीं दिखतीं ; यद्यपि मूसा को स्वयं ईश्वर जैसा महान् उपदेशक मिला था। तिस पर यदि हम इन शासकों के जीवन एवं गतिबिधियों का विश्लेषण करें, तो देखेंगे कि भाग्य से उन्हें अवसर के सिवाय कभी कुछ नहीं मिला। भाग्य ने उन्हें वह कच्ची मिट्टी ही दी थी, जिसे ढालकर उन्होंने रूप और आकार दे दिया। इस अवसर के अभाव में उनका गुण भी मिट गया होता और उस गुण के अभाव में यह अवसर व्यर्थ निकल गया होता।

इस प्रकार दासता के बन्धन से मुक्त होने के इच्छुक इज्राइलियों के लिए मूसा का अनुसरण करने को तैयार रहना जरूरी था और मूसा के लिए भी यह एकदम अनिवार्य था कि वे उसे मिस्र में मिस्त्रियों की दासता और दमन की चक्की में पिसते हुए मिलें। रोम का शहंशाह और अपने देश का संस्थापक बनने वाले रोम्युलस के लिए भी आल्बा का परित्याग आवश्यक था और उसके जन्म के समय इसका मरण से सामना भी। साइरस को केवल इसी बात की आवश्यकता थी कि फ़ारस के लोग मेदेरस के प्रति

विद्रोह के लिए प्रस्तुत हों और मेदेरस एक लम्बे समय तक शांति बना रहने के कारण कोमल हृदयवाला और पौरुषहीन हो चुका हो अगर एथेन्सवासी आपस में इतने बिखरे हुए न होते, तो थीसियस अपना पराक्रम नहीं दिखा सकता था। इन लोगों को जो अवसर मिले, उनसे इनकी सफलता सम्भव हो सकी और इनके अपने अपवादात्मक पराक्रम ने इन्हें अवसर का लाभ उठाने के योग्य बनाया। परिणामतः इनके देशों का नाम ऊंचा हुआ और इनके देशवासी समृद्ध हुए।

जो लोग इन्हीं महान् शासकों जैसे पराक्रम से शासक बनते हैं, उन्हें अपनी रियासतों को पाने में चाहे कठिनाई होती हो, उन पर शासन बनाए रखना उनके लिए आसान होता है। उनके मार्ग में रियासतों को पाने के लिए भी जो कठिनाइयां आती हैं, उनका आंशिक कारण वे नई परम्पराएं और कानून भी होते हैं, जिनको लागू करने के लिए वे, शासन की स्थापना और सुरक्षा की दृष्टि से विवश होते हैं।

इस बात का सदैव ध्यान रखा जाना चाहिए कि किसी राज्य के संविधान को बदलने से ज्यादा कठिन कोई काम नहीं। इस काम की सफलता सर्वाधिक संदिग्ध होती है और इसी को पूरा करना सबसे खतरनाक भी होता है। नयी परम्पराओं अथवा कानूनों का संस्थापक उन तमाम लोगों को बैरी बना लेता है, जो पुरानी व्यवस्था के अन्तर्गत फले-फूले थे और नयी व्यवस्था में जिनके फलने-फूलने की सम्भावना होती है, उनका समर्थन बड़ा क्षीण-सा होता है। इस समर्थन की क्षीणता का कारण कुछ तो उन प्रतिद्वन्द्वियों का भय होता है, जिन्हें वर्तमान कानून का संरक्षण प्राप्त है और कुछ इसलिए कि मानव स्वभावतः शक्की-मिजाज़ होता है। जब तक वह अनुभव की कसौटी पर नई चीजों या परम्राओं का परीक्षण नहीं कर लेता, तब तक वह उन पर विश्वास नहीं करता।

इस प्रकार से नयी व्यवस्था के संस्थापक और उसके मित्र, दोनों ही खतरे में होते हैं ; लेकिन इस विषय पर विशद् चर्चा करने के लिए हमें नितान्त आत्मावलम्बी और परावलम्बी, दोनों किस्म की नव व्यवस्थाओं के बीच भेद करना होगा। इस भेद को समझना भी होगा। नयी व्यवस्था की स्थापना के लिए कुछ लोग बल-प्रयोग कर सकते हैं और कुछ लोग

समझाने-बुझाने का ही तरीका अपनाते हैं। दूसरा तरीका अपनाने वाले लोग सदैव कष्ट पाते हैं, क्योंकि उन्हें उपलब्ध कुछ नहीं होता ; लेकिन जब ये लोग अपने ही साधन-स्रोतों पर निर्भर करते हैं और अपनी बात बलात् मनवा भी लेते हैं, तो उन्हें कोई खतरा नहीं रहता। यही कारण है कि आज तक तमाम शस्त्रधारी सुधारक विजेता हुए और अहिंसा के उपासक नष्ट कर दिए गए।

जैसा कि मैं पहले ही कह चुका हूं, जनता होती ही दुर्बल हृदय है। उसे कोई बात समझा देना मुश्किल नहीं होता, समझाई हुई बात को उसके हृदय में जमा देना मुश्किल होता है। इसलिए शासक को कुछ ऐसी ही व्यवस्था करनी चाहिए कि यह अविश्वास करने वाले प्रजाजनों को बलात् विश्वास दिला सके। मूसा, साइरस, थीसियस और रोम्युलस यदि निःशस्त्र होते तो कभी भी अपनी बात न मनवा सकते थे। जैसा कि स्वयं हमारे युग में फ्रा जिरोलामो सवोनारोला के साथ हुआ। जब जनता की आस्था उसमें नहीं रही, तो नयी परम्पराएं और नये कानून उसके लिए मुसीबत बन गए। उसके पास आस्थावानों की एकता को बनाए रखने और अविश्वासी जनता को बलात् विश्वास दिलाने का कोई तरीका ही नहीं रह गया था। ऐसे लोगों को अपनी लक्ष्य-प्राप्ति में बहुत कठिनाई का सामना करना पड़ता है, और उनके लिए सबसे खतरनाक वक्त वह होता है, जब वे लोग अपने कदम जमाने के लिए संघर्ष कर रहे होते हैं ; लेकिन एक बार जब वे कदम जमा लेते हैं और उन्हें प्रजा का समादर मिलने लगता है और जब वे लोग अपने गुणात्मक प्रतिद्वन्द्वियों का नाश कर चुके होते हैं, तो वे स्थायी तौर पर सत्ता, सुरक्षा, सम्मान और समृद्धि के अधिकारी बन जाते हैं। अब मैं इन दृष्टांतों की श्रृंखला में एक और अपेक्षाकृत हलका-सा दृष्टांत जोड़ना चाहता हूं। यह व्यक्ति भी कुछ हद तक उनसे तुलना में बराबर रहेगा ; लेकिन मैं उसे अपनी ही श्रेणी के नमूने के रूप में प्रस्तुत करूंगा। मैं वस्तुतः जेरोने साइराकूजाने की बात कर रहा हूं। वह एक सामान्य नागरिक के पद से उठकर सिराक्यूज़ का शासक बन गया। सौभाग्य ने उसे भी अवसर के सिवाय कुछ नहीं दिया था। सिराक्यूज़ के शासकों ने ही अपनी विपत्ति के समय उसे अपनी सेनाओं का नेतृत्व करने के लिए

चुना था। यहीं से उसने उनका शासक बनने का भी अधिकार प्राप्त कर लिया। एक सामान्य नागरिक होते हुए भी उसमें ऐसा कौशल था कि उसके जीवनीकार ने लिखा, '...उसके पास राज्य के अतिरिक्त राजा के सभी गुण मौजूद थे।' यह उद्धरण रोमन इतिहासकार जस्टिन की कृतियों से लिया गया है, मगर सही नहीं है। उसने पुराने सैन्यबल को भंग कर दिया और एक नयी सेना का गठन कर डाला। उसने पुराने समझौते भंग करके नये समझौते किए। अपने ढंग के सैन्य-संगठन एवं मैत्री सम्बन्धों के बल पर वह जो चाहता कर सकता था। इसलिए अपने शासन की स्थापना के लिए उसे बड़ी मेहनत करनी पड़ी ; लेकिन उस शासन को बनाए रखने में उसे कोई दिक्कत न हुई।

7

भाग्य से अथवा विदेशी सेना की सहायता से प्राप्त की गयी रियासतें

सौभाग्यवश राजा बन जाने वाले सामान्य नागरिकों को शासन पाने के लिए तो विशेष श्रम नहीं करना पड़ता। मगर राज्य स्थापना के बाद उस पर अपना अधिकार बनाए रखने के लिए उन्हें काफी कष्ट सहना पड़ता है। वे अपनी यात्रा तो मानो पंखों के सहारे उड़कर तय कर लेते हैं ; लेकिन धरती पर पांव रखते ही उनकी समस्याओं का दौर शुरू हो जाता है। यह हालत उन लोगों की होती है, जो या तो सभी का अनुमोदन-समर्थन खरीदते हुए उच्चतम पद पर पहुंचते हैं अथवा किसी की अनुकम्पा से शासन सूत्र पा जाते हैं। यूनान में कई शासकों के साथ यही हुआ। आयनिया और हैलिसपोन्त में विजेता दारा ने दो क्षत्रप नियुक्त किए, जिससे कि वे इन नगरों का शासन सूत्र चलाते रहें और उसकी कीर्ति का विस्तार करें। यही बात उन शासकों के विषय में भी कही जा सकती है, जो सामान्य नागरिक थे और सैनिकों को पथभ्रष्ट करके स्वयं सम्राट् बन बैठे।

ऐसे शासक हमेशा उन लोगों की कृपा और सम्पत्ति पर निर्भर रहते हैं, जिन्होंने उन्हें इतने ऊंचे पद पर बैठाया होता है और यह कृपा एवं सम्पत्ति दोनों ही तत्त्व बहुत चपल और अस्थिर होते हैं। ऐसे शासक अपने शासन को न तो बनाए रखना जानते हैं, न उसे बनाए रख सकते हैं। इसका कारण यही है कि यदि वह विशिष्ट प्रतिभा और कौशल से सम्पन्न न हो तो, सामान्य नागरिक में शासन करने की योग्यता नहीं होती। यही नहीं, सामान्य नागरिक के पास अपनी वफ़ादार सेना भी नहीं होती।

बलात् थोपी गई हर चीज की तरह रातों-रात स्थापित किए गए शासनतन्त्र की जड़ें गहरी नहीं होतीं। उसका प्रभाव भी गहरा नहीं होता।

परिणामतः इस प्रकार के शासनतन्त्र विपत्ति का पहला झोंका आते ही नष्ट हो जाते हैं। यदि अकस्मात् शासक बन जाने वाले व्यक्ति में, भाग्य द्वारा अचानक झोली में डाल दिए गए शासन और समृद्धि की रक्षा करने की कला और तकनीक को रातोंरात सीखने की मेधा और कौशल नहीं है और यदि उसमें अपनी नींव परम्परा पुष्ट शासकों की तरह मजबूत बनाने की योग्यता नहीं है, तो उसका विनाश अवश्यम्भावी है।

गुण अथवा समृद्धि के बल पर शासक बन बैठने की इन दोनों संभावनाओं के दो उदाहरण मैं अपने अनुभूत इतिहास में से देना चाहूंगा। ये दोनों हैं—स्फोर्ज़ा के फ्रांसेस्को और सीज़र बोर्गिया। फ्रांसेस्को मीलान का सामान्य नागरिक था ; लेकिन उपयुक्त साधनों और अपने महान् गुणों के सहारे मीलान का ड्यूक बन बैठा, जो सत्ता और समृद्धि उसने लम्बे समय तक संघर्ष करके प्राप्त की थी, उसे अपने हाथों में बनाए रखने में उसे जरा भी कठिनाई नहीं हुई। दूसरी ओर सामान्यतः ड्यूक वेलेन्तीनो कहलाने वाले सीजर बोर्गिया को अपने पिता की समृद्धि से शासन सूत्र मिला था, और जब पिता के भाग्य का सितारा डूबा, तो यह शासन भी जाता रहा। यद्यपि सीज़र बोर्गिया ने दूसरों के बाहुबल और भाग्य के भरोसे जीते गए राज्य में अपनी स्थिति मजबूत बनाने के लिए वे सब तौर-तरीके अपनाए, जो कोई भी बुद्धिमान और सुयोग्य शासक अपनाता, फिर भी उसका ऐसा हाल हुआ।

जैसा कि मैं पहले कह चुका हूं, असाधारण गुण से सम्पन्न व्यक्ति अपने जीवन और उसकी तमाम सम्भावनाओं को खतरे में डालकर भी प्राप्त किए गए प्रदेश में अपने शासन की मजबूत नींव डाल सकता है। यदि हम ड्यूक के जीवनक्रम को देखें तो पता चलेगा कि उसने अपने भविष्य के निर्माण के लिए काफी मजबूत नींव बनाई थी और मैं इस मामले में ड्यूक की उपलब्धियों की चर्चा अनावश्यक नहीं समझता। किसी नये शासक को उपदेश देने के लिए सीज़र की कार्यवाहियों के निष्कर्षो से बढ़कर सामग्री कहां से मिलेगी ? यदि उसके द्वारा की गई स्थापनाएं लाभ-कर सिद्ध नहीं हुईं ; तो यह उसका दोष नहीं हैं। यह भाग्य की असाधारण करनी है, जो उसकी विडम्बना बन गई।

अलेग्ज़ान्देर षष्ठ ने जब अपने पुत्र के अभ्युदय की कामना की, तभी उसे असंख्य स्पष्ट और सम्भावित कठिनाइयों का सामना करना पड़ा। सबसे पहले तो उसे ड्यूक के लिए किसी प्रदेश की प्राप्ति का कोई रास्ता नजर नहीं आया। एक मात्र रास्ता चर्च से सम्बद्ध किसी प्रदेश को हथिया लेने का था ; लेकिन वह जानता था कि चर्च के किसी प्रदेश को हथियाने की हर योजना का विरोध मीलान और वेनिस के शासक करेंगे। फीन्जा और रिमिनी पहले ही वेनिस वालों के संरक्षण में थे, फिर उसे यह भी नजर आ रहा था कि इटली की सैन्य शक्ति, जिसका वह इस्तेमाल कर सकता था, उन लोगों के हाथों में थी, जो पोप के अभ्युदय की सम्भावना से ही आतंकित थे। यह सैन्य, शक्ति उसके किसी काम की नहीं थी, क्योंकि वह ओर्सिनी और कोलोना तथा उनके संधि-बद्ध मित्रों की शक्ति थी।

इसलिए अलेग्जान्देर षष्ठ को अव्यवस्था फैलाने तथा इन लोगों के राज्यों में विद्रोह और अराजकता खड़ी करने की आवश्यकता थी, जिससे कि वह इन राज्यों के कुछेक अंशों को जीत सके और मजबूती से अपने अधिकार में ले सके। यह काम आसान था, क्योंकि उसने देखा कि कुछ कारणों से वेनिस के शासक फ्रांसीसी शासकों को वापस इटली में लाना चाहते हैं। अलेग्जान्देर ने न केवल इस प्रयास के प्रति उपेक्षा बरती, बल्कि शाह लुई के एक भूतपूर्व विवाह-सम्बन्ध को भंग करके इसे आसान भी बना दिया। इस प्रकार से फ्रांस के शहंशाह लुई ने वेनिस वालों की सहायता और अलेग्जान्देर की सहमति से इटली पर आक्रमण किया और जैसे ही लुई मीलान में पहुंचा, पोप ने उसी की सैनिक सहायता से रोमान्या पर अभियान कर दिया। लुई की इटली में मौजूदगी के कारण ही, रोमान्या ने पोप के आगे आत्म समर्पण कर दिया।

लेकिन जब ड्यूक ने रोमान्या जीत लिया और कोलोना का दमन कर दिया गया, तो अपनी स्थिति को सुदृढ़ करने और आगे बढ़ने के उसके प्रयास में दो चीजें बाधक बनीं, पहली उसके सैनिकों की वफादारी सन्देहा-स्पद थी, दूसरे फ्रांस की नीति उसे आड़े आ रही थी। स्पष्टीकरण के तौर पर ओर्सिनी की जिस सेना का उसने इस्तेमाल किया था, ऐसा लगा कि वह सेना ही उसे दगा देगी। वह सेना न केवल उसके विजयाभियान को

रोक देगी, बल्कि उसके द्वारा जीते गए प्रदेश से भी उसे वंचित कर देगी और ऐसा भी लगा कि शाह लुई भी यही करेंगे। फीज़ा पर अधिकार करने के बाद उसकी इन आशंकाओं की पुष्टि भी हो गई। ड्यूक ने जब बोलोना पर आक्रमण किया, तो ओर्सिनी के सैनिक आधे मन से ही लड़ते नजर आए। जहां तक शाह लुई का सवाल था, ड्यूक को उसके इरादों का पता तब चला जब उर्बिनो की डची पर अधिकार करने के बाद उसने टस्कैनी पर आक्रमण किया और लुई ने उसे वापिस बुला लिया।

यहीं से ड्यूक ने फैसला कर लिया कि वह दूसरों के सैन्य बल और सौभाग्य पर निर्भर नहीं करेगा। पहले तो उसने रोम में ओर्सिनी तथा कोलोना के पक्षधर गुटों की शक्ति घटाई। इसके लिए उसने इन गुटों के सभी कुलीन सदस्यों को पदवियां और ओहदे दे-देकर और उनके पदानुकूल सम्मान प्रदार्शित करके अपनी ओर मिला लिया। परिणाम यह हुआ कि कुछ ही महीनों में इन गुटों के साथ उनके सम्बन्ध क्षीण पड़ गए और ये लोग ड्यूक के पूर्ण समर्थक हो गए।

कोलोना के नेताओं को वह पहले ही बिखरा चुका था। उनकी एकता भंग करने के बाद ड्यूक ओर्सिनी के नेताओं का विनाश करने का अवसर खोजने लगा। शीघ्र ही एक अच्छा अवसर उसके हाथ आ गया और उसने उसका फायदा उठाया। हुआ यह कि ओर्सिनी वालों को काफी देर से महसूस हुआ कि ड्यूक और चर्च के अभ्युदय का सीधा अर्थ उनका अपना सर्वनाश है। उन्होंने पेरूज्या के निकट मेगियोन नाम के स्थान पर एक सम्मेलन बुलाया। इस सम्मेलन के परिणाम स्वरूप उर्बिनो में विद्रोह हुआ, रोमान्या में हलचल मची और ड्यूक को असंख्य धमकियां मिलीं। ड्यूक ने इन सबको फ्रांसीसी सेना की सहायता से कुचल दिया। इटली में उसकी पहले जैसी महत्ता फिर स्थापित हो गई ; लेकिन उसे अब फ्रांस अथवा अन्य किसी के भी सैनिकों पर भरोसा नहीं रह गया था और इन पर निर्भर रहकर खतरा उठाने के बजाय उसने छल-कपट का आश्रय लिया।

उसकी अभिनय प्रतिभा इतनी गहन थी कि सिग्न्योर पॉलो से ओर्सिनी ने भी उसके साथ समझौता कर लिया। ड्यूक ने धन, वस्त्र और घोड़ों के उपहार देकर और कूटनीति के सभी मोहरों को चलकर, पॉलो को आश्वस्त

कर दिया और इस प्रकार सीधे-सादे ओर्सिनी वाले सिनिगैग्लिया जाकर उसके पंजे में फंस गए। उनके नेताओं को मार डाला गया व अनुयायियों के पास ड्यूक से मिल जाने के अतिरिक्त कोई चारा ही नहीं रहा।

इस प्रकार ड्यूक ने अपनी भावी सत्ता की बड़ी मजबूत नींव डाली थी। उसने उर्बिनो की डची के साथ-साथ पूरे रोमान्या पर अधिकार बनाये रखा। यही नहीं, ऐसा लगा कि पूरे रोमान्या-वासियों का विश्वास और मैत्री को भी उसने जीत लिया, क्योंकि वे लोग उसके शासन के साये में फलने-फूलने लगे।

इस मुद्दे का गहन अध्ययन और मूल्यांकन किया जाना चाहिए। इसलिए मैं इसे यहीं नहीं छोड़ दूंगा। रोमान्या का शासन हाथ में आते ही ड्यूक ने महसूस किया कि यहां पर पहले जिन सामन्तों का शासन था, वे कमजोर थे और अपनी प्रजा पर अच्छी तरह शासन करने के बजाय उसको लूटते रहे थे। इन शासकों ने जनता को एकता के सूत्र में न बांधकर अराजकता का मार्ग दिखाया था। परिणामतः अब इस प्रदेश में गुण्डा-गर्दी, डाकेजनी, गुट-परस्ती और सामाजिक जीवन के अन्य सभी रोग मौजूद थे। इसलिए ड्यूक ने यह फैसला किया कि इन बुराइयों को दूर करने के लिए सुचारु शासन-व्यवस्था की आवश्यकता है, तभी यहां की प्रजा सम्प्रभु शासक की आज्ञा का पालन करेगी। इसलिए उसने वहां का शासनाधिकारी एक निर्मम ; लेकिन कार्यकुशल व्यक्ति रीमिरो डि ओर्को को बनाया और उसे सर्वाधिकार सौंप दिए।

थोड़े ही अर्से में रीमिरो ने इन बुराइयों को दूर कर दिया और रोमाना में एकता स्थापित कर दी। इसके लिए उसकी बहुत प्रशंसा की गई। अब ड्यूक ने फैसला किया कि इतने अधिक अधिकार सम्पन्न शासन की अब कोई आवश्यकता नहीं रह गई है, जिसे लोग बर्दाश्त न कर पाए। इसलिए उसने एक सम्मानित अध्यक्ष के अधीन प्रदेश के मध्य में एक नागरिक न्यायालय की स्थापना कर दी। इस न्यायालय में राज्य-भर के हर नगर का एक प्रतिनिधि नियुक्त किया गया था।

ड्यूक यह भी जानता था कि अतीत में की गई सख्तियों के कारण लोग उससे कुछ घृणा भी करते हैं। उसने, जनता के मन से मैल मिटाने एवं

उनका स्नेह और समर्थन जीतने के लिए, यह सिद्ध करने का फैसला किया कि अतीत काल में जनता पर की गई क्रूरताएं उसने नहीं की थीं। ये उसके मंत्री के कठोर स्वभाव का सीधा परिणाम थीं। इसके लिए सीज़र अवसर की प्रतीक्षा करता रहा। एक दिन प्रातः सीज़ीना के चौक में रीमिरो का शव दो टुकड़ों में पड़ा पाया गया। शव के बगल में लकड़ी का एक लट्ठा और खून से सना एक छुरा भी पड़ा था। इस घटना की भयावहता को देखकर प्रजा बहुत दिनों तक शान्त और स्तब्ध-सी बनी रही।

लेकिन छोड़िए, हम इस विकर्षण से पूर्व जहां थे, वहीं लौट चलें। ड्यूक के हाथों में काफी सत्ता और शक्ति आ गयी थी और अपने निकटस्थ प्रतिद्वन्द्वियों की शक्ति नष्ट करने एवं अपनी सेना के गठन के बाद वह स्वयं को अंशतः सुरक्षित भी महसूस करने लगा था। उसके अस्तित्व को बहुत तेजी से आने वाला कोई खतरा नहीं था। अपनी सत्ता का विस्तार करने का इच्छुक होते हुए भी उसे फ्रांस के मामले में काफी सावधानी से काम करना था, क्योंकि उसे पता था कि शाह लुई उसकी सहायता नहीं करेगा, क्योंकि देर से ही सही उसे अपनी नीतिगत भूलों का पता चल चुका था। अतएव सीज़र ने नये मैत्री सम्बन्धों की खोज शुरू की। जब फ्रांस की सेनाएं गाएना पर घेरा डाले हुए स्पेनिश सैनिकों के विरुद्ध अभियान करने के लिए नेपल्स की ओर बढ़ रही थीं, तो उसने उन्हें टालना शुरू किया। फ्रांस के प्रति इस उपेक्षा के पीछे उसका इरादा स्पेनिश शासकों का समर्थन और सहायता पाना था। और अगर अलेग्जान्देर जीवित होता तो ड्यूक को सफलता भी मिल गई होती।

ये तो थीं उसके भविष्य की त्वरित योजनाएं। उसके परे उसकी चिन्ता का विषय यह था कि पोप के पद का अगला उत्तराधिकारी शायद उसके प्रति इतना मैत्री भाव न रखे और हो सकता है कि अलेग्जान्देर द्वारा दिया गया सब कुछ उससे छीन लेने का प्रयास करे। इस सम्भावना का मुकाबला उसने चार तरह से करने की योजना बनायी जिन शासकों को उसने लूटा और बरबाद किया था, उनका वंशनाश पहला तरीका था। इससे पोप इन अपदस्थ शासकों को उसके विरुद्ध खड़ा नहीं कर पाता। दूसरे उसने रोम में अवस्थित सभी सम्मानित नागरिकों और कुलीन

परिवारों को अपनी ओर मिला लिया। तीसरे कॉलेज ऑव कार्डिनल्ज (पादरियों के प्रशिक्षण का केन्द्र और उनकी प्रशासक परिषद्) पर अपना नियन्त्रण बनाये रखने की यथासंभव कोशिश की। एवं चौथे अलेग्जान्देर की मृत्यु से पहले ही उसने इतनी सत्ता और शक्ति बटोरने का प्रयास किया कि एकाध प्रारम्भिक आक्रमण को अपने ही बलबूते पर सम्हाल सके।

इन चारों में से अलेग्जान्देर की मृत्यु से पूर्व वह तीन उपाय पूरे कर चुका था। चौथा उपाय भी लगभग पूरा हो चुका था। अपने द्वारा सत्ता से वंचित किये गये जितने शासकों तक वह पहुंच सका, उनको उसने मार डाला। बहुत थोड़े-से उसके फैलते हुए जाल से बच निकले। रोम के कुलीन एवं सम्मानित नागरिकों को भी उसने अपनी ओर मिला लिया था और कॉलेज ऑव कार्डिनल्ज में उसके ही समर्थकों का गुट सबसे बड़ा था। जहां तक अपनी सत्ता के विस्तार का सवाल है, उसने टस्कैनी का शासक बनने का संकल्प किया था। पेरुगिया और पियोम्बिनो पर पहले ही उसका शासन था, पीसा भी उसी के संरक्षण में था। फ्रांसीसियों के बारे में उसे कोई चिन्ता करने की जरूरत नहीं थी, क्योंकि स्पेनिश सेना के हाथों पराजित होकर फ्रांस वाले नेपल्स की सत्ता पहले ही खो चुके थे और अब दोनों पक्ष उसकी मैत्री पाने का प्रयास कर रहे थे। वह पीसा पर झपट्टा मारने ही वाला था यदि वह ऐसा कर लेता, तो लुक्का और सिएना भी तुरन्त उसके सामने घुटने टेक देते। इसका कारण था कुछ तो इन रियासतों में फ्लारेन्स वालों के प्रति व्याप्त डाह का भाव और कुछ भय की स्थिति ; फ्लारेन्स वाले इस मामले में कुछ भी न कर पाते।

जिस वर्ष अलेग्जान्देर की मृत्यु हुई, उस वर्ष तक वह बराबर सफल होता रहा। यदि वह पीसा पर आक्रमण की योजना में सफल हो जाता तो इतनी अधिक शक्ति और सम्मान का अधिकारी बन जाता कि अपने बल-बूते पर खड़ा हो गया होता। इसके बाद उसे किसी दूसरे की सैनिक सहायता अथवा सौभाग्य पर निर्भर नहीं रहना पड़ता। वह अपने ही कौशल और बाहुबल के सहारे सत्तारूढ़ बना रह सकता था ; लेकिन सीज़र के तलवार पकड़ने के पांच साल के अन्दर ही अलेग्जान्देर

चल बसा। उसकी मृत्यु के समय ड्यूक की सत्ता रोमाना में मजबूत हो चुकी थी। मगर बाकी सब कुछ अभी तक हवा में ही था, जबकि उसके दोनों ओर दो शक्ति सम्पन्न शत्रु सेनाएं खड़ी थीं। ड्यूक बहुत उद्यमी, प्रबलचित्त और कुशल व्यक्ति था और इस बात को अच्छी तरह जानता था कि लोगों को या तो जीतकर अपनी ओर मिला ले अथवा उनको मार डाले। इतने कम समय में अपनी सत्ता की जो नींव उसने डाली, वह इतनी मजबूत थी कि यदि ये दोनों शक्तिशाली शत्रु सेनाएं उसके सिर पर सवार न होतीं और उसका स्वास्थ्य ठीक होता, तो वह हर कठिनाई का मुकाबला कर लेता।

उसकी सत्ता की नींव कितनी मजबूत थी, इसका पता कई बातों से लगता है। रोमान्या में उसकी प्रतीक्षा एक महीने से अधिक की गयी। जब वह मृतप्राय था, तब भी रोम में उसकी सत्ता को चुनौती देने वाला कोई नहीं था। बैग्लियोनी, वितेल्ली और ओर्सिनी की सेनाएं नगर में घुसने के बाद भी किसी को उसके विरुद्ध विद्रोह के लिए नहीं उकसा सकीं। अगर वह किसी मनचाहे व्यक्ति को पोप नहीं बना सकता था, तो किसी अनचाहे व्यक्ति को पोप बनने से रोक अवश्य सकता था। अलेग्जान्देर की मृत्यु के समय यदि वह स्वयं स्वस्थ हुआ होता, तो उसके लिए हर काम आसान था। यही नहीं, जूलियस द्वितीय के चुनाव के दिन उसने स्वयं मुझसे कहा था कि उसने अपने पिता की मृत्यु के बाद होने वाली हर बात को सोच-समझ रखा था। उसे केवल इतना ही पूर्वानुमान नहीं था कि पिता की मृत्यु के समय वह स्वयं भी मृत्यु शैया पर पड़ा हुआ होगा।

ड्यूक की सारी बातें सुनने के बाद, मैं किसी प्रकार से उसकी निन्दा नहीं कर पाता। इसके विपरीत, मेरी धारणा है कि मैंने, दूसरों की सैनिक सहायता और सौभाग्य के बल पर सत्ता प्राप्त करने वाले लोगों के समक्ष उसका उदाहरण प्रस्तुत करके ठीक ही किया है। वह एक साहसी और महत्त्वाकांक्षी व्यक्ति था, और उसने जो कुछ किया, उसके सिवाय उसके पास कोई चारा नहीं था। उसकी योजनाएं अलेग्जान्देर की मृत्यु और उसकी अपनी बीमारी के कारण अपूर्ण रह गयीं। इसलिए शत्रुओं के विरुद्ध अपनी मोर्चाबन्दी करने, नये मित्र बनाने, षड्यन्त्र अथवा बाहुबल

से विजय प्राप्त करने, प्रजा के मन में अपने प्रति स्नेह और भय उपजाने, अपने सैनिकों से अनुमोदन और सम्मान पाने के इच्छुक नये शासक के समक्ष ड्यूक से बेहतर आदर्श नहीं हो सकता। यदि नया शासक अपने समर्थ और सम्भावित शत्रुओं अथवा प्रतिद्वन्द्वियों को मिटाने, पुरानी परम्पराओं में सुधार करने, कठोर बनने और फिर प्रजा का प्यार पाने, उदार और महान बनने का फैसला करता है, तो उसे ड्यूक के पदचिह्नों का अनुसरण करना होगा। यदि नया शासक अपने द्रोही सैन्य बल को नष्ट करना चाहता है और नयी सेना का गठन करना चाहता है, यदि वह अन्य शासकों अथवा सम्राटों से ऐसे सम्बन्ध स्थापित करना चाहता है कि या तो वे ससम्मान उसकी सहायता करने के लिए बाध्य हों अथवा उसे हानि पहुंचाने से पहले सोचने-समझने के लिए मजबूर, तो ड्यूक ही की परम्परा उसे निभानी पड़ेगी।

ड्यूक की निन्दा अथवा आलोचना सिर्फ एक मुद्दे पर की जा सकती है और वह है, पोप जूलियस का चुनाव। यहां उसने सही व्यक्ति को नहीं चुना। जैसा कि मैंने पहले कहा था, यदि वह अपनी पसन्द के व्यक्ति को पोप के पद पर बैठा नहीं सकता था, तो कम-से-कम अनचाहे व्यक्ति को उस पद पर बैठने से रोक अवश्य सकता था। उसे किसी भी हालत में ऐसे कार्डिनल का चुनाव पोप-पद के लिए नहीं होने देना चाहिए था, जिसे वह किसी जमाने में आघात पहुंचा चुका था और जो उससे भयभीत रहता था। लोग भय अथवा घृणा के वश होकर ही आपको आघात पहुंचाते हैं। जिन लोगों को सीज़र ने स्वयं चोट पहुंचायी थी, उनमें से सान् पिएरो अद विंक्यूला, कोलोना, सान ज्योर्जियो, अस्कानियो आदि भी थे। रूएन और स्पेनवासियों के अतिरिक्त, अन्य किसी का भी चुनाव किया जाता, तो वे उससे भयभीत रहते। कॉलेज ऑव कार्डिनल्ज में जो स्पेनी सदस्य थे, वे उसी के देशवासी थे और उसके अहसानमन्द भी और रूएन फ्रांस के राजा का समर्थन प्राप्त होने के कारण अपने-आप में काफी शक्तिशाली था। इसलिए ये दोनों पक्ष ड्यूक से भयभीत नहीं थे। ड्यूक का सर्वप्रथम लक्ष्य पोप-पद के लिए किसी स्पेनी का ही निर्वाचन होना चाहिए था और उस चेष्टा में विफल होने पर उसे सान् पिएरो अद विंक्यूला के स्थान पर, रूएन

का चुनाव होने देना चाहिए था। बड़े आदमी नये उपकार अथवा सेना के सामने पुराने बैर को भूल जाते हैं। यह धारणा गलत है और अपने-आप को भ्रम में डालने की चेष्टा मात्र है। इसलिए ड्यूक का चुनाव गलत रहा और वही अन्ततः उसकी बरबादी का कारण बना।

8
धूर्तता व्दारा सत्ता हथियाने वाले शासक

सौभाग्य और पराक्रम के अतिरिक्त भी सत्ता हथियाने के दो तरीके हैं। यद्यपि इनमें से एक की विशद् चर्चा लोकतन्त्र शीर्षक के अन्तर्गत होनी चाहिए, फिर भी मैं उसे छोड़ देना मुनासिब नहीं समझता। इनमें से एक किसी अपराधपूर्ण एवं नीचकर्म के द्वारा सत्ता हथिया लेने का तरीका है, और दूसरा सहनागरिकों की सहमति से किसी सामान्य नागरिक द्वारा सत्ता का सूत्र संभाल लेने का तरीका।

पहले तरीके की चर्चा करते हुए मैं दो उदाहरण प्रस्तुत करूंगा—एक पुरातन इतिहास से और दूसरा आधुनिक से। इस सन्दर्भ में उचित और अनुचित को लेकर कोई टिप्पणी मैं नहीं करना चाहता, क्योंकि अनुकरण के इच्छुक लोगों के लिए प्रस्तुत उदाहरण स्वयं में स्पष्ट हैं।

सिसिली का आगाथोक्लीज न केवल एक सामान्य नागरिक था, बल्कि हीनतम, निकृष्टतम कोटि का जीवन-यापन कर रहा था। इस अधम स्थिति से उठकर वह सिराक्यूज का शासक बन गया। कुम्हार के बेटे इस आगाथोक्लीज ने अपने कार्यकारी जीवन में हर स्तर पर अपराधी वृत्ति से काम लिया ; लेकिन उसमें, अपने अपराधी कृत्यों के साथ-साथ, शौर्य भी इतना था कि सेना में काम करते हुए वह एक साधारण सैनिक के पद से उठकर सेनापति के पद पर पहुंच गया।

सेनापति के पद पर नियुक्त होते ही उसने शासक बनने का और बिना किसी के प्रति उत्तरदायी हुए उस सबका बलात् स्वामी बनने का संकल्प कर लिया, जो उसे स्वेच्छा से दे दिया गया था। अपनी इस महत्त्वाकांक्षा के सिलसिले में उसने कार्थेगिनिया के हैमिलकार के साथ एक समझौता-सा कर लिया—हैमिलकार उन दिनों सिसिली में सैनिक अभियान कर रहा था।

फिर एक दिन उसने सिराक्यूज की सीनेट और वहां की प्रजा को इकट्ठा कर लिया। ऐसा लगा कि वह लोकतन्त्री पद्धति पर शासित उस राज्य के भविष्य से सम्बन्धित कुछ महत्त्वपूर्ण मामलों पर बात-चीत करना चाहता है। इसके बाद एक पूर्व निर्धारित संकेत के अनुसार उसने अपने सिपाहियों से तमाम सीनेटरों और नगर के अमीरों की हत्या करवा दी। इन लोगों के मारे जाने के बाद उसने बिना किसी प्रकार की आन्तरिक बाधा अथवा विरोध का सामना किये नगर पर अपना कब्जा कर लिया।

यद्यपि उस पर कार्थेगिनिया की सेनाओं ने दो बार चढ़ाई की और घेरा भी डाल दिया, मगर उसने न केवल सफलतापूर्वक नगर की रक्षा की, बल्कि अपने कुछ सैनिकों को नगर का बचाव करने के लिए छोड़कर शेष सैनिकों के साथ अफ्रीका पर हमला भी किया और कुछ ही समय में वह घेरा भी उठवा दिया एवं कार्थेगिनिया के सैनिकों की दुर्गति बना दी। वे उसके साथ समझौता करने के लिए बाध्य हो गये। इस समझौते में अफ्रीका उनके पास बचा रहा, जबकि सिसिली आगाथोक्लीज को मिल गया।

अतएव जो कोई भी इस व्यक्ति की कार्यवाहियों का अध्ययन-विश्लेषण करेगा, वह इस बात को समझ जायेगा कि उसके सैनिक जीवन में सामान्य सैनिक के पद से सेनापति बनने तक, भाग्य का कहीं कोई योगदान नहीं है, और जैसा कि मैं पहले कह चुका हूं, उसकी प्रगति के मार्ग में अनेक कठिनाइयां और खतरे मौजूद थे। इस प्रकार से उसने अपना राज्य प्राप्त किया था और उसे बनाये रखने के लिए भी उसे अनेक खतरनाक और दुस्साहसपूर्ण अभियान करने पड़े, फिर भी अपने सह-नागरिकों की हत्या, मित्रद्रोह, निर्ममता और अविवेक को गुण की संज्ञा नहीं दी जा सकती। इस तरह के तौर-तरीकों से कोई भी शासक सत्ता का उपार्जन कर सकता है, कीर्ति का नहीं। यों खतरों का मुकाबला करने और उनसे बच निकलने की आगाथोक्लीज की क्षमता की ओर ध्यान आकर्षित किया जा सकता है। विपत्तियों को सहन करने और उन पर विजय पाने की उसकी साहसिकता की भी दाद दी जा सकती है, और ऐसा लगता है कि किसी भी महत्त्वपूर्ण सेनापति से कम उसका महत्त्व नहीं आंका

जा सकता। इसके बावजूद उसकी पाशविक क्रूरता, अमानवीयता और उसके असंख्य अपराधपूर्ण कृत्यों आदि के कारण उसे महान् व्यक्तियों की पंक्ति में खड़ा होने का सम्मान नहीं दिया जा सकता। जो उसके भाग्य अथवा गुण की उपलब्धि नहीं थी, उसका श्रेय भी तो इन गुणों को नहीं दिया जा सकता।

हमारे अपने युग में, पोप अलेग्जान्देर षष्ठ के कार्यकाल में फर्मों का ओलिवरोत्तो हुआ है। वर्षों पूर्व बचपन में ही उसके पिता की मृत्यु हो गई थी और उसका लालन-पालन उसके मामा गियोवानी के फोग्लियानी ने किया था। युवावस्था के प्रारम्भिक दिनों में उसे पॉलो वितेल्ली के अधीन एक सैनिक की हैसियत से काम करने के लिए भेजा गया, जिससे वह उपयुक्त प्रशिक्षण पाकर ऊंचा पद पा सके। जब पॉलो की मृत्यु हो गयी तो ओलिवरोत्तो ने उसके भाई वितेलोज्जो के अधीन रहकर भी काम किया। क्योंकि वह मेधावी भी था और साहसी एवं धैर्यवान् भी। इसलिए कुछ ही समय में वह वितेलोज्जो का मुख्य सेनापति हो गया।

लेकिन उसे लगा कि दूसरों के आदेश मानना दासता का प्रतीक है, इसलिए फर्मों के कुछ ऐसे नागरिकों की सहायता से, जिन्हें अपनी मातृभूमि की स्वतन्त्रता की अपेक्षा उसकी पराधीनता अधिक आकर्षक लगती थी और वितेलोज्जो के कुछ अनुयाइयों की सहमति से, उसने फर्मों पर अपना अधिकार जमा लेने का फैसला किया। उसने गियोवानी फोग्लियानी को पत्र लिखा कि वह बहुत दिनों से घर नहीं गया है। इसलिए अब वह घर आकर उससे (अपने मामा से) मिलना चाहता है। अपने नगर को देखना चाहता है और अपनी सम्पत्ति की जांच करना चाहता है। उसने अपने पत्र में यह भी लिखा कि उसने आज तक सम्मान के अतिरिक्त अन्य किसी लाभ के लिए काम नहीं किया और कि वह अपने सह नागरिकों को दिखाना चाहता है कि उसने इतना समय व्यर्थ नहीं गंवाया है। इसलिए वह सम्मानपूर्वक लगभग 100 घुड़सवार मित्रों और सेवकों के साथ नगर-प्रवेश करना चाहता है।

ओलिवरोत्तो ने गियोवानी से अनुरोध किया कि वे उसके लिए ऐसे स्वागत की व्यवस्था करें, जिससे गियोवानी की शान बढ़े और ओलिवरोत्तो

को सम्मान भी हो, क्योंकि आखिर वह गियोवानी का पालित पुत्र था। मामा गियोवानी ने अपने भांजे के स्वागत-सत्कार में कोई कोर-कसर न उठा रखी। उसने फर्मों के नागरिकों के द्वारा उसका स्वागत-सत्कार करवाया और उसे अपने ही महल में लाकर रखा।

इस बीच वह अपने जघन्य कृत्यों की गुप्त योजनाओं को कार्यान्वित करता रहा। ओलिवरोत्तो ने एक औपचारिक दावत की व्यवस्था की जिसमें उसने गियोवानी तथा फर्मों के प्रमुख नागरिकों को बुलवाया। जब खाना-पीना हो चुका और ऐसी दावतों से संलग्न मनोरंजन कार्यक्रम पूरे हो चुके, ओलिवरोत्तो ने बड़ी सावधानी और कुशलता से पोप अलेग्जांदेर और उसके बेटे सीज़र की महानता और उनके अभियानों की चर्चा छेड़ी और कुछेक गम्भीर महत्त्वपूर्ण विषयों को छूना शुरू किया।

जवाब में जब गियोवानी तथा अन्य लोगों ने भी इन गम्भीर विषयों पर बहस शुरू कर दी, तो वह अकस्मात् खड़ा हो गया और कहने लगा कि इन मुद्दों पर किसी सुरक्षित स्थान पर, गोपन रूप से बातचीत होनी चाहिए और इतना कहकर वह एक अन्य कमरे में चला गया। गियोवानी एवं उसके प्रमुख प्रजाजन भी उसी के पीछे कमरे में चले गए। जैसे ही ये लोग अपने-अपने स्थानों पर बैठे, गुप्त जगहों में छिपे हुए सैनिक उन पर टूट पड़े और गियोवानी तथा अन्य प्रजाजनों की हत्या कर दी गयी। इस हत्याकांड के बाद ओलिवरोत्तो अपने घोड़े पर सवार हुआ और नगर का दौरा करता हुआ शासक-परिषद् के मुख्यालय तक जा पहुंचा। इस मुख्यालय पर उसने घेरा डाल दिया। पार्षदों को भयभीत करके उसने उन्हें एक ऐसी सरकार की स्थापना के लिए बाध्य किया, जिसका राजा वह स्वयं था। जिन-जिन लोगों से उसे यह आशंका थी कि वे उसके शासन का विरोध करेंगे और उसे आघात पहुंचाने की चेष्टा करेंगे, उन्हें उसने मौत के घाट उतार दिया एवं नयी नागरिक एवं सैनिक परम्पराओं तथा संस्थाओं की स्थापना करके अपनी स्थिति को मजबूत बनाने में जुट गया।

इस प्रकार जिस साल उसने रियासत पर अधिकार किया, उस साल न सिर्फ स्वयं को फर्मो नगर में जमा लिया, बल्कि पड़ोसी राज्यों के

मुकाबले में अपने-आप को अभेद्य भी बना लिया। यदि सीजर बोर्गिया के धोखे में वह न आ जाता, तो उसका भी पतन उतना ही कठिन होता, जितना आगाथोक्लीज का पतन था। जैसा कि हम पहले बता चुके हैं, सीजर ने ओर्सिनी और वितेल्ली को सिनिगौग्लिया में फंसा लिया था। ओलिवरोत्तो भी यहीं फंसा हुआ था। पितृघात करने के एक वर्ष के भीतर ही उसका भी गला वितेलोज्जो के साथ ही घोंट दिया गया। ओलिवरोत्तो का पराक्रम एवं अपराधपूर्ण वृत्तियां वितेलोज्जो की ही देन थीं।

किसी-किसी व्यक्ति को इस बात पर आश्चर्य भी हो सकता है कि आखिर आगाथोक्लीज और उसी जैसे अन्य शासक अपनी असंख्य क्रूरताओं, मित्र अथवा पितृ द्रोही कृत्यों के बावजूद अपने देश में कैसे सुरक्षित रह सके और कैसे विदेशी शत्रुओं को भी थामे रह सके ! आगाथोक्लीज़ के विरुद्ध उसके देशवासियों ने कभी कोई षड्यन्त्र नहीं किया। इसके विपरीत अन्य अनेक शासक अपनी क्रूरताओं के कारण प्रजा की घृणा के ऐसे पात्र बन गए कि शान्ति-काल में भी अपने शासन को बनाये रखना उनके लिए कठिन हो गया, युद्धकाल की अनिश्चयता की तो बात ही दूसरी थी।

मेरी धारणा यह है कि क्रूरता का भी सही और गलत प्रयोग किये जाने की बात उठायी जा सकती है। यदि किसी बुरी बात की चर्चा इस स्तर पर क्षम्य हो, तो हम कह सकते हैं कि यदि एक बार की क्रूरता से समस्या का स्थायी समाधान होता हो और शासक की प्राण रक्षा उससे होती हो और उसके बाद निरन्तर क्रूरता का आश्रय न लेकर शासक जन कल्याण की ओर उन्मुख हो जाए तो हम कह सकते हैं कि उसने क्रूरता का सही इस्तेमाल किया है। क्रूरता के दुरुपयोग की स्थिति वह है जिसमें प्रारम्भ में उसका इस्तेमाल कभी-कभार ही किया जाता है और समय गुजरने के साथ-साथ वह घटने अथवा बन्द हो जाने की बजाय बढ़ती ही जाती है।

जो शासक दैवी और मानवी सहायता से पहले तरीके का इस्तेमाल करते हैं, वे आगाथोक्लीज की तरह अपनी स्थिति को सुदृढ़ करने का कोई न कोई उपाय ढूंढ़ लेते हैं। दूसरे तरीके का इस्तेमाल करने वाले लोग शायद सत्तारूढ़ भी नहीं रह सकते। इसलिए इस बात पर ध्यान दिया

जाना चाहिए कि नये शासक को किसी राज्य पर अधिकार करते समय यह फैसला कर लेना चाहिए कि उसे किस-किस को कितना गहरा आघात पहुंचाना होगा। उसे एक ही बार में ये आघात पहुंचाकर किस्सा खत्म करना चाहिए। निरन्तर इन चोटों को दुहराना नहीं चाहिए। इस प्रकार वह अपने शासितों के मन से चिन्ता और अनिश्चय को दूर कर सकेगा और जब चाहेगा, प्रजाजनों को, कुछ लाभ पहुंचाकर, अपनी ओर मिला सकेगा।

जो भी शासक दब्बूपन के कारण अथवा गलत मन्त्रणा से इसके विपरीत व्यवहार करेगा, उसे विवश होकर सदैव तलवार हाथ में थामे रहना पड़ेगा और वह निरन्तर नित्य नयी हिंसा से पीड़ित और आत्मरक्षा के विषय में सदैव चिन्तित, अपने प्रजाजनों पर कभी भी विश्वास नहीं कर सकेगा। जो भी हिंसा आवश्यक हो उसे एक ही बार में सम्पन्न करके उसका अध्याय समाप्त कर देना चाहिए। तभी प्रजा उसे भूल पाएगी और नये शासक के प्रति कम रुष्ट होगी। इसके बाद क्रमशः धीरे-धीरे प्रजाजनों को सम्मान और उपहार दिये जाने चाहिए। विस्तृत हिंसा के मुकाबले में इन उपहारों का 'स्वाद' जनता को बेहतर लगेगा।

सबसे बढ़कर शासक का व्यवहार अपने शासितों के प्रति ऐसा होना चाहिए, जिससे अनुकूल अथवा प्रतिकूल परिस्थिति में उस व्यवहार को बदलना न पड़े। वरना होता यह है कि विपत्ति की घड़ी में दमन की आवश्यकता होने पर भी दमन करने में बिलम्ब हो जाता है और शासितों पर किए उपकारों के पीछे जनता को शासक की विवशता नज़र आती है अतएव शासित उनके लिए किसी भी प्रकार से आभारी नहीं होते।

9
असैनिक राज्य

अब हम दूसरी ओर पलटते हैं, जहां एक सामान्य नागरिक किसी अपराधपूर्ण कृत्य अथवा साहसपूर्ण सैनिक अभियान के बल पर नहीं, बल्कि अपने सह नागरिकों की अनुकम्पा से अपने देश का शासक बन जाता है। इसे हम संवैधानिक राज्य कह सकते हैं, जिसका शासक बनने के लिए व्यक्ति को न तो केवल पराक्रम की आवश्यकता होती है और न ही भाग्य-वैभव की, बल्कि एक विशिष्ट कोटि का चातुर्य चाहिए।

मेरी धारणा है कि इस पद्धति के अन्तर्गत कोई व्यक्ति प्रजाजनों अथवा सामन्तों की अनुकम्पा से शासक बन जाता है। प्रजाजन और सामन्त हर नगर में होते हैं और सभी जगह लोग यह चाहते हैं कि सामन्तगण उन पर शासन और उनका दमन न कर सकें, जबकि सामन्त लोग प्रजाजनों पर शासन और उनका दमन करने के लिए कटिबद्ध रहते हैं। इन दोनों परस्पर विरोधी महत्त्वाकांक्षाओं का इन तीन में से कोई एक परिणाम हो सकता है—राज्य किसी शासक की निजी सम्पत्ति बन सकता है, स्वतन्त्र नगर राज्य की स्थापना हो सकती है अथवा अराजकता फैल सकती है।

किसी रियासत की संरचना कभी प्रजाजनों द्वारा होती है और कभी सामन्तों द्वारा। दोनों में से जिस पक्ष को अवसर मिल जाए, वही अपनी कर गुज़रता है। होता यह है कि जब कभी सामन्तों को यह महसूस होता है कि प्रजाजनों की प्रबलता उनके लिए असह्य होती जा रही है, तो वे अपनी ही मण्डली में से किसी एक का रुतबा बढ़ाना शुरू करते हैं और उसकी आड़ में अपने स्वार्थों की सिद्धि के लिए उसे शासक बना देते हैं।

इसी प्रकार जब सामन्तों का प्रभाव प्रजाजनों के लिए असह्य हो

जाता है, तो वे अपनी भीड़ में से किसी एक को उठाकर शासक बना देते हैं, जिससे कि उसके अधिकार की छत्र-छाया में रहकर अपनी रक्षा कर सकें।

प्रजाजनों के अनुमोदन से शासक बनने वाले व्यक्ति की अपेक्षा सामन्तों की सहायता से शासक बनने वाले व्यक्ति को अपनी सत्ता बनाए रखने में बहुत ज्यादा कठिनाई होती है। शासक की हैसियत से वह स्वयं को ऐसे अनेक लोगों से घिरा हुआ पाता है, जो स्वयं को उसका समकक्ष समझते हैं और इसलिए वह उनको अपनी इच्छानुसार निर्देश नहीं दे सकता। इसके विपरीत प्रजाजनों के अनुमोदन से शासक बनने वाला व्यक्ति भीड़ में अकेला खड़ा होता है और उसके आसपास के प्रायः सभी लोग आदेश लेने और उसे मानने के लिए प्रस्तुत होते हैं। इसके अपवाद स्वरूप इक्का-दुक्का व्यक्ति ही होते हैं।

इसके अतिरिक्त दूसरों के हितों की हत्या किए बगैर ईमानदारी से सामन्तों को सन्तुष्ट करना असम्भव होता है लेकिन प्रजाजनों को ईमानदारी से सन्तुष्ट किया जा सकता है। प्रजाजन, सामन्तों की अपेक्षा, अपने इरादों और आकांक्षाओं में कहीं ज्यादा ईमानदार होते हैं, क्योंकि सामन्त प्रजा का दमन करना चाहते हैं, जबकि प्रजा की आकांक्षा इस दमन से केवल बचने की होती है। यही नहीं, कोई भी शासक प्रजा के आक्रोश के विरुद्ध कभी अपनी रक्षा नहीं कर सकता, क्योंकि प्रजाजन असंख्य होते हैं। इसके विपरीत सामन्तों के मुकाबले में वह अपनी किलेबन्दी कर सकता है, क्योंकि वे अल्पसंख्यक होते हैं।

प्रजाजनों के नाराज़ होने पर अधिक से अधिक यही हो सकता है कि वे शासक का परित्याग कर दें ; लेकिन यदि सामन्तगण बिगड़ उठें, तो वे शासक का परित्याग ही नहीं करते, बल्कि सक्रिय रूप से उसका विरोध भी करते हैं। सामन्त अधिक दूरदर्शी होते हैं और कहीं अधिक चतुर भी। वे लोग सदैव समय रहते ही अपने हितों की रक्षा के लिए कार्यवाही कर लेते हैं और उसी का पक्ष लेते हैं, जिसके जीतने की उन्हें आशा होती है।

फिर शासक को सदैव उन्हीं प्रजाजनों पर शासन करना होगा, जबकि सामन्तों के बगैर भी उसका काम बखूबी चल सकता है, क्योंकि वह उन्हें जब चाहे बना सकता है और जब चाहे अपदस्थ कर सकता है

और इच्छानुसार उनकी पदोन्नति अथवा पदावनति भी कर सकता है।

विवाद को और भी स्पष्ट करने के लिए मैं यह कहना चाहता हूं कि सामन्तों के विषय में दो बातें याद रखी जानी चाहिए या तो वे पूर्णतया आपके भाग्य पर निर्भर करने लगें अथवा इसके विपरीत अपने ही भाग्य पर निर्भर करते रहें। आप पर निर्भर करने वाले सामन्त यदि वे लोभी न हों तो सम्मान और स्नेह के पात्र होते हैं। जो सामन्त आपके प्रभाव और ऐश्वर्य से परे, आत्म निर्भर बने रहते हैं, वे ऐसा दो कारणों से करते हैं ; एक तो यह कि वे स्वभाव से ही कायर और संकीर्ण हृदय वाले हों, यदि ऐसा है तो आपको उनका लाभ उठाना चाहिए। विशेषकर उनका जो समझदार हैं और अर्थपूर्ण सम्मति दे सकते हैं, क्योंकि आपकी सफलता के दौर में वे आपका सम्मान करेंगे और आपत्ति काल में आपको उनसे किसी प्रकार का भय अथवा आशंका नहीं होगी। दूसरी ओर यदि वे सामन्त जान-बूझकर और अपनी महत्त्वाकांक्षा के वश में होकर आपके प्रभाव से मुक्त रहते हैं, तो यह स्पष्ट है कि वे आपकी अपेक्षा अपने हितों के प्रति अधिक सजग हैं। इस प्रकार के सामन्तों के मुकाबले के लिए शासक को प्रस्तुत रहना चाहिए। उनको उन्हें अपना घोषित शत्रु ही समझना चाहिए, क्योंकि आपत्ति काल में वे लोग सदैव उनकी बरबादी में सहायक होंगे।

प्रजाजनों द्वारा शासक के पद पर बैठाए गए व्यक्ति को उनकी मैत्री के लिए प्रयास करना चाहिए और यह काम मुश्किल नहीं होता, क्योंकि प्रजा केवल शासकीय दमन-चक्र से मुक्त रहना चाहती है ; लेकिन जो व्यक्ति जनता की इच्छा के विरुद्ध और सामन्तों की सहायता से शासक बनता है, उसे सबसे पहले प्रजा का अनुमोदन प्राप्त करने की कोशिश करनी चाहिए। यदि वह प्रजा को (सामन्तों के शोषण और दमन के विरुद्ध) सुरक्षा का आश्वासन दे सके, तो यह काम काफी आसान है। इससे अनिष्ट की आशंका नहीं रहती। वह उपकार करने लगे, तो लोग उसके प्रति और भी अधिक कृतज्ञता अनुभव करते हैं। अतः प्रजा क्षण-भर में अपने चुने हुए शासक से भी अधिक इस शासक के अनुकूल हो उठती है। प्रजाजनों को प्रसन्न करने के कई तरीके हो सकते हैं। परिस्थिति के अनुसार भिन्न-भिन्न तरीके अपनाए जा सकते हैं, इसलिए कोई जड़ बन्धन

अथवा नियम नहीं बताए जा सकते और मैं उनकी यहां चर्चा भी नहीं करूंगा। मैं निष्कर्ष रूप में इतना ही कहना चाहूंगा कि शासक के लिए प्रजा को मित्र बनाए रखना जरूरी होता है ; वर्ना आपत्तिकाल में उसके पास कोई चारा नहीं रह जाएगा।

स्पार्टा का शासक पूरे यूनान का और रोम की विजयी सेना का मुकाबला कर सका और उनके मुकाबले में अपनी एवं अपने राज्य की रक्षा कर सका। इसके लिए उसे केवल यही करना पड़ा कि खतरे के समय उसने अपने कुछेक शासितों के विरुद्ध कार्यवाही की। यदि जनता उसके विरुद्ध होती, तो यह संक्षिप्त-सी कार्यवाही काफी न होती। 'जनता की नींव पर (शासन का) महल बनाने वाले दलदल में महल खड़े कर रहे हैं, जैसे पुरातन तर्क देकर किसी को भी मेरी इस धारणा का खण्डन नहीं करना चाहिए।

यदि कोई सामान्य नागरिक अपनी सत्ता का आधार जनता को बना लेता है और यह बात सदा के लिए सत्य मान लेता है कि जब भी उस पर शत्रु-पक्ष अथवा अपने शासनाधिकारियों की ओर से कोई विपत्ति आ पड़ेगी तो जनता उसे बचा लेगी, तब यह बात सही हो सकती है। (इस मामले में वह अक्सर देखेगा कि उसकी धारणा गलत थी : रोम में ग्राग्ची और फ्लारेंस में ज्योर्जियो स्काली का भी तो यही हस्र हुआ था।) लेकिन यदि कोई ऐसा शासक अपनी सत्ता का आधार जनता को बनाता है जो नेतृत्व कर सकता है और साहसी है, जो आपत्ति काल में घबराता नहीं है, जो सावधानी बरतने से नहीं चूकता और जो अपने निजी गुणों और अपने द्वारा स्थापित परम्पराओं के बल पर लोगों की वफादारी जीत सकता है, तो जनता उसे कभी लज्जित या पराजित नहीं होने देगी, ऐसा शासक अपनी सत्ता को सदैव सुरक्षित पाएगा।

जब कभी सीमित शासकीय सत्ता के दायरे से निकलकर कोई राज्य निरंकुशता के दायरे में जाने लगता है, तो राज्यों में, रियासतों में प्रायः संकट खड़ा हो जाता है। निरंकुशता की दिशा में कदम उठाने वाले शासक या तो सीधे शासन करते हैं अथवा अपने शासनाधिकारियों के माध्यम से। शासनाधिकारियों के माध्यम से शासन करने वाले शासकों की स्थिति

कमज़ोर एवं अधिक खतरनाक होती है, क्योंकि वे पूर्णतया उन नागरिकों की इच्छा पर आश्रित होते हैं, जो अधिकारी पद पर प्रतिष्ठित हैं और ये शासनाधिकारी, विशेषकर विपत्ति काल में, बड़ी आसानी से, कभी उनके विरुद्ध सार्थक कार्यवाही करके और कभी उनके करके, उनको अपदस्थ कर सकते हैं। जब विपत्ति की घड़ी आती है, तो शासक के पास निरंकुश सत्ता हथियाने का कोई समय नहीं होता, क्योकि शासनाधिकारियों से आदेश पाने के अभ्यस्त हो चुके शासित जन संकट काल में सीधे शासक का आदेश नहीं मानेंगे। गड़बड़ी के समय शासक को विश्वास पात्र व्यक्ति ढूंढ़े भी नहीं मिलेंगे। इसलिए इस प्रकार का शासक अपने शान्ति काल के अनुभवों पर ही निर्भर रहकर जनता को वांछित प्रकार का शासन नहीं प्रदान कर सकता। शान्ति काल में हर आदमी उसके इशारों पर नाचता है, हर आदमी वायदे करता है और जब तक मौत दूर होती है तब तक सभी लोग मरने के लिए तैयार रहते हैं। लेकिन संकट की बेला में जब राज्य अपने नागरिकों की बलि मांगता है, तो कोई नज़र नहीं आता। वफादारी का यह इम्तहान बड़ा खतरनाक होता है, क्योंकि यह इम्तहान केवल एक ही बार लिया जा सकता है। इसलिए बुद्धिमान शासक को सदैव ऐसे उपाय करते रहना चाहिए, जिससे उसके नागरिक सदैव और सभी परिस्थितियों में उस पर और उसके अधिकार पर निर्भर रहें ; ऐसी हालत में वे हमेशा उसके प्रति वफादार रहेंगे।

10
किसी राज्य की शक्ति का अनुमान कैसे हो ?

इस प्रकार की रियासतों या राज्यों की विशेषताओं की जांच करते समय हमें एक और बात का ध्यान रखना चाहिए और वह यह कि किसी शासक की शक्ति क्या इतनी है कि वह आवश्यकता पड़ने पर एकाकी आत्मनिर्भर होकर, सत्तारूढ़ बना रह सके ? अथवा क्या उसे सदैव किसी दूसरे की सहायता और संरक्षण की आवश्यकता पड़ेगी ? इस मुद्दे को और अधिक स्पष्ट करने के लिए मेरा कहना यह है कि मेरे खयाल से वही शासक एकाकी और आत्मनिर्भर बने रह सकते हैं, जिनके पास आक्रमणकारी शत्रु की सेना के मुकाबले के लिए बराबर की सेना भरती करने लायक जनशक्ति अथवा धन होता है। इसी प्रकार से उन शासकों को सदैव दूसरों का संरक्षण प्राप्त करना चाहिए, जो शत्रु के मुकाबले में अकेले मैदान में नहीं डट सकते और पीछे हटकर अपने किले की दीवारों की आड़ में रहकर आत्मरक्षा के लिए विवश हो जाते हैं।

मैं पहले मामले पर पहले ही चर्चा कर चुका हूं और बाद में भी इस विषय में मुझे जो कुछ सूझेगा मैं वही कहूंगा। जहां तक दूसरे मामले का सवाल है, इतना ही कहा जा सकता है कि ऐसे शासकों को आसपास के प्रदेशों अथवा राज्यों की चिन्ता न करके अपने-अपने नगरों की किलेबन्दी कर लेनी चाहिए। यदि कोई शासक अपने नगर की किलेबन्दी भली भांति कर लेता है और मेरे पूर्व कथनानुसार अपने प्रशासन की व्यवस्था कर लेता है, तो शत्रु उस पर हमला करते समय बहुत सावधान होगा। जिस काम में असफलता की सम्भावनाएं स्पष्ट हों, उस काम को लोग हाथ डालना पसन्द

नहीं करते और स्पष्ट है कि किसी जनप्रिय शासक द्वारा सुदृढ़ किए गए किलेबन्द नगर पर हमला करना आसान काम नहीं होता।

जर्मन नगर असीमित स्वतन्त्रता का उपभोग करते हैं। कुछ सीमित प्रदेश पर ही उनका अधिकार होता है और वे सम्राट की आज्ञा का पालन तभी करते हैं, जब वे ऐसा करना चाहते हैं। ये नगर-राज्य न सम्राट से डरते हैं और न ही किसी पड़ोसी शक्ति से, क्योंकि इन नगरों की किलेबन्दी इस प्रकार से कर ली गई है कि वहां के नागरिक जानते हैं कि उनको ध्वस्त करने के लिए किया गया सैनिक अभियान काफी लम्बा चलेगा। ऐसा इसलिए है कि इन तमाम नगरों के चारों ओर बड़ी ऊंची-ऊंची दीवारें और अच्छी-अच्छी खाइयां बनाई गई हैं। उनके पास पर्याप्त तोपखाना है और वहां भोजन, पेय जल और ईंधन का इतना भण्डार सदैव तैयार रखा जाता है कि साल-भर तक सारी प्रजा का काम चल सके।

इसके अतिरिक्त हर जर्मन नगर में सार्वजनिक हानि उठाए बगैर जब सामान्य के लिए भोजन-वस्त्र की व्यवस्था करते समय एक वर्ष के लिए ऐसे काम-धन्धों का भी जाल बुन लिया जाता है, जिनसे सामान्य नागरिक को आजीविका का साधन मिल जाता है एवं नगर के दैनन्दिन जीवन की आवश्यकताओं की पूति उस काम से होती रहती है। यहां सैनिक अभ्यास को सदैव सम्मान की दृष्टि से देखा जाता है और इसकी व्यवस्था कई एक कानूनों के अन्तर्गत कई एक संस्थाओं के द्वारा की जाती है।

इसलिए भली भांति सुरक्षित किए गए किसी नगर के शासक पर यदि प्रजा उससे घृणा नहीं करती है, तो हमला नहीं किया जा सकता, फिर भी यदि कोई हमला कर ही बैठे तो उसे शीघ्र ही तिरस्कृत एबं अपमानित होकर अपना घेरा उठा लेना पड़ेगा, क्योंकि कोई भी आक्रमणकारी अपनी सेना को लिए हुए साल-भर तक शिविर डाले पड़ा नहीं रह सकता। घटनाक्रम इतना चंचल होता है कि साल-भर तक निर्विघ्न घेरा नहीं डाला जा सकता।

यह आपत्ति सहज ही उठाई जा सकती है कि यदि लोगों का सामान किले की दीवारों के बाहर पड़ा हो और शत्रु उसे आग लगा रहा हो तो शायद लोग भीतर बैठे नहीं रह सकेंगे एवं घेरे की दीर्घकालिकता और

उनका सम्पत्ति प्रेम उन्हें शासक के प्रति अपना दायित्व भूल जाने के लिए बाध्य कर देगा।

इस आपत्ति के प्रति मेरा जवाब यह है कि कोई भी दुस्साहसी और शक्तिसम्पन्न शासक इस प्रकार की कठिनाइयों पर विजय पा सकता है। वह कभी जनता को यह आशा बंधा सकता है कि उनके द्वारा सहे जा रहे कष्ट बहुत दिनों तक नहीं रहेंगे। और कभी उन्हें शत्रु की क्रूरता का भय दिखला सकता है। वह बहुत मुंहफट किस्म के लोगों के विरुद्ध प्रभावकारी कार्यवाही भी कर सकता है। इसके अतिरिक्त शत्रु जब भी आएगा वह ग्रामीण क्षेत्रों को लूटता और आगज़नी करके जलाता हुआ ही आएगा और वह यह काम तब करेगा, जब इस शासक के प्रजाजन नगर की रक्षा के लिए उत्साह से भरे हुए होंगे। इसलिए शासक के लिए चिन्ता का कारण और भी कम हो जाता है, क्योंकि इस उत्साह के मरते-मरते धन-सम्पत्ति की हानि हो चुकी होगी और हो चुका नुकसान ला-इलाज होगा।

इसलिए प्रजाजन शासक के और भी निकट आ जायेंगे, क्योंकि नगर की रक्षा के दौर में घर-बार जल जाने और खेती बाड़ी उजड़ जाने के बाद शासकों और शासितों के बीच परस्पर उपकार और सौहार्द्र का बन्धन और भी गहरा हो जायेगा। मानव का स्वभाव ही ऐसा है कि वह किसी को लाभ पहुंचाकर भी उतना ही उपकृत अनुभव करता है, जितना किसी से लाभ उठाकर। इसलिए इन सब बातों को ध्यान में रखते हुए बुद्धिमान शासक के लिए, शत्रु के घेरे के दौरान, अपने प्रजाजनों के उत्साह और स्वामि भक्ति को तब तक प्रेरित किये रखना असम्भव नहीं होना चाहिए, जब तक कि उसके पास रसद के भण्डार और प्रतिरक्षा के साधन हैं।

11
धर्मगुरुओं की रियासतें

अब धर्मगुरुओं द्वारा शासित राज्यों की रियासतों की चर्चा बच जाती है, और यहां पर शासक के समक्ष जो भी कठिनाइयां आती हैं, वे शासक के सत्तारूढ़ होने से पहले ही आती हैं, क्योंकि इस प्रकार की रियासतों को जीता तो पराक्रम और भाग्य के बल पर जाता है, लेकिन उनको अपने अधीन बनाये रखने के लिए इनमें से किसी भी गुण की आवश्यकता नहीं पड़ती।

वस्तुतः इन पर धार्मिक परम्पराओं के बल पर शासन किया जाता है और ये परम्पराएं भी ऐसी प्रबल होती हैं कि शासक जैसे चाहे रहे, जो जी चाहे करे, वे ही उसके राज्य शासन की रक्षा करती हैं। धर्म-गुरु ही ऐसे शासक होते हैं, जो राज्य तो करते हैं, मगर जिन्हें राज्य की प्रतिरक्षा नहीं करनी पड़ती, जिनके पास प्रजा होती है, मगर वे उस पर शासन नहीं करते और क्योंकि उन्हें अपने राज्यों की प्रतिरक्षा नहीं करनी पड़ती, अतएव वे वहां से हटाये भी नहीं जा सकते और उनकी प्रजा पर, क्योंकि शासन करने वाला कोई नहीं होता, अतएव वे उसके विषय में निश्चिन्त भी रहते हैं, और वे अपने शासक को अपदस्थ करके न कभी किसी अन्य को गद्दी पर बैठा सकते हैं, और न ही इसकी आशा करते हैं। इसलिए यही कुछ ऐसे राज्य हैं, जो सचमुच सुरक्षित भी हैं और भरे-पूरे भी।

लेकिन क्योंकि इनका नियन्त्रण ऐसी शक्तियों के हाथ में होता है, जिनका बोध मानव को नहीं हो सकता, इसलिए मैं उनके विषय में बहस नहीं करूंगा। वे उच्चतर कोटि के राज्य होते हैं और इनका शासन ईश्वर चलाता है, इसलिए कोई उद्दण्ड और दम्भी व्यक्ति ही इन्हें अपनी बहस का विषय बनायेगा।

फिर भी यदि कोई मुझसे यह पूछे कि चर्च ने कैसे इतनी व्यापक सांसारिक सत्ता और शक्ति बटोर ली है, इतनी कि जहां अलेग्ज़ान्देर के समय तक अधिकारसम्पन्न इतालवी महाराजा और स्वयं को महाराजा कहने वाले लोग ही नहीं, बल्कि हर सामन्त, जागीरदार और निम्नतम श्रेणी का अधिकारी, इसकी (चर्च की सम्पत्ति की, सत्ता की)* उपेक्षा कर सकता था, उसे नगण्य समझता था, वहां आज फ्रांस के शहंशाह भी इसके समक्ष कांपते हैं, और आज चर्च के अगुआ फ्रांस के शाह को इटली से खदेड़ सकते हैं, वेनिस के शासकों को बर्बाद कर सकते हैं तो मैं इसके इतिहास को दुहरा लेना कोई अनुचित काम नहीं समझूंगा, यद्यपि सत्ता के संग्रह की यह कहानी सर्वविदित है।

फ्रांस के शहंशाह चार्ल्स के हमले से पहले, इटली का शासन पोप, वेनिस, नेपल्स और फ्लारेन्स वालों, मीलान के डयूक आदि के हाथों में था। इन शक्तियों के समक्ष मुख्यत: दो ही ध्येय थे—एक तो यह कि कोई विदेशी आक्रान्ता इटली पर आक्रमण न करने पाये—दूसरे यह कि शक्ति-सम्पन्नों की इस मण्डली में से कोई एक शासक सत्ता का विस्तार न कर ले। जिन लोगों पर विशेष रूप से नज़र रखी जाती थी, वे थे पोप और वेनिस वाले। वेनिसवालों को नियन्त्रण में रखने के लिए शेष सभी शासकों का एक जुट होना ज़रूरी था, जैसा कि फरारा के मामले में हुआ। यही नहीं, पोप को अपनी सीमाओं से बांधे रखने के लिए रोम के जागीरदारों का प्रयोग किया गया था।

ये जागीरदार ओर्सिनी और कोलोना नामक दो गुटों में बंटे हुए थे, अतएव इन दोनों पक्षों के बीच मतभेद की गुंजायश हमेशा बनी रहती थी, और पोप के ऐन सामने शस्त्र धारण करके इन गुटों ने पोप की सत्ता को कमजोर और असुरक्षित बना रखा था। यद्यपि यदा-कदा सिक्सटस जैसा

---

* अपने शासन का क्षेत्रीय विस्तार करने की इच्छा से प्रेरित होकर वेनिस के शासकों ने 1482 में फ़रारा के विरुद्ध युद्ध की घोषणा कर दी थी। तब वेनिस के विरुद्ध सिक्सटस चतुर्थ, नेपल्स, फ्लारेंस और मीलान ने मिलकर मोर्चा बांध लिया था।

दुस्साहसी पोप भी सत्तारूढ़ हो जाता था; लेकिन उस जैसे शासक भी इस झमेले से जान नहीं छुड़ा पाते थे, चाहे वे अपनी सारी सम्पत्ति और सारे राजनय को प्रयोग में ले आयें। यह स्थिति पोप का शासन काल छोटा होने के कारण होती थी। इसलिए किसी भी पोप को औसत दस वर्ष के शासन काल में इनमें से किसी एक गुट को कुचलने का समय नहीं मिल पाता था और फिर मान लीजिए कि कोई एक पोप, उदाहरणतः, कोलोना गुट को नष्ट भी कर दे, तो इस बीच किसी दूसरे पोप का उद्भव हो जाता था, जो ओर्सिनी का विरोधी होता था। वह कोलोना को पूर्वस्थिति प्रदान कर देता था, मगर ओर्सिनी को नष्ट करने का समय उसके पास भी नहीं होता था।

इसका अर्थ यह हुआ कि पोप की भौमिक अथवा सांसारिक शक्ति और सत्ता का इटली में सम्मान करने वाला कोई नहीं था; लेकिन तभी अलेग्ज़ान्देर षष्ठ का शासन काल प्रारम्भ हुआ और किसी अन्य पोप की अपेक्षा कहीं अधिक उसने यह सिद्ध कर दिया कि पोप अपने धन और सशस्त्र सेवाओं के बल पर बहुत कुछ कर सकता है। ड्यूक वैलेन्तीनो उसका उपकरण बन गया और फ्रांसीसी हमला उसके लिए अवसर बनकर आया और इन्हीं के बल पर उसने वह सब कर दिखाया, जिसकी चर्चा हम ड्यूक के कार्यकलापों के क्रम में कर आये है। यद्यपि उसका लक्ष्य चर्च का नहीं; ड्यूक का उद्भव ही था, फिर भी उसने जो कुछ किया उससे चर्च की महत्ता बढ़ी; और उसकी मृत्यु के बाद, जब ड्यूक बर्बाद हो चुका था, चर्च को उसकी पसीने की कमाई, उसकी मेहनत का फल उत्तराधिकार में मिला।

इसके बाद पोप जूलियस का उद्भव हुआ। उसके समय तक चर्च पहले ही व्यापक सत्ता का अधिकारी बन चुका था। रोम के जागीरदारों का नाश हो चुका था और रोमान्या पर चर्च का झण्डा फहरा रहा था; अलेग्ज़ान्देर की ही प्रबलता के कारण (ओर्सिनी और कोलोना) गुट समाप्त हो चुके थे। यही नहीं, उसे सम्पत्ति बटोरने का एक ऐसा साधन भी उपलब्ध हो गया, जिसका उपयोग अलेग्ज़ान्देर से पूर्व किसी ने नहीं किया था। जूलियस ने इन सबका इस्तेमाल जारी ही नहीं रखा, इनके प्रयोग में

सुधार भी किया।

उसने स्वयं के लिए बोलोना को जीतने का और वेनिसवालों को कुचलने का फैसला किया। साथ-साथ उसने फ्रांसीसियों को इटली से बाहर खदेड़ने की भी योजना बनाई। वह अपने इन सभी आयोजनों में सफल हुआ और क्योंकि उसने यह सब चर्च के उद्भव के लिए किया था, किसी व्यक्तिविशेष के लाभार्थ नहीं, अतएव उसके ये सभी अभिमान उसके यश और कीर्ति के कारण बने। उसने ओर्सिनी तथा कोलोना गुटों को जिस स्थिति में पाया था, उन्हें वैसा ही रहने दिया यद्यपि इन गुटों में कुछेक नेता ऐसे भी थे, जो झंझट खड़े करने की कला में दक्ष थे। दो बातों ने उनको रोके रखा—एक थी चर्च की महत्ता, जिसकी बढ़ती हुई शक्ति से वे आतंकित हो उठे थे और दूसरे उनके बीच में विद्रोह की लहरें पैदा करने वाले कार्डिनल उनके साथ नहीं थे।

जब इन गुटों के बीच उनके कार्डिनल मौजूद होते हैं तो वे रोम में और अन्यत्र भी पारस्परिक झगड़े-झंझटों को जन्म देते रहते हैं, और ये सामन्त-जागीरदार एक दूसरे की मदद के लिए अनिवार्यतः आते ही हैं। इस प्रकार धर्मोपदेशकों की निजी महत्त्वाकांक्षाओं के कारण सामन्तों-जागीरदारों के बीच द्वन्द्व और विवाद खड़े होते रहते हैं।

जब परम् पावन पोप लियो सत्तारूढ़ हुए, तो पोप का राज्य बड़ी मज़बूत स्थिति में था और हमें आशा है कि उनके पूर्वजों द्वारा तलवार के बल पर स्थापित की गयी यह महत्ता एवं यह प्रबलता उनकी सज्जनता और उनके अनेक अन्य गुणों का सहारा पाकर और भी महान् एवं सम्मान का विषय बन जायेगी।

12
सैन्य-संगठन और किराये के सैनिक

प्रारम्भ में अनुगणित रियासतों या राज्यों की विशेषताओं की चर्चा करने के बाद और किसी हद तक उनकी समृद्धि एवं असफलता के कारणों की परिगणना करने के बाद और उनकी प्राप्ति एवं उनपर अधिकार बनाये रखने के अधिकतर तरीकों को समझाने के बाद अब मुझे मोटे तौर पर इन भिन्न-भिन्न तरीकों का विश्लेषण करना है, जिनका सहारा लेकर ये राज्य स्वयं को आक्रमण अथवा प्रतिरक्षा के लिए संगठित कर सकते हैं।

हम पहले कह चुके हैं कि राजा को राज्य की नींव मज़बूत डालनी चाहिए, वरना उसपर कभी भी विपत्ति आ सकती है। नये और पुराने संकलित सभी प्रकार के राज्यों की मज़बूत नींव का आधार होते हैं अच्छे कानून और अच्छा सैन्य संगठन और क्योंकि अच्छे सैन्य बल के बगैर आप अच्छे कानून भी नहीं बना सकते एवं जहां कहीं सैन्य बल अच्छा है, वहां कानून भी अच्छे ही बनते हैं, इसलिए मैं कानूनों की चर्चा न करके शस्त्रधारी सैन्य की ही चर्चा करूंगा।

कोई भी शासक अपनी प्रतिरक्षा का आधार या तो अपनी सेना को बना सकता है या किराये के सैनिकों को अथवा सहायक सैन्य संगठन को अथवा मिले-जुले सभी प्रकार के सैन्य को। किराये के सैनिक और सहायक सैनिक कोटि के संगठन बेकार भी होते हैं और खतरनाक भी। अपने राज्य की रक्षा का आधार भाड़े के सैनिकों को बनाने वाला शासक न तो अपने शासन को सुरक्षित ही बना पायेगा और न ही स्थायी, क्योंकि भाड़े के इन सैनिकों में ऐक्य नहीं होता। वे सत्ता के भूखे होते हैं। उनमें अनुशासन नहीं होता और वफादारी का भी अभाव होता है। वे मित्रों के बीच शूरवीर होते हैं एवं शत्रु के समक्ष कायर। उन्हें ईश्वर का भय नहीं

होता और अपने साथियों, सहमानवों में उन्हें आस्था नहीं होती। वे जब तक युद्ध के मैदान में नहीं जाते, तभी तक पराजित भी नहीं होते। शान्ति काल में वे आपको लूटते हैं, और युद्ध काल में शत्रु आपको लूटता है। इस सबका कारण यह है कि उन्हें मिलने वाले स्वल्प वेतन के अतिरिक्त युद्ध के मैदान में लड़ाने वाला और कोई प्रलोभन या कारण नहीं होता और यह वेतन इतना काफी नहीं होता कि वे आपके लिए अपने प्राण होम देने के लिए तैयार हो जायें। जब आप युद्ध नहीं कर रहे हैं, तब वे आपकी सेना में नौकरी करने के लिए सदा तैयार मिलेंगे ; मगर युद्ध की घड़ी आने पर वे या तो आपको छोड़कर भाग जायेंगे या बिखर जायेंगे। मुझे इस मुद्दे पर ज़्यादा बहस करने की ज़रूरत नहीं होनी चाहिए, क्योंकि इटली की वर्तमान बरबादी का कारण वर्षों तक भाड़े के सैनिकों पर निर्भर प्रतिरक्षा व्यवस्था के अतिरिक्त कुछ भी नहीं है। यद्यपि कई बार कुछेक शासकों ने इन भाड़े के सैनिकों से काफी लाभ भी उठाया है और दूसरे पक्ष के भाड़े के सैनिकों के मुकाबले में हमारे पक्ष के भाड़े के सैनिक वीर भी सिद्ध हुए हैं ; लेकिन जब विदेशी शत्रुओं से पाला पड़ा तो उनकी बहादुरी का भेद खुल गया।

यही कारण था कि फ्रांस के शहंशाह चार्ल्स ने इटली पर अपनी छावनी में ठहरे हुए सैनिक अफसरों के ही बल पर विजय पाई (अर्थात् उसे लड़ना ही नहीं पड़ा)[1] और जो कोई भी इटली की इस पराजय का कारण हमारे अपने पाप बताता है सच कहता है; लेकिन ये पाप वे नहीं थे, जिनके विषय में कहने वाला[2] सोच रहा था, बल्कि वे थे, जिनकी चर्चा मैंने की है, क्योंकि ये पाप शासकों ने किये थे, अतएव शासकों को ही उनका फल भोगना पड़ा।

मैं किराये के सैनिकों के इस्तेमाल से निकलने वाले खतरनाक परिणामों को और भी स्पष्ट कर देना चाहता हूं। इन भाड़े के सैनिकों

---

1. मैकियावेली ने इसके लिए जो शब्दावली (Col gesso) इस्तेमाल की है; उसका अर्थ होता है 'खड़िया के एक टुकड़े से।'
2. तात्पर्य सवोनरोला से है।

के सेनापति या तो युद्ध की कला में पारंगत होंगे या अनाड़ी। यदि वे युद्ध कला में पारंगत हैं, तो आप उनपर भरोसा नहीं कर सकते, क्योंकि वे अपनी ही धाक बैठाने के फेर में होते हैं। इसके लिए या तो वे अपने स्वामी को, आपको अथवा आपके शत्रु को, आपकी आकांक्षाओं और आयोजनों से भी अधिक विवश करेंगे। और यदि उनका सेनापति पराक्रमहीन है तो भी आपकी बरबादी की पूरी-पूरी सम्भावना होती है।

यदि कोई व्यक्ति यह कहना चाहे कि यह बात किसी भी सशस्त्र सेना के बारे में कही जा सकती है, तो मैं यह कहूंगा कि सशस्त्र सेनाओं का नियन्त्रण या तो किसी शासक के हाथ में होना चाहिए या लोकतन्त्री सरकार के। शासक को व्यक्तिगत रूप से सेना की कमान संभालनी चाहिए और सैनिकों का नेतृत्व करना चाहिए। लोकतन्त्री सरकार को अपने ही किसी नागरिक को सेनापति पद पर तैनात करना चाहिए और यदि इस प्रकार से तैनात किया हुआ सेनापति अयोग्य सिद्ध हो तो उसे हटा दिया जाना चाहिए। इसके विपरीत यदि वह सेनापति योग्य सिद्ध होता है, तो उसके अधिकार को संसदीय कानूनों के बल पर सीमित किया जाना चाहिए।

अनुभव से यही सिद्ध होता है कि ठोस सफलता या तो शासकों को मिलती है अथवा शस्त्र-शक्ति से सम्पन्न लोकतन्त्र को। भाड़े के सैनिकों से तो घाटा ही घाटा होता है और भाड़े के सैनिकों के बल पर जीने वाले लोकतन्त्र की अपेक्षा अपने नागरिकों के ही बीच से संगठित सैनिक शक्ति वाले लोकतन्त्र के गुलाम बनाये जाने की सम्भावना कहीं कम होती है।

रोम और स्पार्टा सशस्त्र थे और कई शताब्दियों तक स्वतन्त्र बने रहे। स्विस लोग शक्तिसम्पन्न हैं और पूर्णतया स्वतन्त्र भी। पुरातन काल में भाड़े के सैनिकों पर निर्भरता का एक नमूना कार्थेगिनिया है। रोमनों के साथ प्रथम युद्ध के समाप्त होने पर, यद्यपि कार्थेगिनिया के अपने ही नागरिक सभी अधिकारी पदों पर आरूढ़ थे, फिर भी भाड़े के सैनिकों ने इस लोकतन्त्री राज्य को लगभग गुलाम ही बना लिया था।

इपामिनोण्डास की मृत्यु के बाद थीबा-वासियों ने मकदूनिया के फिलिप को सेनापति नियुक्त कर दिया और जब वह एक युद्ध जीत गया,

तो उसने थीबा-वासियों की स्वतन्त्रता भी छीन ली। ड्यूक फ़िलिप्पो की मृत्यु के बाद, मीलान वालों ने वेनिस वालों के विरुद्ध अभियान में अपनी सेनाओं के नेतृत्त्व के लिए फ्रांसेस्को स्फ़ोर्ज़ा को नियुक्त किया और जब उसने कारावेग्गियो के युद्ध में वेनिस वालों को पराजित कर दिया, तो स्वयं मीलान वासियों को ही अपने अधीन करने के लिए वह शत्रु पक्ष के साथ जा मिला। उसका पिता स्फ़ोर्ज़ा भी नेपल्स की सम्राज्ञी जोअन्ना के यहां नौकरी करता था, एक दिन वह बिना किसी पूर्व सूचना अथवा चेतावनी के उसे असहाय छोड़कर चल दिया। परिणामतः अपना राज्य बचाने के लिए उसे विवश होकर अरागन के शाह की कृपाकांक्षिणी बनना पड़ा।

यह ठीक है कि अतीत काल में फ्लारेंस तथा वेनिस वाले अपनी सत्ता के विस्तार के लिए भाड़े के सैनिकों का इस्तेमाल कर चुके हैं और इन भाड़े के सैनिकों के सेनापति अपने मालिकों की रक्षा के लिए बिना राज्य पर कोई दख़ल जमाये लड़ भी चुके हैं ; लेकिन इस सम्बन्ध में मुझे इतना ही कहना है कि फ्लारेंस वाले इस मामले में सौभाग्यशाली थे। हम कुछेक ऐसे अच्छे सेनापतियों को ही लें जो उन्हें परेशान कर सकते थे। इनमें से एक सैनिक दृष्टि से असफल रहा, दूसरे की योजनाएं पूरी नहीं होने दी गयीं और एक अन्य को अपनी महत्त्वाकांक्षा की दिशा बदलनी पड़ी। गियोवानी एक्युतो सैनिक दृष्टि से विफल हुआ और इसीलिए उसकी स्वामिभक्ति की परीक्षा नहीं हो सकी; लेकिन इतनी बात सभी लोग मानेंगे कि यदि वह युद्धभूमि में सफल हो जाता, तो लाफ्रेंस वासी उसके अधिकार में होते। स्फ़ोर्ज़ाओं को सदैव ब्रेक्चेश्वी का विरोध सहना पड़ा और इस प्रकार से ये दोनों पक्ष एक-दूसरे पर अंकुश रखे रहे। फ्रांसेस्को ने अपनी महत्त्वाकांक्षा को लोम्बार्दी की ओर मोड़ दिया। ब्रैचियो ने चर्च और नेपल्स के राज्य की ओर मुंह किया।

लेकिन आइये, देखें कि इससे कुछ ही देर पहले क्या हुआ था। फ्लारेंस वासियों ने एक बड़े चतुर व्यक्ति पॉलो वितेल्ली को अपना सेनापति नियुक्त किया। वितेल्ली ने बड़े निम्न पद से कार्यकारी जीवन शुरू किया और धीरे-धीरे अपनी साख उसने काफ़ी बढ़ा ली। यदि वह पीसा को जीत लेता, तो फ्लारेंस वासियों के पास उसकी इच्छाओं का अनुमोदन

करने के सिवाय कोई चारा न रह जाता, क्योंकि यदि वह उनके शत्रुओं से जा मिलता, तो वे उसके मुकाबले में असहाय हो जाते और उसे अपना वेतन-भोगी बनाये रखने का परिणाम यह होता कि वे उसके आदेशों का पालन करने को बाध्य होते।

यदि वेनिस के विस्तार का अध्ययन किया जाए तो हम देखेंगे कि वेनिसवासियों ने मुख्य भूमि पर सैनिक अभियान करने से पहले जब अपनी सेनाओं को लेकर युद्ध लड़े, तब तक वे सुरक्षित भी रहे और उन्होंने यश एवं कीर्ति भी अर्जित की। अपने ही कुलीन जनों और नागरिकों की सेना को लेकर उन्होंने सर्वाधिक पराक्रम दिखाया ; लेकिन जब उन्होंने मुख्य भूमि पर अपना अभियान शुरू किया, तो उनका पराक्रम जाता रहा और वे भी इटली की सैन्य परंपरा के अंग होकर रह गये। शुरू-शुरू में जब मुख्य भूमि के कुछ प्रदेशों पर उन्होंने अधिकार किया तो उनके समक्ष अपने सेनापतियों से भयभीत होने का कोई कारण नहीं था, क्योंकि अभी उनके उपनिवेश सीमित ही थे और उनकी साख काफ़ी अच्छी थी ; लेकिन जब इन उपनिवेशों का विस्तार हुआ और जब कार्माग्नोला उनका सेनापति था, तब उनको अपने तौर-तरीकों के ग़लत होने का अहसास हुआ।

उन्होंने कार्माग्नोला के पराक्रम और युद्ध कौशल को देखा था और उसी के नेतृत्व में वे लोग मीलान के ड्यूक को हटा चुके थे। फिर उन्होंने देखा कि वह युद्ध के संचालन में उत्साहहीन होता जा रहा है और उन्हें लगा कि अब वह उनके पक्ष के लिए और कोई युद्ध नहीं जीत सकेगा। लेकिन वे उसे अपदस्थ नहीं कर सकते थे, क्योंकि ऐसा करने से जीता हुआ प्रदेश खो जाने की आशंका थी। इसलिए सुरक्षा की दृष्टि से वे उसकी हत्या करने के लिए विवश हो गये।

इसके बाद उन्होंने अपने सेनापतियों के रूप में बर्गामो के बार्तोलोमिऊ, सान् सेवेरिनो के रूबर्तो, पितिग्लियानो के काउण्ट और इसी प्रकार के अन्य लोगों को नियुक्त किया। और जब सेना की कमान इन लोगों के हाथों में थी, तो वेनिस वालों को यह चिन्ता नहीं थी कि वे नये प्रदेश जीत सकेंगे। या नहीं, बल्कि यह चिन्ता थी कि पहले जीते गये प्रदेश भी उनके हाथों में बने रह सकेंगे या नहीं ? वैला के युद्ध में भी यही स्थिति

थी। जिस सारे प्रदेश को जीतने में उन्हें 800 वर्ष तक निरन्तर परिश्रम करना पड़ा था, उसे वे एक ही दिन की लड़ाई में खो बैठे।

भाड़े के सैनिकों से विजय तो बहुत धीरे-धीरे, बड़े विलम्ब से और वह भी मामूली-सी मिलती है ; लेकिन पराजय नितान्त आकस्मिक और चौंकाने वाली होती है। अब क्योंकि ये दृष्टान्त मुझे इटली में ले आए हैं और इटली में बरसों से भाड़े के सैनिकों का भी दबदबा चला आ रहा है, मैं उनके विषय में और भी विवरण के साथ विवेचन करना चाहूंगा। यदि उनके उद्गम और विकास को स्पष्ट कर दिया जाए, तो उनकी बुराइयों का निराकरण अपेक्षाकृत आसान हो जाएगा।

आपको यह बात भली भांति समझ लेनी चाहिए कि हाल के वर्षों में जब से इटली ने साम्राज्य की ओर मुंह फेरना शुरू किया और चर्च की सांसारिक सत्ता ऊंची उठती चली गयी, तब से ही देश कई राज्यों में बंट चला है। हुआ यह कि कई ऐसे नगरों में, जहां सामन्तों-जागीरदारों ने सम्राट के समर्थन के बल पर जनता को दबा रखा था, विद्रोह हुए और चर्च ने अपनी सांसारिक सत्ता बढ़ाने के लिए इन विद्रोहों का समर्थन किया। कुछेक अन्य नगरों में कोई एक नागरिक शासक बन गया। इसलिए लगभग पूरा इटली पोप के अधिकार तले आ गया एवं कुछेक लोकतन्त्र खड़े हो गए। इन नये शासकों, पादरियों और नागरिकों को सैनिक मामलों का कुछ भी अनुभव नहीं था। अतएव इन्होंने किराये पर विदेशी सैनिकों की भरती शुरू कर दी। इस प्रकार की ख्याति पाने वालों में सर्वप्रथम था—रोमान्या का अल्बरिगो दा कोनियो। उसकी परम्परा का ही अनुसरण करने वालों में ब्रैचियो और स्फ़ोर्ज़ा भी थे, जो अपने समय में इटली-भर के मालिक थे। इसके बाद किराये के सैनिकों की जो परम्परा चली, वह हमारे समय तक चली आ रही है और इन भाड़े के सैनिकों के पराक्रम का ही परिणाम है कि इटली को चार्ल्स ने रौंदा है, लुई ने लूटा है, फ़र्डिनेण्ड ने उसपर हमला किया और स्विट्ज़रलैण्ड वालों ने उसे अपमानित किया है। भाड़े के इन सैनिकों की यह नीति ही थी कि पहले तो वे तोपखाने के सैनिक महत्त्व की ओर से ध्यान बंटा लेते थे और अपनी महत्ता बढ़ाते चले जाते थे। पैसे के लिए सिपाहीगीरी करने वाले

इन राज्यहीन लोगों की महत्त्वाकांक्षा अल्पसंख्यक तोपखाने का नेतृत्व करके पूरी नहीं होती थी और बहुसंख्यक सैनिकों को वे रसद और वेतन नहीं दे सकते थे। इसलिए ये लोग घुड़सवार दस्तों का गठन करते थे एवं इस प्रकार से सम्मान एवं आजीविका पा जाते थे, यद्यपि इस रूप में उनकी संख्या बहुत अधिक होना ज़रूरी नहीं होता था।

स्थिति यह हो गयी कि लगभग 20 हज़ार सैनिकों की सेना में अधिक-से-अधिक दो हज़ार सैनिक तोपख़ाने में शामिल होते थे। इसके अतिरिक्त भाड़े के इन सैनिकों की तमाम चेष्टाएं भय से मुक्त होने और कठोर परिश्रम से बचने में केन्द्रित थीं। हाथापाई के दौरान ये लोग प्राणों की बाज़ी नहीं लगाते थे। युद्धबन्दी बनाया करते थे और इन बन्दियों की मुक्ति के लिए धन नहीं मांगा करते थे। वे छावनियों पर कभी रात में हमला नहीं करते थे और घिर जाने पर कभी छापा नहीं मारते थे। अपने शिविरों के आसपास खाइयां खोदकर अथवा बाड़ लगाकर किलेबन्दी करने की उन्होंने कभी चिन्ता नहीं की। यही नहीं शीतकाल में वे कभी अभियान नहीं करते थे। उनकी अपनी सैनिक आचार-संहिता में ये सब बातें क्षम्य थीं और जैसा कि मैंने पहले कहा था वे लोग इस नीति का अनुसरण इसलिए करते थे कि वे परिश्रम और ख़तरे से बच सकें। इस सबका परिणाम यह हुआ कि इन लोगों ने इटली को गुलामी के कठघरे में ला खड़ा किया और उसे अपमानित कराया।

13

सहायक, मिले-जुले और स्थानीय सैन्य दल

एक अन्य प्रकार की निरुपयोगी सेना होती है, सहायक सेना। यह तब खड़ी होती है, जब आप किसी शक्तिसम्पन्न राज्य से अपनी प्रतिरक्षा एवं सहायता के लिए सैनिक सहायता की मांग करते हैं। पोप जूलियस ने कुछ समय पहले ऐसा किया था। फ़रारा-अभियान में भाड़े के सैनिकों ने जो निराशाजनक स्थिति खड़ी कर दी थी, उसे देखते हुए पोप सहायक सैन्य की ओर उन्मुख हुए और उन्होंने स्पेन के फ़र्डिनेण्ड के साथ मिलकर उसके सैनिक और सलाहकार बुला लिए।

अपने-आप में ये सहायतार्थ आने वाली सेनाएं उपयोगी एवं विश्वनीय हो सकती हैं ; लेकिन उन्हें अपनी सहायतार्थ निमन्त्रण देनेवाले के लिए वे हमेशा बरबादी का कारण बनती हैं। यदि वे पराजित हो जाएं, तो आप अधर में टंगे रह जाते हैं और अगर जीत जाएं तो आप उनकी मुट्ठी में बन्द होते हैं। पुरातन इतिहास इस प्रकार के उदाहरणों से भरा पड़ा है ; लेकिन मैं पोप जूलियस द्वितीय द्वारा खड़े किए गए उदाहरण को ही प्रस्तुत करके सन्तोष कर लूंगा। फ़रारा को प्राप्त करने की धुन में, जो उसने अपने-आप को एक विदेशी के हाथों में डाल दिया, इससे ज्यादा गलत कार्यवाही वह कुछ नहीं कर सकता था ; लेकिन यह उसका सौभाग्य ही था कि इसके साथ ही कुछ और भी ऐसा घटित हुआ, जिससे वह बोये हुए कांटों की फ़सल काटने की यातना से बच गया। जब उसकी सहायक सेनाओं को खन्ना के स्थान पर खदेड़ दिया गया, तो स्विस लोग मैदान में आ गए और उन्होंने विजेता सेनाओं को मार भगाया और इस प्रकार सभी को आश्चर्यचकित

करते हुए और स्वयं भी इस सौभाग्य से चौंधियाये हुए, पोप जूलियस महोदय बन्दी जीवन से बच गए। शत्रु भाग खड़ा हुआ, सो वह उन्हें नहीं पकड़ सका क्योंकि सहायतार्थ आये सैन्य दल अभियान में पराजित हुए थे, अतएव वे उनके दबाव में आने से बच गए।

फ्लारेन्स वालों के पास अपने कोई सैनिक दस्ते थे ही नहीं, इसलिए उन्होंने पीसा को जीतने के लिए दस हज़ार फ्रांसीसी सैनिक भाड़े पर लिए और इस प्रकार से उन्होंने जो खतरा उठाया, वह उनके तमाम विपत्ति काल में सबसे बड़ा खतरा था। कुस्तुनतुनिया के सम्राट् ने अपने पड़ोसी राज्य का झटका सहने के लिए दस हज़ार तुर्क सैनिक यूनान भेजे ; मगर जब युद्ध समाप्त हो गया तो उन सैनिकों ने यूनान छोड़ने से इनकार कर दिया और यहीं से यूनान पर नास्तिकों का अधिकार जमना शुरू हो गया।* इसीलिए जो कोई व्यक्ति सैनिक विफलता का मुंह देखना चाहता हो उसी को इस प्रकार की सेना का इस्तेमाल करना चाहिए, क्योंकि ये सहायतार्थ आये सैनिक दस्ते भाड़े के सैनिकों से ज़्यादा खतरनाक होते हैं। ये सहायक दस्ते प्राणघाती होते हैं। वे संगठित सैन्य का अंग होते हैं और वह सैन्य किमी अन्य की आज्ञा का पालन करता है। भाड़े के सैनिकों को आपको हानि पहुंचाने में समय लगता है और अवसर की तलाश रहती है, क्योंकि वे संगठित और ठोस सेना का रूप नहीं ले पाते। वे आप ही के बल पर खड़े होते हैं और आप ही के वेतनभोगी होते हैं। भाड़े के सैनिकों का नेतृत्व भी आप ही के द्वारा नियुक्त किसी सेनापति के हाथों में होता है और व्यक्ति इतनी जल्दी इतनी अधिक मान्यता और अधिकार नहीं बटोर सकता कि आपको हानि पहुंचा सके। संक्षेपतः भाड़े के सैनिकों की कायरता खतरनाक होती है और सहायक सैनिकों की वीरता !

---

* बिज़ेन्तिया के सम्राट् कैण्टाक्यूजेनस जॉन षष्ठ (ईस्वी सन् 1292-1383) ने उस गृहयुद्ध में भाग लिया। गृहयुद्ध 1347 में तब समाप्त हुआ, जब उसने तुर्कों की सहायता से कुस्तुनतुनिया पर अधिकार कर लिया और तब जॉन पंचम से उसका समझौता हुआ। वह जॉन पंचम का अभिभावक शासक रह चुका था। 1352 में फिर गृहयुद्ध छिड़ गया और जॉन षष्ठ ने फिर से तुर्क की सहायता ली। अन्ततः उसने राज्य त्याग दिया।

इसलिए बुद्धिमान शासक हमेशा सहायक सेनाओं को छोड़कर अपने ही सैनिक दस्तों को काम में लाते हैं। वे अन्य सेनाओं की सहायता से युद्ध जीतने के बजाय, अपनी सेनाओं के बल पर युद्ध हारना बेहतर समझते हैं। उनका विश्वास होता है कि उधार मांगे हुए शस्त्रबल से कभी सच्ची विजय नहीं पायी जा सकती।

यहां मुझे सीज़र बोर्गिया और उसके व्यवहार को उदाहरणस्वरूप प्रस्तुत करते हुए रंचमात्र भी झिझक नहीं होगी। ड्यूक ने रोमान्या पर आक्रमण के लिए सहायक सैनिकों का इस्तेमाल किया। वह वहां पर फ्रांसीसी सैनिक दस्तों को लेकर गया था। इनकी सहायता से उसने इमोला तथा फोर्ली पर अधिकार कर लिया। तभी वह इस निष्कर्ष पर पहुंचा कि सहायक सेनाएं खतरे से खाली नहीं हैं और उसने भाड़े के सैनिक दस्तों की भरती शुरू कर दी। ओर्सिनी और वितेल्ली के सैनिकों को भरती करते समय उसने समझा कि इसमें खतरा कुछ कम है।

इनका इस्तेमाल करते हुए उसने इनका व्यवहार भी सन्दिग्ध पाया। वे उसे स्वामिद्रोही और खतरनाक भी लगे, अतएव उसने उनसे भी पिण्ड छुड़ाया और अपनी निजी सेना का गठन कर लिया। कोई भी व्यक्ति ड्यूक की फ्रांसीसी सैनिकों पर निर्भरता के युग का और फिर ओर्सिनी तथा वितेल्ली पर उसकी निर्भरता के ज़माने का तथा अन्ततः निजी सेना के बल पर किए गए विजयाभियानों का अध्ययन करके इन भिन्न-भिन्न प्रकार की सेनाओं की साख और विश्वसनीयता का अन्दाज़ लगा सकता है। वह हर स्तर पर पूर्वापेक्षी, अधिक महत्त्वपूर्ण और अधिक दूरदर्शी एवं अनुभव-सम्पन्न होता चला गया और उसे चारों ओर से वास्तविक सम्मान तभी मिला, जब लोगों ने देख लिया कि वह अपनी सेनाओं का एकमात्र मुखिया है।

मैं अर्वाचीन इतालवी दृष्टान्तों की ओर से विमुख नहीं होना चाहता था, फिर भी मैं सिराक्यूज़ के हायरों की उपेक्षा भी नहीं करना चाहता। मैं उसकी चर्चा पहले भी कर चुका हूं। जैसा कि मैंने बताया था, जब सिराक्यूज़ वासियों ने उसे अपनी सेना का कमाण्डर नियुक्त किया, तभी उसने महसूस कर लिया कि भाड़े के सैनिक दस्ते बेकार होते हैं। वे भी

भाड़े पर सिपाहीगीरी करने वाले हमारे इतालवी दस्तों की तरह ही गठित थे। उसे उनको बनाए रखना भी असम्भव लग रहा था और उनका विघटन करना भी, इसलिए उसने उन सबको टुकड़े-टुकड़े करके बांट दिया और उसके बाद उसने पराये सैन्य से नहीं, अपनी सेना ही के बल पर यद्ध लड़े।

मैं यहां बाइबिल के पुराने साक्षात्कार (ओल्ड टेस्टामेण्ट) से भी एक दृष्टान्त देना चाहता हूं, क्योंकि वह मेरी धारणा से मेल खाता है। डेविड ने फिलिस्तीनी चैम्पियन गोलियथ से जाकर लड़ने का प्रस्ताव साउल के सामने रखा और उसका साहस बढ़ाने के लिए उसे साउल ने अपने शस्त्र और अपना जिरह-बख़्तर भी पेश किया। इन शस्त्रों और जिरह-बख़्तर की परीक्षा अपने हाथों में और शरीर पर करने के बाद डेविड ने उन्हें लौटा दिया और कहा कि वह उनके बल पर शत्रु से ठीक से लड़ नहीं पायेगा। इसलिए उसने शत्रु का सामना अपनी कटार और अपनी गुलेल के बल पर ही करने का फैसला किया। संक्षेप में कहा जाये तो दूसरे व्यक्ति के हथियार या तो आपकी पीठ पर टिक ही नहीं पाते अथवा आप पर बोझिल हो उठते हैं अथवा आपकी गतिविधियों में बाधक बनते हैं।

जब ग्यारहवें लुई के पिता चार्ल्स सप्तम ने सौभाग्य एवं पराक्रम के बल पर अंग्रेज़ों के चंगुल से फ्रांस को छुड़वाया था, तभी उसने अपनी निजी सशस्त्र सेनाओं के गठन की आवश्यकता महसूस कर ली थी और तभी उसने घड़सवार सेना तथा तोपखाना गठित किए जाने के लिए अध्यादेश जारी कर दिये थे।

बाद में उसके बेटे लुई ने ये अध्यादेश रद्द कर दिए और स्विस सैनिकों को भाड़े पर तैनात करना शुरू किया और, जैसा कि आज हम देख सकते हैं, उसकी इस भूल ने अन्य कई भूलों के साथ-साथ मिलकर फ्रांस के सामने वे तमाम खतरे खड़े कर दिए हैं, जिनसे वह राज्य आज आतंकित रहता है। फ्रांसीसी तोपखाने के स्थान पर स्विस सैनिकों को दी गयी महत्ता से शेष सेना का मनोबल गिर गया है। तोपखाना एकदम समाप्त कर दिया गया है और घुड़सवार दस्तों को विदेशी सैनिकों की दया पर निर्भर बना दिया गया है। स्विस सैनिकों के साथ ही युद्धस्थल में जाने के आदी हो चुके ये घुड़सार अब यह समझने लगे हैं कि परदेसी फौजों

के बगैर वे कभी युद्ध जीत ही नहीं सकते। यही कारण है कि फ्रांसीसी सैनिक स्विस सैनिकों का मुकाबला नहीं कर सकते और स्विस सैनिकों की सहायता के बगैर किसी का मुकाबला भी नहीं कर सकते।

इस प्रकार फ्रांस ने कुछ भाड़े के सैनिक दस्तों का और कुछ नागरिक सेना का मिला-जुला प्रयोग किया है। यह मिश्रण पूर्णतः सहायक सेना अथवा पूर्णतः भाड़े के सैनिक दस्तों के आधार पर गठित सेना से कहीं बेहतर है और पूर्णतया नागरिक सेना से कहीं निम्नतर। फ्रांस का उदाहरण अपने-आप में ही काफी होना चाहिए, क्योंकि यदि वहां चार्ल्स के द्वारा बनाई गई व्यवस्था का निर्वाह अथवा विकास किया गया होता, तो वह देश अजेय हो जाता ; लेकिन मानव इतना अदूरदर्शी प्राणी होता है कि वह भोजन करते समय स्वादिष्ट खाना खाता है और यह नहीं जानता कि वह विषैला भोजन है। इस बात को मैंने शरीर को क्षीण करने वाले ज्वरों की चर्चा करते समय उठाया था।

जो शासक बुराइयों के अंकुर फूटते ही उनका पता नहीं पा सकता, वह बुद्धि-विवेक से हीन है ; लेकिन कुछेक शासक ऐसे होते हैं जो इसका पता पाने की योग्यता से सम्पन्न होते हैं। यदि हम रोमन साम्राज्य के पतन का प्रारम्भ देखें, तो पता चलेगा कि इस पतन का सूत्रपात गोथों की भाड़े के सैनिकों के रूप में भरती से ही हुआ था। इस अल्प-से बीज से ही रोमन सम्राज्य की शक्ति क्षीण होने लगी थी और रोमनों के खोये पराक्रम के उत्तराधिकारी बने गोथ।

इसलिए निष्कर्ष रूप में मैं कहना चाहूंगा कि जब तक कोई राज्य अपनी सेना नहीं रखता, तब तक वह कभी सुरक्षित नहीं हो सकता, बल्कि विपत्ति काल में उसकी रक्षा के लिए शौर्य और स्वामिभक्ति का कोई भण्डार नहीं होने के कारण उसे भाग्य के भरोसे रहना पड़ता है। बुद्धिमान लोग सदैव यही कहते और मानते आये हैं : "उस सत्ता की ख्याति से वढ़कर कमज़ोर और चंचल चीज़ कोई नहीं हो सकती, जो अपने सैन्यबल पर आधारित नहीं है।"

अपनी सेना वही होती है, जो अपने प्रजाजनों अथवा लोकतन्त्री नागरिकों अथवा अपने आश्रितों में से भरती की गई हो। अन्य सभी प्रकार

की सेना या तो भाड़े की सेना होती है या सहायक सेना। मैंने ऊपर जिन चार शासकों की चर्चा की है, उनके द्वारा प्रस्तुत उदाहरणों से अपनी निजी सेना के गठन का तरीका समझ लेना कुछ कठिन नहीं होगा। और यदि कोई व्यक्ति सिकन्दर महान् के पिता फिलिप तथा अन्य अनेक लोकतन्त्रों एवं शासकों द्वारा अपने-आप को सशस्त्र करने एवं संगठित किए जाने की विधियों को समझ सके तो वह भी अपनी सेना के गठन का काम आसान पायेगा। मैं स्वेच्छया इन शासकों द्वारा स्थापित परम्पराओं की दूरदर्शिता और बुद्धिमत्ता के आगे सिर झुकाता हूं।

14

शासक अपनी देश-रक्षक सेना का गठन कैसे करें ?

एक शासक को युद्ध की कला, युद्ध का आयोजन-संगठन और उसके लिए आवश्यक अनुशासन सीखने के अतिरिक्त किसी बात की चिन्ता नहीं करनी चाहिए। किसी शासक से युद्ध कला के अतिरिक्त किसी अन्य कला अथवा ज्ञान की अपेक्षा ही नहीं की जाती और यह कला इतनी उपयोगी है कि उत्तराधिकारी शासकों को अपना शासन बनाये रखने में मदद तो करती ही है, यह सामान्य नागरिक को शासक बन जाने में भी सहायता पहुंचाती है। दूसरी ओर हम यह भी देखते हैं कि शस्त्रबल के गठन की चिन्ता छोड़कर अपने भोग-विलास की चिन्ता करने वाले शासक शीघ्र ही अपदस्थ कर दिये जाते हैं। अपना राज्य गंवाने का सर्वोपरि कारण है युद्धकला की उपेक्षा और किसी राज्य को जीतने का पहला तरीका है युद्ध कला में दक्षता।

सशस्त्र होने के कारण ही फ्रांसेस्को स्फ़ोर्ज़ा एक सामान्य नागरिक के स्थान से उठकर मीलान का ड्यूक बन गया। उसके बेटे राज्यपद की कठिनाइयों से जी चुराने के कारण ही ड्यूक पद से उतारकर सामान्य नागरिक बना दिए गए। अगर आप निहत्त्थे हैं, तो आप अभागे हैं, क्योंकि अन्य कई बातों के अतिरिक्त, जनता आपसे नफरत भी करती है और जैसा कि मैं आगे चलकर स्पष्ट कहूंगा, यह एक ऐसा कलंक है, जिससे हर शासक को बचना चाहिए। किसी निहत्त्थे और सशस्त्र आदमी के बीच कोई तुलना हो ही नहीं सकती। कोई शस्त्रधारी व्यक्ति किसी शस्त्रहीन प्राणी का आज्ञाकारी अनुचर होगा अथवा कोई शस्त्रहीन व्यक्ति अपने

शस्त्रधारी नौकर-चाकरों के हाथों सुरक्षित रह सकेगा, यह बात सोचना ही गलत है।

इस बाद वाली स्थिति में दोनों पक्षों के बीच एक ओर सन्देह होगा और दूसरी ओर अवहेलना। इससे सहयोग असम्भव हो जाएगा। इसलिए युद्धकला को न समझनेवाला शासक अन्य अनेक विपदाओं को आमन्त्रित करने के अतिरिक्त न तो अपने सिपाहियों पर विश्वास कर सकता है और न ही उनसे सम्मान पा सकता है।

इसलिए उसे सैनिक अभ्यास की ओर से कभी मुंह नहीं मोड़ना चाहिए। वस्तुतः उसे शान्ति काल में युद्ध काल की अपेक्षा इस दिशा में अधिक ध्यान देना चाहिए। ये सैनिक अभ्यास भौतिक भी हो सकते हैं और मानसिक भी। जहां तक भौतिक अभ्यासों का सवाल है, उसे न केवल अपने सैनिकों को स्वस्थ, संगठित और सुप्रशिक्षित रखना चाहिए, बल्कि उसे स्वयं भी हमेशा शिकार पर जाते रहना और इस प्रकार से अपने शरीर को कष्ट सहने वाला बनाए रहना चाहिए। अपने भ्रमण से भूगोल का व्यावहारिक ज्ञान अर्जित करते रहना चाहिए। पर्वतों के ढलान कैसे हैं ? घाटियों के मुहाने कैसे हैं ? मैदानों का फैलाव कैसा है ?—यह सब उसे सीखना चाहिए। उसे नदियों और दलदलों का अध्ययन करना चाहिए और इस सबके लिए कठोर प्रयास करना चाहिए।

इस प्रकार का ज्ञान दो प्रकार से काम में आता है प्रथमत: स्थानीय भौगोलिक स्थिति का स्पष्ट ज्ञान होने पर वह अपनी प्रतिरक्षा व्यवस्था का गठन भली भांति कर सकेगा। दूसरे स्थानीय परिस्थितियों का उसका ज्ञान एवं बोध किसी भी ऐसी नयी बस्ती की विशेषताओं को समझने में सहायक होगा, जिसका परिचय उसके लिए आवश्यक हो। उदाहरणार्थ—टस्कैनी के पर्वतों, घाटियों, मैदानों, दलदलों और नदियों में कई ऐसी बातें हैं जो अन्य प्रान्तों के पर्वतों, घाटियों, दलदलों एवं नदियों में भी मौजूद हैं। इसलिए एक प्रान्त की भौगोलिक अवस्थाओं का पता होने पर व्यक्ति दूसरे प्रान्तों का भौगोलिक अध्ययन आसानी से कर सकता है। जो शासक यह नहीं कर सकता, वह कभी अच्छा सेनापति नहीं बन सकता। यह भौगोलिक योग्यता उसे शत्रु का पता लगाने में मदद दे सकती है, अपने

शिविर-स्थल का निर्धारण करने में सहायक हो सकती है। अभियान के समय अपनी सेना का नेतृत्व करना सिखा सकती है। युद्धस्थल में उसको व्यूह रचना में मदद दे सकती है, किसी नगर पर घेरा डालना सिखा सकती है। और दूसरों के ऊपर उसे लाभ पहुंचा सकती है।

इकियनों के नेता फिलोपोमेन की इतिहासज्ञों ने अन्य कई बातों के अतिरिक्त, इस बात के लिए भी तारीफ की है कि वह शान्ति काल में भी सैनिक व्यूह रचना के अतिरिक्त अन्य किसी बात की चिन्ता नहीं करता था। जब वह अपने मित्रों के साथ राजधानी से बाहर घूमने-फिरने जाता था, तो जहां-तहां रुककर उनसे बहस करने लगता था। यदि शत्रु उस पहाड़ी के ऊपर खड़ा हो और हम अपनी सेना के साथ यहां खड़े हों, तो हममें से कौन लाभकर स्थिति में होगा ? अपनी पंक्तियों को भंग किए बगैर शत्रु को आप कैसे उलझाएंगे ? यदि हम पीछे हटना चाहें तो कैसे और क्या कार्यवाही करेंगे ? अगर शत्रु पीछे हट जाए, तो हमारे पास उसका पीछा करने का सर्वोत्तम तरीका क्या होगा ?

और इसी प्रकार से मित्रों के साथ सैर-सपाटा करते हुए ही वह उन तमाम परिस्थितियों और सम्भावनाओं की व्याख्या करता चला जाता था, जो किसी सेना पर पड़ सकती हैं। वह उनके मत-अभिमत भी सुनता था, अपनी बात भी कहता था और कार्य-कारण सम्बन्ध की स्थापना के द्वारा अपनी बात स्पष्ट करता था। इस प्रकार की निरन्तर मन्त्रणा के परिणाम-स्वरूप अपनी सेनाओं का नेतृत्व करते समय वह हर संकट का सामना करने में समर्थ होता था।

जहां तक बौद्धिक प्रशिक्षण का सवाल है, शासक को महान् व्यक्तियों के युद्धकालीन कार्यकलापों का अध्ययन करके, उनकी जय-पराजय के कारणों को जानने के लिए, इतिहास का वाचन करना चाहिए, जिससे वह पराजय से बच सके और सर्वत्र जयी हो सके। मुख्यतः उसे इतिहास का अध्ययन इसीलिए करना चाहिए कि महान् व्यक्तियों का वह भी अनुकरण कर सके। उन्होंने भी किसी प्रशंसित और सम्मानित ऐतिहासिक व्यक्ति को अपना आदर्श बनाया था और उसके कृत्यों एवं तौर-तरीकों को अपने सामने रखकर उनका अनुकरण किया था। कहा

जाता है कि सिकन्दर ने एकिलीज़ का अनुकरण किया था। सीज़र ने सिकन्दर का अनुकरण किया और स्किपियो ने साइरस का और जो कोई भी व्यक्ति ज़ेनोफ़न की लिखी हुई साइरस की जीवनी पढ़ेगा वही समझ सकेगा कि स्किपियो द्वारा अर्जित कीर्ति का कितना श्रेय साइरस के प्रति उसकी आस्था को दिया जा सकता है और किस सीमा तक स्किपियो के उच्चतर नैतिक प्रतिमान, उसका सौजन्य, उसकी मानवीयता और उदारता, ज़ेनोफ़न द्वारा अंकित, साइरस के चरित्र से मेल खाती है।

किसी बुद्धिमान शासक को इन नियमों का पालन करना चाहिए—उसे शान्ति काल में आरामपसन्द नहीं हो जाना चाहिए, बल्कि उसे शान्ति काल का सदुपयोग तत्परता से करना चाहिए जिससे आपत्तिकाल में वह लाभ उठा सके। परिणामतः जब भाग्य का पांसा पलटेगा, वह विपत्ति का सामना करने के लिए तैयार होगा।

15

शासकों की निन्दा या स्तुति क्यों की जाती है ?

अब हमें यह देखना है कि किसी शासक को अपने शासितों अथवा मित्रों के प्रति कैसा व्यवहार करना चाहिए। मैं जानता हूं कि इस विषय पर पहले भी बहुत कुछ लिखा जा चुका है और मैं समझता हूं कि इस सम्बन्ध में मेरा कुछ कहना धृष्टता नहीं मानी जाएगी, क्योंकि विशेषकर इस विषय की चर्चा करते समय, मैं कुछ मौलिक नियमों का निर्धारण करता हूं, क्योंकि मैं कुछ ऐसा ही कहना चाहता हूं, जो जिज्ञासु व्यक्ति के लिए व्यावहारिक रूप से लाभकर हो सके, इसलिए मैंने बात को ऐसे ही ढंग से पेश करने का इरादा किया है जो उसका यथार्थ रूप है। उनके कल्पित रूप को मैं पेश नहीं कर रहा हूं।

कई लोगों ने निरस्तित्व लोकतन्त्रों की और शासनों की स्वप्निल श्रृंखला बना रखी है। आदर्श जीवन एवं दैनिक जीवन के बीच की खाई इतनी बड़ी है कि आदर्श के फेर में यथार्थ-व्यावहारिक जीवन की उपेक्षा करने वाला व्यक्ति आत्मरक्षा की बजाय आत्मनाश की राह पर चल निकलता है। सच्चाई तो यह है कि बहुत-से दुराचारियों के बीच फंसकर सदैव सदाचार का ही पालन करने वाला व्यक्ति निश्चित रूप से मुसीबत में पड़ जाता है, इसलिए जो शासक अपना शासन बनाए रखना चाहता है, उसे सदाचारी न बनने की 'कला' भी सीखनी ही चाहिए और आवश्यकतानुसार उसका उपयोग करने या न करने की निर्णय-बुद्धि भी प्राप्त करनी चाहिए।

इसलिए काल्पनिक मुद्दों को अलग छोड़कर और केवल उन्हीं चीज़ों

की चर्चा करते हुए, जिनका सचमुच कुछ अस्तित्व है, मेरा कहना यह है कि जब कभी भी किसी व्यक्ति की (विशेषकर शासकों की क्योंकि उनकी ओर लोगों की नज़र ज़्यादा लगी रहती है) चर्चा होती है, उनके विभिन्न गुणों अथवा अवगुणों की वजह से ही उनकी निन्दा या स्तुति की जाती है। उदाहरणार्थ कुछेक को उदार कहा जाता है और अन्यों को कृपण, (मैं दूसरी श्रेणी वालों को 'लोभी' न कहकर उन्हें टस्कन विशेषण 'कृपण' से अभिहित कर रहा हूं, क्योंकि जो व्यक्ति अपने स्वामित्व को व्यय करते हुए क्षुद्रहृदयता का परिचय देता है, उसे हम 'कृपण' कहते हैं जो व्यक्ति अन्यों के स्वामित्व को लूटने को उद्यत रहता है, उसे 'लोभी')[1]। कुछ लोगों को परोपकारी समझा जाता है, कुछ दूसरों को झपट्टू, कुछेक व्यक्ति क्रूर माने जाते हैं, कुछेक सहानुभूति से आपूरित, किसी एक को वफादार समझा जाता है, किसी दूसरे को द्रोही। कोई व्यक्ति स्त्रैण एवं कायर के रूप में विख्यात होता है और कोई व्यक्ति दुस्साहसी एवं प्रचण्ड, कोई व्यक्ति सौम्य और शिष्ट होता है, कोई दम्भी, कोई व्यक्ति लम्पट होता है, और कोई नितान्त निष्कलंक, कोई व्यक्ति सीधा और निश्छल होता है एवं कोई धूर्त एवं चालबाज़, एक व्यक्ति ज़िद्दी होता है, दूसरा लचीले स्वभाव का, एक व्यक्ति गम्भीरचित्त होता है, दूसरा उथला एवं चपलस्वभाव, एक व्यक्ति धर्मप्राण होता है, दूसरा शंकालु स्वभाव का। मैं यह जानता हूं कि हर व्यक्ति इस बात से सहमत होगा कि मेरे द्वारा गिनाई गई सभी अच्छी बातों को अपने चरित्र में धारण करने वाला शासक सभी जगह प्रशंसा का पात्र होगा।

लेकिन मानव स्वभाव ही ऐसा है कि शासक में ये सभी गुण हो ही नहीं सकते, बल्कि वे लोग सदैव इन गुणों का प्रदर्शन कर ही नहीं सकते, इसलिए शासक को इतना सजग और बुद्धिमान होना चाहिए कि वह उन दुर्गुणों के कारण होने वाली बदनामी से बचे, जिनके कारण राज्य ही खो जाने का भय बना रहता हो। उसे उन तमाम अवगुणों से भी बचना ही

---

1. मैकियावेली ने 'कृपण' के लिए इतालवी शब्द 'मिजेरो' तथा 'लोभी' के लिए 'एवारो' लिखे हैं।

चाहिए जो इतने खतरनाक नहीं होते, लेकिन यदि इनसे बचना सम्भव न हो तो कोई विशेष चिन्ता की बात भी नहीं। दूसरी ओर उसे उन तमाम अवगुणों का कलंक अपने माथे पर लेने से झिझकना भी नहीं चाहिए, जो राज्य की रक्षा के लिए आवश्यक बन चुके हों। मैं यह बात इसलिए कह रहा हूं कि हर बात को देखते हुए शासक देखेगा कि प्रत्यक्षतः गुण नजर आने वाली कई बातें व्यवहारतः उसे बरबाद कर सकती हैं, जबकि कई दुष्टतापूर्ण लगने वाली बातें उसकी सुरक्षा और समृद्धि का आधार हैं।

16

उदारता बनाम कृपणता

मैंने ऊपर जिन गुणों का ज़िक्र किया है, उनमें से पहले को ही लें। मेरी धारणा है कि उदारता के लिए प्रख्यात होना अच्छा है, लेकिन यदि शासकीय कार्यवाहियों के पीछे की मूलभूत प्रेरणा उदारता के लिए ख्याति की इच्छा ही हुई, तो मुसीबत खड़ी हो जायेगी। बात यह है कि यदि आपकी उदारता सदिच्छा एवं ईमानदारी से प्रेरित है, तो उसकी ओर किसी का ध्यान तक नहीं जायेगा और आप कृपणता की कुख्याति से बच नहीं पायेंगे, इसलिए यदि आप अपनी उदारता के लिए प्रसिद्ध होना चाहते हैं, तो आपको पूरे आडम्बर के साथ अतिव्ययी होना पड़ेगा। और अतिव्ययी शासक शीघ्र ही अपने सभी साधनों को लुटा बैठेगा। अन्ततः अपनी प्रसिद्धि को बनाये रखने के लिए वह अपनी प्रजा पर अतिरिक्त बोझ डालने के लिए शोषणकारी कर लगाने के लिए और धनोपार्जन का हर सम्भव तरीका आज़माने के लिए, विवश हो जायेगा। इससे उसकी प्रजा उससे घृणा करने लगेगी और प्रजाजनों की दरिद्रता के लिए ज़िम्मेदार होने के कारण, उसके प्रति तिरस्कार का भाव अपना लेगी। परिणामतः अनेक को आघात पहुंचाकर कुछेक का उपकार करने वाली उसकी इस उदारता के कारण वह छोटे-से-छोटे झटके के सामने भी कांप उठेगा तथा एक ही बार कोई बड़ा ख़तरा उत्पन्न होने पर उसकी विपदा बन जायेगी। जब वह इस सत्य को समझेगा और अपनी मूल स्थिति को लौट चलने की कोशिश करेगा तो तुरन्त ही कृपणता के लिए बदनाम हो जायेगा।

जब कोई भी शासक अपने जीवन और शासन के हितों को आघात पहुंचाये बगैर इतनी उदारता नहीं बरत सकता कि प्रजा उसकी वाह-वाह करने लगे तो बुद्धिमत्ता इसी में है कि कृपणता के लिए फैलती हुई अपनी

बदनामी की चिन्ता ही न करे। समय पाकर, जब लोग यह देखेंगे कि शासक की मितव्ययिता के कारण उसका वर्तमान राजस्व ही प्रशासनिक व्ययभार वहन करने के लिए काफी सिद्ध हो रहा है और वह प्रजा पर नया बोझ डाले बगैर ही नये-नये उद्योग और अभियान चला सकता है, तो वे स्वयं ही उसकी मौलिक उदारता की दाद देने लगेंगे। इस प्रकार से वह उन लोगों के समक्ष अपनी उदारता का सिक्का जमा लेगा, जिनसे वह कुछ लेता नहीं है और ऐसे लोग असंख्य होंगे और उन लोगों की नज़रों में कृपण सिद्ध होगा, जिनको वह कुछ देता नहीं है और ऐसे लोग कुछेक ही होते हैं।

हमारे अपने युग में ऐसे शासकों ने अनेक महान् कार्य कर दिखाये हैं, जो अपनी कृपणता के लिए विख्यात रहे हैं और दूसरे शासक बरबाद हो गये हैं। पोप जूलियस द्वितीय ने पोप-पद जीतने के लिए अपनी उदारता का सिक्का जमाया; लेकिन बाद में अपने युद्धों का व्ययभार वहन करने के लिए उसने इस सिक्के को जमाये रखने की कोई कोशिश नहीं की। फ्रांस के वर्तमान शासक ने प्रजा पर किसी प्रकार का अतिरिक्त करभार डाले बगैर कई एक लड़ाइयां लड़ीं, क्योंकि उसकी दीर्घकालिक मितव्ययिता इन युद्धों का व्ययभार वहन करने में उसके काम आयी। यदि स्पेन के वर्तमान शाह अपनी उदारता के लिए विख्यात होते तो वह इतनी सफलता से इतने सारे नये उद्योगों-अभियानों को शुरू और पूरा न कर पाते।

इसलिए यदि कोई शासक अपने शासितों को लूटने के लिए बाध्य नहीं होता, यदि वह अपनी और अपने राज्य की रक्षा करने में समर्थ है, यदि वह दरिद्रता एवं शर्मिन्दगी के गर्त में नहीं गिर जाता, यदि वह लोलुपता की नीति अपनाने के लिए विवश नहीं हो जाता, तो उसे कृपण कहलाये जाने की चिन्ता नहीं करनी चाहिए। उसकी कृपणता एक ऐसा अवगुण है, जिसके बल पर उसका शासन बना हुआ है।

किसी-किसी व्यक्ति को आपत्ति हो सकती है। सीज़र अपनी उदारता के बल पर ही सत्तारूढ़ हुआ था और अन्य भी कई लोग अपने उदार व्यवहार एवं तदर्थ ख्याति ही के कारण उच्चतम पदों तक पहुंच सके। इस आपत्ति के प्रति मेरा जवाब यह है : या तो आप शासक हैं

अथवा शासक बनने वाले हैं। अगर आप शासक हैं, तो अपनी उदारता की कीमत आप ही को चुकानी पड़ेगी। अगर आप शासक बनने वाले हैं, तो आपको अपनी उदारता के लिए विख्यात होना ही चाहिए।

सीज़र उन लोगों में से एक था, जो रोम पर अपना शासन स्थापित करना चाहते थे, लेकिन शासन की स्थापना के बाद यदि वह जीवित रहता और अपने व्ययभार को कम नहीं करता, तो सत्ता से उसका पतन निश्चित था।

फिर भी कोई व्यक्ति उलटकर कह सकता है कि दुनिया में ऐसे भी शासक हुए हैं, जो अपने सैनिक अभियानों में भी असाधारण रूप से सफल रहे हैं और जो अपनी चरम उदारता के लिए भी विख्यात रहे हैं। इसके लिए मेरा उत्तर है कि शासक वही कुछ दूसरों को देता है, जो उसका अपना होता है अथवा उसके शासितों का होता है अथवा वह दूसरों की ही सम्पत्ति दान करता रह सकता है। अपनी अथवा प्रजाजनों की धन-सम्पत्ति का दान करते समय उसे मितव्ययी होना चाहिए। दूसरों की सम्पत्ति दान देते समय उसे अपनी उदारता पूरे पैमाने पर दिखानी चाहिए। अपनी सेनाओं को लेकर विजयाभियान पर निकला हुआ शासक, जो लूट-मार पर जीवन-यापन करता है, जो धमकाकर धन-सम्पत्ति ऐंठता है, वह शत्रु की सम्पत्ति का वितरण कर रहा होता है और उसे खुले हाथों दान देना ही चाहिए, अन्यथा सैनिक उसके पीछे-पीछे नहीं चलेंगे। आप सीज़र, साइरस और सिकन्दर की तरह, उस धन-सम्पत्ति का वितरण उदारतापूर्वक कर सकते हैं, जो आपके प्रजाजनों की नहीं है। अजनबियों के स्वामित्व के बंटवारे से अपने राज्य में आपकी साख पर कोई विपरीत प्रभाव नहीं पड़ता, बल्कि इससे यह साख बढ़ती ही है। आपको आघात तभी पहुंचता है, जब आप अपना माल लुटाते हैं।

उदारता से बढ़कर आत्म पराजयी चीज़ कोई नहीं : इसे व्यवहार में लाते-लाते आप इसे बरतने में असमर्थ हो जाते हैं और आप या तो दरिद्रता और वितृष्णा के शिकार हो जाते हैं अथवा दरिद्रता से बचने की चेष्टा में घृणा एवं लोलुपता के शिकंजे में आ जाते हैं। एक शासक को सबसे ज्यादा जिस चीज से बचने की ज़रूरत है, वह है तिरस्कार एवं घृणा और आपकी

उदारता इन्हीं दोनों के जबड़ों में आपको धकेलती है। इसलिए कृपण होने की कुप्रसिद्धि सह लेना बेहतर है, क्योंकि इससे आप कलंकित भले ही हों, घृणा के पात्र नहीं बनते। लोलुपता और उसके परिणामस्वरूप मिलने वाली घृणा एवं तिरस्कार के लिए पायी गयी बदनामी के बल पर उदारता का ढिंढोरा पीटते रहना ठीक नहीं।

17
आतंक बनाम लोकप्रियता

मेरे द्वारा ऊपर गिनाए गए अन्य गुणों को ले लें। मेरा कहना यह है। कि शासक को अपनी करुणा के लिए विख्यात होने की कामना करनी चाहिए, अपनी क्रूरता के लिए नहीं। इसके बावजूद उसे इतना सजग भी होना चाहिए कि वह करुणा का दुरुपयोग न कर बैठे। सीज़र बोर्गिया को क्रूर माना जाता था; लेकिन उसकी इस क्रूरता ने ही रोमान्या का सुधार किया, एकता स्थापित की, शान्ति एवं व्यवस्था कायम की।

सोचने-समझने से महसूस होगा कि सीज़र में फ्लारेंस के लोगों की अपेक्षा अधिक करुणा थी। फ्लारेंस के लोगों ने क्रूरता की कुख्याति से बचने के लिए, पिस्तोइया को नष्ट हो जाने दिया।[1] इसलिए जब तक शासकीय कार्यवाही से प्रजा की एकता और स्वामिभक्ति बनी रहती है, तब तक उसे क्रूरता-सम्बन्धी बदनामी से नहीं डरना चाहिए। अपने कठोर व्यवहार से दो-एक उदाहरण प्रस्तुत करके वह उन शासकों की अपेक्षा अधिक कोमलहृदय सिद्ध होगा, जो करुणातिरेक के कारण हत्याओं तथा बलात्कारों से आपूरित अव्यवस्था फैलने देते हैं। इन हरकतों से सदैव समाज का नुकसान होता है, जबकि शासक के आदेश से किये गये प्राणहरण का प्रभाव केवल व्यक्ति-विशेष पर पड़ता है।

सभी शासकों में से, नये शासक के लिए क्रूरता-सम्बन्धी बदनामी से बचना मुश्किल होता है, क्योंकि नवविजित प्रदेश में बहुतेरे खतरे मौजूद रहते हैं। वर्जिल ने दीदो के मुख से कहलवाया है:

1. पिस्तोइया फ्लारेंस का अधीनस्थ नगर राज्य था। 1501-2 में जब दो स्थानीय गटों में संघर्ष छिड़ गया तो फ्लारेंस के शासकों ने बलात् वहां पर व्यवस्था कायम की। मैकियावेली को इस सारे झ झट का निजी अनुभव था।

आवश्यकता से प्रेरित कटु यथार्थ और मेरे राज्य का नयापन,
मुझे यह सब करने
और सर्वत्र अपनी सीमाओं की रक्षा करने
के लिए बाध्य करता है।

[ऐनीड 1,563]

फिर भी शासक को हर कार्यवाही धैर्यपूर्वक करनी चाहिए और ध्यान रखना चाहिए कि वह अपने साये से ही न डरने लगे। उसके व्यवहार का नियमन मानवीय करुणा तथा विवेक के बल पर होना चाहिए, जिससे बहुत अधिक आत्मविश्वास उसे जल्दबाज़ न बना दे और बहुत अधिक अविश्वास उसके अस्तित्व को ही असह्य न बना सके।

इससे यह सवाल उठता है कि प्रजा का प्यार पाना बेहतर है या उसके भय का विषय बनना ? अथवा इसकी उल्टी बात ठीक है ? उत्तर में कहा जा सकता है कि शासक तो दोनों ही बातें चाहता है, लेकिन दोनों बातों को एक साथ मिलाना कठिन होता है। इसलिए यदि आप जनता की प्रीति और भय दोनों नहीं पा सकते, तो प्रजा के भय का ही विषय होना बेहतर है। लोगों के विषय में एक बात सामान्य रूप से कही जा सकती है—वे कृतघ्न, अस्थिर-चित्त, झूठे और मक्कार होते हैं। वे खतरों से बचना चाहते हैं और धन के लोभी होते हैं। जब आप उनका भला करेंगे, तो वे आपके होंगे, उस स्थिति में वे लोग आपके लिए अपना खून बहा देंगे, अपनी ज़मीन-जायदाद का, जान तक का खतरा उठाने को तैयार हो जायेंगे। अपने बच्चों को कुर्बान कर देंगे; लेकिन तभी तक, जब तक कि खतरा दूर है ; लेकिन जब खतरा सामने आयेगा, तो वे आपके विरोधी बन जायेंगे।

जो भी शासक वायदों पर पूर्णतया निर्भर करने लगता है और अन्य कोई सजगतामूलक कार्यवाही नहीं करता, वह अपनी बरबादी को अवश्यम्भावी बना रहा है। जो मैत्री महानता और उदार चेतना के बजाय 'धन की थैलियों से खरीदी जाती है, वह बहुत दिनों तक नहीं चलती और उसका लाभ कुछ नहीं होता। लोग जिसे प्यार करते हैं, उसे आघात पहुंचाते हुए चिन्तित नहीं होते। जिससे डरते हैं, उसे चोट पहुंचाते हुए घबराते है। प्यार का बन्धन ही ऐसा होता है कि लोग जब अपना लाभ

देखते हैं, तभी उसे भंग कर देते हैं ; लेकिन भय का बन्धन दण्ड के भय से मज़बूत होता रहता है और यह दण्ड सदैव प्रभावकारी होता है।

लेकिन शासक को, यदि वह प्रजा का प्यार नहीं पा सकता तो, अपना आतंक उसी सीमा तक फैलाना चाहिए, जिस सीमा तक पहुंचकर वह घृणा का पात्र न बन जाये। घृणा के अभाव में भी भय की स्थापना हो सकती है और यदि शासक अपने शासितों तथा नागरिकों की धन-सम्पत्ति एवं उनकी स्त्रियों को अपने स्वामित्व अथवा भोग का विषय नहीं बनाता तो वह घृणा से सदैव बचा रह सकता है। इसके बावजूद, यदि कभी किसी का प्राणहरण आवश्यक हो जाता है, तो वह तभी करना चाहिए, जबकि उसका कुछ स्पष्ट कारण हो, औचित्य हो; लेकिन सबसे बढ़कर शासक को अन्य लोगों की सम्पत्ति के लोभ से बचना चाहिए, क्योंकि लोग अपने पिता की मृत्यु की बात अपनी पैतृक सम्पत्ति के छिन जाने की बात की तुलना में जल्दी भूल जाते हैं। किसी की सम्पत्ति छीन लेने का बहाना कभी भी खोजा जा सकता है और लूट-खसोट के बल पर जीने वाले शासक के लिए अन्यों की सम्पत्ति को हड़पने के बहाने ढूंढना सदा सम्भव रहता है। इसके विपरीत किसी के प्राणहरण का बहाना खोजना अपेक्षाकृत कठिन काम है और उन बहानों का निर्वाह और भी कठिन।

लेकिन जब शासक किसी विशाल सैन्य का नेतृत्व कर रहा हो और सैनिक अभियान पर हो तो उसे क्रूरता-सम्बन्धी अपनी ख्याति की चिन्ता नहीं करनी चाहिए; क्योंकि इस प्रकार की धाक जमाये बगैर वह अपनी सेना को एकता के सूत्र में बांधकर और अनुशासित नहीं रख सकेगा।

हन्नी बल की प्रशंसनीय उपलब्धियों में से एक यह भी है : यद्यपि उसने एक विशाल सेना की कमान सम्भाल रखी थी, जिसमें अगणित जातियों और धर्मों के लोग थे और यह सेना विदेशों में अभियान भी करती रही तब भी उस सेना में कभी कोई मतभेद नहीं हुआ। चाहे व्यवस्था ठीक रही हो या गलत। न तो सेनाओं में आपस में कभी झगड़ा-झंझट हुआ और न ही सेनापतियों के विरुद्ध विद्रोह। इस सारे ऐक्य, अनुशासन और संगठन का सारा श्रेय उसकी अमानवीय क्रूरता को है। उसके अन्य अगणित गुणों के साथ मिलकर इसी विशेषता ने उसे अपने सभी सैनिकों

के भय का विषय एवं सम्मान का पात्र बनाया। यदि वह क्रूर न होता, तो उसके अन्य गुण व्यर्थ हो गए होते। इतिहासज्ञों ने, इस बात की ओर कोई ध्यान न देकर, एक ओर उसकी उपलब्धियों की प्रशंसा की है और उन उपलब्धियों की कारणरूपी इस विशेषता की निन्दा।

स्किपियो अपने युग का तथा तमाम ज्ञातव्य इतिहास का भी अद्वितीय व्यक्तित्व था। उसे देखकर यह सिद्ध किया जा सकता है कि (क्रूरता के बगैर) उसके अन्य गुण व्यर्थ हो गए होते। उसकी सेना ने स्पेन में उसके विरुद्ध विद्रोह कर दिया था और इसका एकमात्र कारण उसकी अतिरिक्त उदारता थी, जिससे उसके सैनिक आवश्यकता से अधिक आजाद होते चले गए। फेबियस मैक्सिमस ने सीनेट में उसकी इस उदारता के लिए निंदा की और उसे रोमन सेनाओं को भ्रष्ट करने के लिए उत्तरदायी ठहराया, फिर जब स्किपियो के एक अफसर ने लोकरी को लूटा तो स्किपियो ने न तो अपने अफसरों को सन्तुष्ट किया और न ही इस अफसर को आज्ञा के उल्लंघन के लिए दण्डित किया और यह सब सिर्फ इसीलिए हुआ कि वह स्वभाव से अत्यन्त उदार था।

कुछ सीनेटरों ने स्किपियो के व्यवहार का औचित्य सिद्ध करने के लिए बहस की और यह तर्क पेश किया कि कुछ लोग होते ही ऐसे हैं, जो स्वयं तो गलतियां करने से बचे रह सकते हैं, मगर दूसरों की गलतियों को सुधार नहीं सकते; लेकिन यदि स्किपियो अपने सेनापतित्व काल में अपने इस उदार स्वभाव के अनुसार ही चलता रहता, तो उसकी कीर्ति और ख्याति समाप्त हो गई होती। जब वह सीनेट के आदेशानुसार कार्य करता रहा, तो उसका यह घातक गुण न केवल छिपा रहा, बल्कि उसके यश का भी कारण बना।

अतएव प्रजा के स्नेह का पात्र अथवा भय का विषय होने के इस सवाल को लेकर मैं इसी निष्कर्ष पर पहुंचता हूं कि बुद्धिमान शासक को उसी का भरोसा रखना चाहिए, जो उसके बस में हो, जो उसके बस में नहीं, उसका भरोसा नहीं करना चाहिए, क्योंकि लोग प्यार तभी करते हैं, जब वे प्यार करना चाहते हैं; लेकिन डरते तब हैं, जबकि शासक उन्हें डराना चाहता है। जैसा कि मैंने पहले कहा था, उसे केवल घृणा का पात्र बनने से बचना चाहिए।

18

शासक अपने वचन का पालन कैसे करे ?

इस बात को सभी महसूस करते हैं कि शासक के लिए अपने वचन का पालन करना और अपने व्यवहार में कपटी होने की अपेक्षा स्पष्टवादी होना एक प्रशंसनीय गुण है, फिर भी समकालीन इतिहास इस बात का गवाह है कि उन्हीं शासकों की उपलब्धियां महान् रही हैं, जिन्होंने बड़े ऊपरी मन से वचन दिए, जिन्हें प्रजाजनों को भुलावे में डाले रखने की कला ज्ञात थी और जो अन्ततः ईमानदारी से अपने सिद्धान्तों का पालन करने वाले लोगों पर विजयी हुए हैं।

इसलिए आपको यह बात भली-भांति समझ लेनी चाहिए कि संघर्ष के दो ही तरीके हैं : एक विधि-विहित और दूसरा बल-प्रयोग का। पहला तरीका मानव स्वभाव के अनुकूल है और दूसरा पशुओं के लिए उचित; लेकिन क्योंकि पहला तरीका अक्सर अपर्याप्त सिद्ध होता है, इसलिए व्यक्ति को दूसरे तरीके का भी प्रयोग करने के लिए प्रस्तुत होना ही चाहिए। इस प्रकार शासक में पशु और मानव, दोनों की प्रकृति के समुचित प्रयोग का विवेक होना चाहिए।

पुरातन लेखक शासकों को यह बात एक रूपक के माध्यम से समझाया करते थे। एकिलीज़ तथा अन्य अनेक पुरातन युगीन शासकों को अश्वप्राण (Centaur) चिरॉन के पास लालन-पालन के लिए भेज दिया गया, जिससे कि वह उन्हें अपने ढंग से प्रशिक्षण दे सके। इन महान् शासकों के आदिगुरु का आधा शरीर मानव का और आधा पशु का दर्शाने से तात्पर्य यही है कि शासक को दोनों के स्वभाव के अनुसार व्यवहार करने

में पारंगत होना चाहिए, वरना उसका अस्तित्व भी खतरे में पड़ जाएगा।

अब जब कि शासक को पाशविक व्यवहार भी सीखना ही पड़ता है, उसे इसका प्रशिक्षण लोमड़ी और शेर से लेना चाहिए, क्योंकि शेर बिछाए गए जाल के मुकाबले में असहाय होता है एवं लोमड़ी भेड़ियों के मुकाबले में असहाय होती है। इसलिए फन्दों को पहचानने के लिए व्यक्ति को लोमड़ी होना चाहिए और भेड़ियों को डराकर भगाने के लिए सिंह। जो लोग केवल सिंहों की तरह व्यवहार करते हैं, वज्र मूर्ख होते हैं।

इसलिए निष्कर्ष यही निकलता है कि कोई भी बुद्धिमान शासक किसी ऐसे वचन का निर्वाह नहीं कर सकता और न ही उसे करना चाहिए, जिससे उसे नुकसान होता हो और जब उस वचन को पूरा करने के बाध्यकारी कारण समाप्त हो चुके हों। यदि सभी लोग भले होते तो यह उपदेश ठीक नहीं होता, लेकिन सामान्यतः मनुष्य इतने नीच स्वभाव का प्राणी है कि वह आपके प्रति अपने वचन का निर्वाह नहीं करता। अतएव आपको भी उसके प्रति अपने वचन का पालन नहीं करना चाहिए और अपनी बदनीयती को मनभावन रंगों में रंगने के लिए आवश्यक बहानों की कोई कमी कभी भी किसी शासक के पास नहीं हो सकती।

शासकों द्वारा सन्धियों और समझौतों को अपनी बदनीयती द्वारा अवैध और अर्थहीन बनाए जाने के असंख्य उदाहरण दिए जा सकते हैं। जो शासक लोमड़ी के स्वभाव को सफलतापूर्वक अपना लेते हैं, वे ही सबसे अच्छे रहते हैं, लेकिन फिर भी व्यक्ति को अपनी कार्यवाहियों को उपयुक्त रंग में प्रस्तुत करने की और झूठे एवं मक्कार होने की कला का ज्ञाता होना चाहिए। मनुष्य मात्र इतना भोला, परिस्थितियों का ऐसा शिकार, होता है कि ठग को हमेशा कोई-न-कोई ऐसा प्राणी मिल जाएगा, जो ठगे जाने के लिए तैयार होगा।

एक ऐसा ताज़ा उदाहरण है जिसे मैं छोड़ना नहीं चाहता। अलेग्ज़ान्देर षष्ठ सदैव लोगों को ठगता रहता था और ठगने की ही बात सोचता रहता था। उसे अपनी ठगी के जाल में फंसने वाले लोग हमेशा मिल जाते थे। उससे अधिक प्रभावपूर्ण ढंग से शपथ खाने वाला, और किसी बात की सच्चाई की कसम खाकर अड़ जाने वाला दूसरा कोई

आदमी नहीं था, फिर भी उसकी धोखाधड़ी सदैव वांछित फल ही देती थी, क्योंकि वह इस कला में पारंगत था।

इसलिए मैंने ऊपर जिन गुणों की परिगणना की है, किसी शासक में उन सब गुणों का होना ज़रूरी नहीं है। लेकिन शासक में उन गुणों के होने का आभास ज़रूर होना चाहिए। मैं तो यहां तक कहना चाहता हूं कि यदि उसमें ये गुण हों और वह उनके अनुसार व्यवहार करता हो, तो वह उन्हें विनाशकारी पाएगा। हां, वह इन गुणों का मुखौटा ही पहने हुए है, तो ये गुण उसके काम आएंगे। उसे करुणहृदय, प्रतिज्ञा का पालन करने वाला, छल-छद्म से परे और समर्पित व्यक्तित्व का स्वामी नज़र आना चाहिए और वस्तुतः उसे ऐसा होना भी चाहिए ; लेकिन उसके इस गुणाधार स्वभाव का संयोजन ऐसा होना चाहिए कि आवश्यकता पड़ने पर वह इन गुणों के विपरीत भी व्यवहार कर सके।

आपको यह बात ज़रूर समझ लेनी चाहिए कि कोई भी शासक, विशेषकर नया शासक, उन तमाम गुणों को अपना नहीं सकता, जिनके कारण उसके गुणवान् होने की प्रसिद्धि होती है, क्योंकि अपने राज्यशासन को बनाए रखने के लिए उसे प्रायः विश्वासघात करना पड़ता है। करुणा एवं दयालुता का परित्याग करना पड़ता है, धर्म के विरुद्ध काम करना पड़ता है। इसलिए उसका स्वभाव लचीला होना चाहिए, जो परिस्थिति और आवश्यकता के अनुसार ढाला जा सके। जैसा कि मैं पहले कह चुका हूं, यदि हो सके तो उसे सत्यपथ से मुंह नहीं मोड़ना चाहिए ; लेकिन आवश्यकता पड़ने पर उसे कुपथ पर चलने में भी सक्षम होना चाहिए।

तो एक शासक को इतना सजग होना चाहिए कि वह एक शब्द भी ऐसा न कहे जो मेरे द्वारा परि गणित पांचों गुणों से प्रेरित मालूम न हो। उसे देखने और सुनने वाले लोगों को यही लगना चाहिए कि वह करुणहृदय, सज्जन, दृढ़ प्रतिज्ञ, ईमानदार, दयालु एवं धर्मप्राण व्यक्ति है और इस अन्तिम गुण का मुखौटा पहनना सबसे ज्यादा ज़रूरी है। लोग प्रायः हाथों से नहीं, आंखों से चीज़ों की परख करते हैं। सभी लोग आपको देख तो सकते हैं, मगर आपके निकट सम्पर्क में आने की सुविधा कुछेक लोगों को ही प्राप्त होती है। इसलिए हर व्यक्ति आपके मुखौटों को देख तो सकता

है, आपके यथार्थ स्वरूप को अनुभव करने वाले कुछेक ही लोग होते हैं और ये कुछेक लोग उन तमाम लोगों का निषेध या खण्डन करने का साहस नहीं कर सकते, जिन्हें सत्ता की सारी महत्ता का समर्थन प्राप्त है। जब किसी की शिकायत सुनने वाला कोई न्यायालय नहीं होता, तो लोगों की, विशेषकर शासकों की कार्यवाहियों की सार्थकता उनके परिणामों के ही आधार पर जांची जाती है। इसलिए शासक को अपना राज्य जीतने तथा अपना शासन बनाए रखने की दिशा में सक्रिय होना चाहिए तभी उसके तौर-तरीकों को सदैव सम्मानजनक समझा जाएगा और सर्वत्न उनकी प्रशंसा की जाएगी। जनसामान्य सदैव मुखौटों तथा परिणामों से प्रभावित होता है। इस सन्दर्भ में केवल जनसामान्य की ही चिन्ता की जा सकती है। राज्य द्वारा समर्थित इन बहुसंख्यकों के मुकाबले में अल्पसंख्यकों के लिए कोई स्थान नहीं हो सकता।

एक समकालीन शासक, जिसका नाम न लेना ही बेहतर होगा, शान्ति और सत्य के सिवाय और किसी बात का उपदेश नहीं देता।* और वह इन दोनों का कट्टर दुश्मन है। यदि वह इन दोनों गुणों में से किसी एक का भी आदर या व्यवहार करता तो अब तक कई बार अपनी साख और अपना राज्य खो चुका होता।

---

* एरागन के फर्डिनेण्ड से तात्पर्य है।

19

अवहेलना और घृणा से बचने की आवश्यकता

परिगणित गुणों में से सर्वाधिक महत्त्वपूर्ण गुण की चर्चा करने के बाद, अब मैं अन्य गुणों की चर्चा संक्षेप में करना चाहता हूं। जैसा कि मैं पहले ही समझा चुका हूं कि शासक को हर उस चीज़ से बचने के लिए कटिबद्ध रहना चाहिए, जो उसे (प्रजाजनों की) अवहेलना और घृणा का पात्र बना सकती है। जब तक वह ऐसा करता रहेगा, तब तक वह अपना कर्त्तव्य पूरा करता रहेगा और मेरे द्वारा परिगणित अन्य अवगुणों के लिए निन्दा का भागी होते हुए भी किसी प्रकार का खतरा नहीं उठाएगा। जैसा कि मैं कह चुका हूं, वह यदि अन्यों की सम्पत्ति के प्रति लोलुपता और आक्रमण का रुख अपनाएगा और अपने प्रजाजनों की स्त्रियों के प्रति लालची निगाहें उठाएगा तो सबसे ज्यादा घृणा का पात्र बनेगा। उसे इन अवगुणों से बचना चाहिए। जब तक वह अपने प्रजाजनों के अधिकांश की सम्पत्ति और सम्मान को नहीं लूटता, तब तक वे सन्तुष्ट रहते हैं। उस हालत में उसे कुछेक लोगों की हलचलों से ही निपटना होता है और उनसे कई प्रकार से और बड़ी आसानी से निपटा जा सकता है।

यदि वह अस्थिर चित्त, ओछे स्वभाव का, स्त्रैण, कायर और संकल्पहीन होने के नाते विख्यात है तो लोग उसकी अवहेलना करेंगे। शासक को इस प्रकार की ख्याति से ऐसे ही बचना चाहिए जैसे प्लेग की महामारी से बचा जाता है और उसे अपने व्यवहार में गरिमा, साहस, संयम और सबलता का प्रदर्शन करना चाहिए। अपने शासितों के आपसी झगड़ों का निपटारा करते समय उसे यह ध्यान रखना चाहिए कि उसका निर्णय अपरिवर्तनीय हो और उसके प्रति जनसामान्य की धारणा ऐसी

होनी चाहिए कि कोई व्यक्ति कभी उसको धोखा देने या छलने की कल्पना भी न कर सके।

जो शासक इस प्रकार की धारणा अपने विषय में (जनसामान्य के मन में) बैठा देता है, वह बहुत अधिक सम्मान का पात्र बन जाता है। अत्यधिक सम्मानित व्यक्ति के विरुद्ध षड्यंत्र रचना अथवा खुला आक्रमण करना कठिन होता है।

शासक को दो चीज़ों से डरना चाहिए। शासितों द्वारा राज्य के भीतर की जाने वाली ध्वंसात्मक कार्यवाही से और विदेशी शक्तियों द्वारा किए जाने वाले आक्रमण से। आक्रमण से बचने के लिए उसके पास अच्छी और समर्थ सेना का होना और अच्छे मित्रों का होना आवश्यक है और अगर उसके पास प्रबल सेना है तो उसके मित्र सदैव अच्छे होंगे। यदि विदेशी शक्तियों के साथ सम्बन्ध अच्छे होंगे तो राज्य के घरेलू मामले भी सुचारु रूप से चलते रहेंगे यदि वे पहले ही षड्यन्त्र द्वारा खराब न कर दिए गए हों।

यदि किसी शासक ने मेरी राय के अनुसार जीवन-यापन किया है और उसी के अनुकूल अपने प्रशासन की व्यवस्था की है और अगर वह स्वयं ही घुटने नहीं टेक देता है, तो विदेश में अराजकता फैलने पर भी वह अपने राज्य के विरुद्ध किए गए हर हमले का मुकाबला कर सकेगा। ठीक वैसे ही, जैसे स्पार्टा के नेबिस ने किया था। अब जहां तक उसके प्रजाजनों का सवाल है, विदेशों में किसी प्रकार की गड़बड़ी न होने पर शासक को सबसे अधिक चिन्ता अपने विरुद्ध किए जाने वाले गुप्त षड्यन्त्रों की होनी चाहिए। यदि वह घृणा का पात्र बनने से बचा रहता है और जनता को सन्तुष्ट रखता है तो वह षड्यन्त्रों से भी अपने-आप को बचा सकता है। जैसा कि मैं पहले कह चुका हूं, यह नितान्त आवश्यक है।

आन्तरिक षड्यन्त्रों के विरुद्ध शासक द्वारा की जाने वाली किलेबन्दियों में सबसे सशक्त व्यवस्था यही हो सकती है कि शासक जनता की घृणा से बचे। ऐसा इसलिए कि षड्यन्त्रकारी सदैव यही समझता है कि वह शासक की हत्या करके प्रजा को सन्तुष्ट कर रहा है ; लेकिन यदि उसे यह ध्यान हो कि इससे प्रजा का क्रोध उमड़ पड़ेगा, तो वह कभी भी अपनी

योजना को कार्यान्वित नहीं कर सकेगा, क्योंकि षड्यन्त्रकारी के मार्ग में असंख्य बाधाएं हुआ करती हैं। अनुभव से यह सिद्ध होता है कि षड्यन्त्र तो कई रचे जाते हैं, मगर उनमें लक्ष्य प्राप्ति में सफल कुछेक ही होते हैं। इसका कारण यह है कि षड्यन्त्रकारी को अन्य कई लोगों की भी सहायता अपेक्षित होती है और सहायक वही लोग हो सकते हैं, जो उसकी धारणा के अनुसार, असन्तुष्ट होते हैं ; लेकिन जैसे ही वह (षड्यन्त्रकारी) किसी असन्तुष्ट व्यक्ति के सामने अपने मन की बात कहता है, उसे (असन्तुष्ट व्यक्ति को) तुष्टि का साधन मिल जाता है, क्योंकि असन्तुष्ट व्यक्ति को यह विश्वास हो जाता है कि अब वह अपनी सारी जानकारी के बल पर अपने मन की मुरादें पूरी कर सकता है।

यह देखते हुए कि सूचना मात्र शासक को देकर काफी लाभ उठाया जा सकता है, जबकि दूसरा (षड्यन्त्रकारी के द्वारा प्रस्तावित) विकल्प अत्यन्त खतरनाक एवं सफलता की दृष्टि से सन्दिग्ध है कोई असाधारण मित्र अथवा शासक का नितान्त निर्मम एवं कट्टर शत्रु ही आपका साथ (षड्यन्त्र के कार्यान्वयन में) देगा।

संक्षेप में कहूं तो यह कि षड्यन्त्रकारी के पक्ष में भय, ईर्ष्या और दण्डित होने की विकराल सम्भावना होती है। शासक के पक्ष में प्रशासन की गरिमा, कानून के बन्धन, उसके मित्रों के साधन और शासन के सभी स्रोत उसकी रक्षा के लिए तैनात होते हैं। इस सबमें प्रजा की सद्भावना भी मिला दीजिए, तो शासक के विरुद्ध षड्यन्त्र करने की बात ही अचिन्तनीय हो उठती है, क्योंकि जहां सामान्य स्थिति में षड्यन्त्रकारी को षड्यन्त्र की सफलता से पहले ही दण्ड का भय होता है, वहां इस स्थिति में उसे सफलता के बाद भी दण्ड का भय होता है, क्योंकि प्रजा भी उसी की विरोधी होती है। वह अपना अपराध कर बैठेगा और प्रजा के आक्रोश के कारण कहीं शरण नहीं पा सकेगा।

मैं इसके असख्य उदाहरण प्रस्तुत कर सकता हूं; लेकिन केवल एक ही दृष्टान्त देकर मैं सन्तुष्ट हो जाऊंगा। घटना हमसे एकाध ही पीढ़ी पहले की है। कैन्नेश्री ने बोलोना के शासक, वर्तमान एन्नीबेल के पितामह रत्नीबेल बेन्तिवोग्ली के विरुद्ध षड्यन्त्र किया और उनकी हत्या कर दी। उनका

उत्तराधिकारी केवल गियोवानी बच रहा, जो अभी नवजात शिशु ही था। इस हत्याकाण्ड के तुरन्त बाद प्रजा ने जोश खाया और कैन्नेश्ची वंश का सफाया कर दिया। जनता के इस आक्रोश के पीछे उस समय बेन्तिवोग्ली घराने के लिए व्याप्त सद्भावना का ही बल था, यह सद्भावना इतनी अधिक थी कि एन्नीबेल के देहावसान के बाद, बोलोना में उस परिवार का एक भी सदस्य ऐसा नहीं बचा जो गद्दी संभाल सके। बोलोना के नागरिक एक ऐसे व्यक्ति की खोज में फ्लारेंस गये, जिसके बारे में सुना गया था कि वह अभी तक एक लोहार का पुत्र समझा जाता है, लेकिन वास्तव में बेन्तिवोग्ली है। उन्होंने नगर का शासन उसे सौंप दिया और वह व्यक्ति उस दिन तक शासन करता रहा, जिस दिन तक गियोवानी स्वयं गद्दी सम्हालने लायक नहीं हो गया।

इसलिए मैं तो इसी निष्कर्ष पर पहुंचता हूं कि यदि शासक को प्रजा की सद्भावना प्राप्त हो तो उसे षड्यन्त्रों की चिन्ता नहीं करनी चाहिए; लेकिन अगर प्रजा उसके विरुद्ध हो और उससे घृणा करती हो तो उसे हर व्यक्ति से, हर चीज़ से डरना चाहिए। सुसंगठित राज्य एवं बुद्धिमान शासक हमेशा यही कोशिश करते हैं कि उनके सामन्त उनसे भड़कें नहीं और प्रजा उनसे सन्तुष्ट एवं प्रसन्न रहे। किसी भी शासक के समक्ष यह सर्वोपरि कर्त्तव्य होना चाहिए।

हमारे अपने युग के सुसंगठित एवं सुशासित राज्यों में से एक फ्रांस है। उसमें अगणित अमूल्य परंपराएं हैं, जिनपर शासन की स्वायत्तता और सुरक्षा निर्भर करती है। इनमें से सर्व प्रथम है—संसद और उसकी सत्ता। फ्रांसीसी साम्राज्य के संस्थापक ने शक्तिसम्पन्नों की महत्त्वाकांक्षा और अविनय को ध्यान में रखते हुए, उनके मुंह में हड्डी देकर उन्हें नियन्त्रण में रखना ज़रूरी समझा। दूसरी ओर वह प्रजाजनों को भी आश्वस्त रखना चाहता था जो सामन्तों से डरते एवं उनसे घृणा करते थे। वह शासक की हैसियत से इस सारी कटुता का दायित्त्व अपने ऊपर नहीं लेना चाहता था, क्योंकि वह न तो सामन्तों के साथ पक्षपात के लिए प्रजा की नज़रों में खटकना चाहता था और न ही प्रजा के साथ दयालुता बरतने के लिए सामन्तों की धृष्टता का शिकार होना चाहता था।

इसलिए उसने सामन्तों के दमन एवं दीनों के साथ पक्षपात करने के लिए एक स्वतन्त्र अभिकरण स्थापित कर दिया, जो दोनों के बीच में शासक को लाये ही नहीं। इससे अच्छी और इससे अधिक बुद्धिमत्तापूर्ण कोई परम्परा हो ही नहीं सकती थी, जो राज्य को भी सुरक्षित रख सके। और राजा को भी।

इसी से एक और महत्त्वपूर्ण निष्कर्ष निकाला जा सकता है। वह यह कि शासकों को तमाम अप्रिय कानूनों तथा निर्णयों का क्रियान्वयन दूसरों के हाथों में सौंप देना चाहिए और उपकार करने के साधन अपने हाथ में रखने चाहिए। मैं फिर कहता हूं कि शासक को सामन्तों का सम्मान करना चाहिए। लेकिन प्रजाजनों की घृणा भी नहीं अर्जित करनी चाहिए।

रोमन सम्राटों के जीवन-मरण की परिस्थितियों के कई एक अध्येता शायद यह सोच लें कि इन सम्राटों के कृतित्व से ही मेरे कथन का खण्डन हो जाता है। कुछेक शासक जो निरन्तर शुद्धतावादी जीवन बिताते रहे हैं और जिनमें चरित्रबल भी बहुत था, इन गुणों के बावजूद, अपदस्थ कर दिए गए अथवा इनमें से कई एक को तो उन्हीं के अपने अनुचरों ने षड्यन्त्र करके मार डाला।

मैं इन आपत्तियों का उत्तर देने के लिए, इनमें से कुछेक सम्राटों के चरित्रों को चर्चा का विषय बनाऊंगा और यह सिद्ध करूंगा कि उनके पतन के भी कारण वही थे जो मैंने गिनाए हैं। मैं उदाहरण भी ऐसे ही प्रस्तुत-करूंगा जो इस युग के अध्येताओं के सुपरिचित हैं। मैं अपनी परिगणना और विवेचन को उन्हीं सम्राटों तक सीमित रखूंगा जो दार्शनिक मार्कस से लेकर मैक्सिमाइनस तक के दौर में गद्दी पर बैठे थे। ये शासक थे—मार्कस आरेलियस, उसका बेटा कॉमोडस, पटनैक्स, जूलियन, सेवेरस, उसका बेटा केराकाला, मैक्रिनस, हेलियोगेबालस, अलेग्जान्देर, और मैक्सिमाइनस।*

---

* इन शासकों के मैकियावेली द्वारा प्रस्तुत जीवन वत्तान्त हेरोडियन लिखित मार्कस आरेलियस के देहान्त से गोर्डियन तृतीय के सत्तारूढ़ होने तक के रोमन साम्राज्य के इतिहास पर आधारित है। यहां वर्णित अनेक घटनाएं हेरोडियन के जीवन काल में ही घटित हुई थीं। मैकियावेली ने निश्चय ही हेरोडियन लिखित इतिहास के 1493 ई० में कवि और लारेंज़ो द मेडिची के मित्र पोलिज़ियानों द्वारा प्रकाशित लातीनी अनुवाद का प्रयोग किया होगा। मूल कृति यूनानी भाषा में लिखी गई थी।

यहां ध्यान देने की बात यह है कि जहां अन्य शासकों को सामन्तों की महत्त्वाकांक्षा और प्रजाजनों की अविनय से निबटना पड़ता है, वहां रोमन सम्राटों को एक तीसरी कठिनाई का भी सामना करना पड़ा। उन्हें अपने सिपाहियों की क्रूरता और लोलुपता से भी निबटना होता था।

यह एक कठिन काम था और इसी के कारण कइयों का पतन भी हुआ क्योंकि प्रजाजनों और सिपाहियों को एक साथ सन्तुष्ट करना कठिन था। प्रजाजन शान्तिप्रिय होते थे, अतएव ऐसे ही शासक को पसन्द करते थे, जो नित्य नये बखेड़े खड़े न करता रहे। सिपाही युद्धप्रिय शासक को ही प्यार करते थे, क्योंकि वह दुस्साहसी, क्रूर और लूट-पाट का शौकीन होता था। सिपाही चाहते थे कि शासक प्रजाजनों पर इन अवगुणों से युक्त व्यवहार करे, जिससे उन्हें अधिक वेतन मिल सके और वे स्वयं अपनी लोलुपता और क्रूरता का खुलकर उपयोग कर सकें। परिणामतः वे सम्राट्, जिनमें सिपाहियों एवं प्रजाजनों को एक साथ नियन्त्रण में रखने के लिए आवश्यक स्वाभाविक अधिकार और साख नहीं होती थी, मुसीबत में पड़ जाते थे। इनमें से अधिकांश, विशेषकर नये-नये सत्ताधारी, जब इन दोनों परस्पर विरोधी तत्वों को सन्तुष्ट करने की आवश्यकता महसूस करते थे, तो प्रायः सिपाहियों को रिझाते रहते थे और प्रजाजनों को आघात पहुंचाने में नहीं झिझकते थे।

यह नीति उनके लिए आवश्यक थी। शासक किसी न किसी वर्ग की घृणा के पात्र बन ही जाते हैं, इसलिए उनकी पहली चेष्टा यही होती है कि वे एक साथ सभी वर्गों के सभी लोगों की घृणा के पात्र न बन जाएं। जब सभी वर्गों की सामूहिक घृणा से बचना असम्भव नज़र आता है, तो वे सर्वाधिक शक्तिसम्पन्न वर्गों की घृणा से बचने की हर सम्भव चेष्टा करते हैं। इसलिए वे शासक, जो नये होने के कारण असाधारण सहायता-समर्थन के आकांक्षी होते थे प्रजाजनों की अपेक्षा अपने सिपाहियों का साथ देने के लिए आसानी से तैयार हो जाते थे। इसके बावजूद, चाहे वे सैनिकों की नज़र में अपनी साख जमाए रखने की कला नहीं जानते थे, उन्हें इस नीति से लाभ ही हुआ।

अतएव, उल्लिखित कारणों से हुआ यह कि मार्कस आरेलियस, पर्टिनेक्स और अलेग्ज़ान्देर जो सबके सब बिना झगड़े-झंझट के जीवनयापन करते रहे, जो न्याय-प्रिय थे, क्रूरता से घृणा करते थे, करुणामय और शिष्ट स्वभाव वाले थे, सभी का अन्त दुःखद ही हुआ। इनमें से एकमात्र अपवाद मार्कस था, जो अपने जीवनकाल में और उसके बाद भी सम्मान का पात्र बना रहा, क्योंकि राज्य उसे उत्तराधिकार में मिला था। उसके लिए उसे न अपने सिपाहियों का आभार मानने की आवश्यकता थी और न ही प्रजाजनों के सामने झुकने की।

मार्कस एक व्यक्ति की हैसियत से कई गुणों का भण्डार था और इन गुणों के कारण वह सभी के सम्मान का पात्र बन गया था, इसलिए वह आजीवन सैनिकों तथा अपने प्रजाजनों को सफलतापूर्वक नियन्त्रण में रख सका। उसे कभी किसी की घृणा अथवा अवहेलना नहीं भोगनी पड़ी।

लेकिन पर्टिनेक्स अपने शासनकाल के प्रारम्भ में संकट में पड़ गया। उसे सिपाहियों की इच्छा के विपरीत सम्राट् बनाया गया था। ये सिपाही कामोडस के नेतृत्व में स्वच्छन्द जीवन बिताने के आदी हो चुके थे, इसलिए पर्टिनेक्स ने उनके ऊपर जो शिष्टता का बोझ डालना चाहा, उसे वे बरदाश्त नहीं कर सके। इसलिए सम्राट् स्वयं उनकी घृणा का पात्र बन गया और अपने बुढ़ापे के कारण उनकी अवहेलना का शिकार भी।

और यहां इस बात की ओर भी ध्यान दिया जाना चाहिए कि बुरे कामों से ही नहीं अच्छे कामों के कारण भी लोगों की घृणा का पात्र बन सकता था। इसलिए जैसा कि मैं कह चुका हूं अपना शासन बनाए रखने का इच्छुक शासक बुराई करने के लिए विवश हो जाता है, क्योंकि जब शासन की निरन्तरता का आधार बनने वाले लोग भ्रष्ट होते हैं—चाहे वे प्रजाजनो हों, सिपाही हों अथवा सामन्त गण—तो शासक को भी भ्रष्टाचार के ही तरीकों से उन्हें सन्तुष्ट करना पड़ता है। और उस अवस्था में सत्कार्य आपके शत्रु होते हैं।

आइये, अलेग्ज़ान्देर को ले लें। उसे कई बातों का श्रेय दिया जाता है। कहा जाता है कि वह इतना अच्छा व्यक्ति था कि उसने अपने 14 वर्ष

के शासनकाल में कभी भी किसी व्यक्ति को मुकदमा चलाये बगैर फ़ांसी पर नहीं चढ़ाया। इसके बावजूद वह प्रजा की अवहेलना का शिकार हो गया। उसकी सेनाओं ने उसके विरुद्ध षड्यन्त्र किया और उसे मार डाला क्योंकि उसे स्त्रैण समझा जाता था, क्योंकि वह अपनी मां की आज्ञानुसार शासनकार्य करता था।

इसके विरोधाभास के रूप में कामोडस, सेवेरस, एन्तोनिनस कैराकाला और मैक्सिमाइनस की चर्चा की जाये, तो आप पायेंगे कि वे लोग चरम कोटि के लोलुप और क्रूर शासक थे। ऐसा कोई कुकर्म नहीं है जो उन्होंने अपने सैनिकों को प्रसन्न करने के लिए अपनी प्रजा के विरुद्ध नहीं किया और सेवेरस के अतिरिक्त इन सभी शासकों का अन्त दुःखद हुआ। सेवेरस इतना पराक्रमी शासक था कि सैनिकों की मैत्री बनाये रखकर भी, और जनता पर कठोर शासन करता हुआ भी वह अन्त तक सफलतापूर्वक सत्तारूढ़ रहा। ऐसा इसलिए हुआ कि उसके सैनिक उसके पराक्रम से इतने प्रभावित थे और प्रजा इतनी आतंकित थी कि सैनिक उसके प्रति आदर से आपूरित और सन्तुष्ट रहते थे और प्रजाजन आश्चर्यचकित एवं किंकर्त्तव्यविमूढ़ होकर रह जाते थे।

इसका कारण यह था कि नये शासक की हैसियत से सेवेरस की उपलब्धियां सचमुच असाधारण एवं चकाचौंध करने वाली थीं। मैं यह दिखाना चाहता हूं कि वह लोमड़ी तथा सिंह दोनों की भूमिकाएं निभाने की कला में पारंगत था और जैसा कि मैं कह चुका हूं, नये शासक को इन दोनों के स्वभाव का अनुकरण करने योग्य होना चाहिए।

सेवेरस सम्राट जूलियन के आलसी स्वभाव से परिचित था। स्लावोनिया में अपने अधीन काम करने वाली सेनाओं को उसने रोम पर धावा बोलने के लिए और पर्टिनेक्स का बदला लेने के लिए तैयार कर लिया। पर्टिनेक्स को प्रीटोरियाई गारद के जवानों ने मौत के घाट उतारा था। इसी प्रतिशोध का बहाना लेकर और सम्राट् बनने की अपनी महत्त्वाकांक्षा का कोई भी संकेत दिए बग़ैर, उसने सेना को रोम की ओर कूच करा दिया और अभी इटली वालों को उसके कूच का पता भी नहीं चला था कि वह वहां जा पहुंचा। उसको सिर पर आया देखकर सीनेट के

भयाक्रान्त सदस्यों ने उसे सम्राट्-पद के लिए चुन लिया और जूलियन की हत्या कर दी।

इस शुरुआत के बाद, पूरे राज्य का स्वामी बनने के लिए उसके मार्ग में दो बाधाएं रह गयीं। एक बाधा एशिया में थी, जहां एशियाटिक सेना के कमाण्डर पेसेनियस नाइजर ने स्वयं को सम्राट् घोषित कर दिया था। दूसरी बाधा पश्चिम में थी, जहां अल्बिनस सम्राट् बनने की अभिलाषा संजोये बैठा था। दोनों को एक साथ शत्रु बना लेना खतरनाक था—इसी बात को समझते हुए सेवेरस ने अल्बिनस को धोखा देने और नाइजर पर आक्रमण करने का फ़ैसला कर लिया। उसने अल्बिनस को लिखा कि यद्यपि सीनेट ने उसे सम्राट् चुना है, फिर भी वह इस सम्मान में उसे साझीदार बनाना चाहता है। उसने अल्बिनस को 'सीज़र' का सम्मान प्रेषित किया और, सीनेट में प्रस्ताव पारित करवाकर उसे सह-सम्राट् बना दिया। अल्बिनस इस धोखे में आ गया।

लेकिन जैसे ही एक बार सेवेरस ने नाइजर को पराजित करके उसकी हत्या कर दी और पूर्वी क्षेत्रों पर अपना अधिकार स्थापित कर लिया, वह रोम की ओर पलटा। वहां पहुंचकर उसने सीनेट में शिकायत की कि अल्बिनस ने उसके प्रति कृतघ्नता का बरताव किया है और उसको धोखे से मार डालने का षड्यन्त्र किया है। सेवेरस ने कहा कि इसी कुचेष्टा के कारण उस पर सैनिक अभियान करना और अल्बिनस को उसकी कृतघ्नता का दण्ड देना ज़रूरी हो गया है। इसके बाद उसने फ्रांस में उस पर धावा बोल दिया और उसका राज्य ही नहीं, उसके प्राण भी ले लिये।

सेवेरस के कृत्यों का सावधानी से अध्ययन करने वाला हर व्यक्ति यह पायेगा कि एक ओर उसमें क्रुद्ध सिंह की-सी विशेताएं थीं और दूसरी ओर चतुर लोमड़ी जैसे गुण और यह भी कि सभी लोग उसका सम्मान करते थे, सभी लोग उससे प्यार भी करते थे, जबकि उसके सिपाही उससे घृणा नहीं करते थे। अब यदि एक नौसिखिया शासक सेवेरस जितनी बड़ी सत्ता का नियन्त्रण और निर्वाह करने की योग्यता रखता है, तो यह कोई चमत्कारिक उपलब्धि नहीं मानी जानी चाहिए। कारण यह था कि एक ओर उसकी लूट-पाट ने प्रजा के मन में उसके प्रति जो घृणा पैदा कर रखी थी, उससे उसकी रक्षा वह व्यापक प्रतिष्ठा करती रही, जो उसके प्रति

सबके मन में व्याप्त थी।

उसका बेटा एन्तोनिनस कैराकाला भी अत्यन्त गुणवान व्यक्ति था। उसके गुणों से प्रजा चमत्कृत थी और सैनिक उससे प्यार करते थे। स्वभावतः वह सैनिक था, कठोर परिश्रम कर सकता था और किसी प्रकार का भी कोमल व्यवहार उसे नापसन्द था—चाहे वह भोजन कर रहा हो अथवा सरकारी काम-काज में लगा हो। इसी कारण से उसके सैनिक स्वभावत: उस पर समर्पित थे। इसके बावजूद उसकी भयावह एवं अपूर्व विकरालता एवं क्रूरता के कारण (असंख्य व्यक्तियों की हत्या के अतिरिक्त, बहुसंख्य रोमनों तथा सिकन्दरिया के तमाम नागरिकों को भी उसने मौत के घाट उतारा था) सर्वत्र सभी लोग उससे घृणा करने लगे थे। उसके निकटतम सहयोगी और कर्मचारी भी उससे भयभीत रहने लगे। परि'णामतः उसी के सैनिकों ने उसे एक बार घेर लिया और एक सेंचुरियन ने उसकी हत्या कर दी।

यहां ध्यान देने की बात यह है कि यदि कोई उन्मत्त कट्टरपन्थी व्यक्ति शासक की हत्या का प्रयास करता है तो उसकी मार से कोई शासक नहीं बच सकता, क्योंकि जो व्यक्ति स्वयं मृत्यु से नहीं डरता, वह कुछ भी कर सकता है। वह शासक को भी मार राकता है; लेकिन किसी भी शासक को इस सम्भावना से डरने की अधिक आवश्यकता नहीं है, क्योंकि ऐसी हत्याएं बहुत कम होती हैं, फिर भी शासक को सदैव यह ध्यान रखना चाहिए कि किसी भी ऐसे व्यक्ति को किसी प्रकार का गम्भीर आघात या हानि न पहुंचाये, जो राज-काज के सिलसिले में उसके निकट ही बना रहता हो। एन्तोनिनस से इसी नुक्ते पर भूल हो गयी। जिस सेंचुरियन ने उसकी हत्या की, एन्तोनिनस ने उसके भाई को अपमानित एवं लांछित करके मौत के घाट उतारा था। उसके बाद वह इस सेंचरियन को लगातार धमकियां देता रहा और इसे अपने अंगरक्षक दस्ते में भी बनाये रहा। इस प्रकार के अविवेकपूर्ण व्यवहार का परिणाम उसके लिए संकट का ही कारण बन सकता था और अन्ततः ऐसा ही हुआ भी।

लेकिन आइये, कामोडस की ओर बढ़ें। साम्राज्य का शासन चलाना उसके लिए एकदम आसान था, क्योंकि मार्कस आरेलियस का बेटा होने

के नाते साम्राज्य उसे विरासत में मिला था। उसे केवल अपने पिता के पदचिह्नों पर चलने की आवश्यकता थी। इतने-भर से वह अपने सैनिकों एवं प्रजाजनों को सन्तुष्ट रख सकता था; लेकिन वह क्रूर और पाशविक प्रकृति का स्वामी था। अतएव जनता को लूटने-खसोटने के लिए उसने सिपाहियों को रिझाना शुरू किया। सिपाही इससे दुराचारी और व्यसनी हो गए। दूसरी ओर वह अपनी मर्यादा और गरिमा को ही भूल बैठा। वह प्रायः मल्लों और तलवारबाज़ों से लड़ने के लिए अखाड़े में उतर आया था और अपनी राजकीय मर्यादा के विरुद्ध अन्य भी कई काम करता था। परिणामतः सिपाही उसकी उपेक्षा करने लगे। इसलिए एक ओर प्रजा उससे घृणा करती थी, दूसरी ओर सिपाही उसकी अवहेलना करने लगे थे। अन्ततः वह एक ऐसे षड्यन्त्र का शिकार हुआ, जो उसके प्राण ले बैठा।

अब हमें मैक्सिमाइनस के चरित्र का अध्ययन करना है। वह बडा युद्ध प्रिय व्यक्ति था और अलेग्ज़ान्देर की स्त्रैणता से तंग आए हुए सिपाहियों ने उसे अलेग्ज़ान्देर की मृत्यु के बाद सम्राट् पद के लिए चुन लिया। वह बहत दिनों तक शासन नहीं कर सका, क्योंकि उसकी दो हरकतें उसे लोगों की घृणा और अवहेलना का पात्र बना गयीं। पहली बात यह कि वह बड़े निम्न वंश का था। किसी ज़माने में थ्रेस में वह गड़रिया रह चुका था और हर व्यक्ति को यह बात पता थी। अतएव वह सबकी नज़रों से गिर गया। दूसरे यह कि सिंहासनारूढ़ होते ही उसने रोम जाकर स्वयं को सम्राट् घोषित कराने की औपचारिकता की उपेक्षा कर दी, फिर अपने राज्याधिकारियों के माध्यम से उसने रोम में तथा साम्राज्य के अन्य अनेक हिस्सों में अनेक प्रकार के अत्याचार करवाये। अतः जनता उसे बर्बर समझने लगी।

इस प्रकार उसके निम्न वंशी होने के कारण सर्वत्र उसके प्रति विकराल आक्रोश फैल गया और उसकी क्रूरता के भय के परिणामस्वरूप लोग उससे घृणा करने लगे। सबसे पहले अफ्रीका में विद्रोह हुआ और फिर रोम के नागरिकों की मदद पाकर सीनेट ने विद्रोह कर दिया। पूरे इटली में उसके विरुद्ध षड्यन्त्र होने लगे। इस षड्यन्त्र में उसके अपने सैनिक शामिल हो गए। ये सैनिक एक्विलेया पर घेरा डाले हुए थे। मगर उस नगर-दूर्ग पर अधिकार पाना उन्हें असम्भव लग रहा था। अन्ततः सम्राट्

की क्रूरता से तंग आकर वे उसी पर पलट पड़े। जब उन्होंने देखा कि सम्राट के अनेको शत्रु बन चुके हैं, उनके मन से उसका भय और आतंक जाता रहा और उन्होंने उसकी हत्या कर डाली।

मैं हेलियोगे बालस अथवा मैक्रिमस अथवा जूलियन की चर्चा नहीं करना चाहता, क्योंकि वे सभी की व्यापक घृणा के पात्र थे। अतएव बहुत दिनों तक शासन नहीं कर सके। इसके विपरीत मैं यही कहकर अपना वक्तव्य समाप्त करूंगा कि हमारे समकालीन शासकों को सिपाहियों को तुष्ट करने के लिए की जाने वाली असाधारण और कष्टकर कार्यवाहियों का झंझट इतना नहीं करना पड़ता। उन्हें सिपाहियों का कुछ तो ध्यान रखना ही पड़ता है; लेकिन इसके बावजूद यह समस्या जल्दी ही निपट जाती है, क्योंकि आधुनिक शासकों के पास रोमन साम्राज्य की सेनाओं की तरह से गठित स्थायी सेनाएं नहीं होतीं, जो विजित प्रदेशों के प्रशासन एवं सरकार का स्थायी अंग बन चुकी हों। इसलिए यदि रोमन काल में प्रजाजनों की अपेक्षा सैनिकों की मांगें पूरी करना आवश्यक होता था, तो केवल इसीलिए कि प्रजाजनों की अपेक्षा सैनिकों के हाथों में अधिक अधिकार होते थे।

हमारे अपने युग में तुर्क सम्राट् एवं सुलतान* के अतिरिक्त हर शासक के लिए सिपाहियों की अपेक्षा प्रजाजनों को तुष्ट करना आवश्यक है, क्योंकि नागरिकों के हाथों में अधिक अधिकार हैं। मैंने तुर्क सम्राट् को अपवादस्वरूप प्रस्तुत किया है, क्योंकि उसके पास स्थायी तौर पर बारह हजार सिपाहियों का तोपखाना और पन्द्रह हज़ार घुड़सवार सेना रहती है। और यह विशाल सेना उसके साम्राज्य की सुरक्षा तथा सुदृढ़ता के लिए आवश्यक है। इसलिए उसे इन सैनिकों की वफ़ादारी के अलावा हर दूसरी बात की उपेक्षा करनी पड़ती है। इसी प्रकार सुलतान का भी शासन उसके सैनिकों के अधिकार में है। अतएव प्रजा की परवाह न करते हुए भी उसे सैनिकों की वफ़ादारी की चिन्ता करनी पड़ती है।

---

* मैकियावेली के युग में तुर्क सम्राट् था सलीम प्रथम और सुलतान से उसका अभिप्राय मिस्र के शासक से है।

आपको इस बात की ओर ध्यान देना चाहिए कि सुलतान का राज्य अन्य तमाम राज्यों से कुछ भिन्न है। वह बहुत कुछ पोप के साम्राज्य की तरह है। न तो उसे उत्तराधिकारी साम्राज्य कहा जा सकता है और न ही निजी सम्पत्ति। यहां भूतपूर्व शासक की सन्तान को सिंहासनारूढ़ नहीं कराया जाता, बल्कि अधिकारसम्पन्न व्यक्तियों द्वारा निर्वाचित व्यक्ति ही सम्राट् बनता है। यह व्यवस्था बहुत पुरानी है। अतएव इसे नवोदित राज्य नहीं कहा जा सकता। यहां नये राज्यों के सामने आने वाली सामान्य कठिनाइयां कभी खड़ी नहीं होतीं। यद्यपि शासक नया होता है, राज्य की परम्पराएं पुरानी होती हैं और उनकी रचना ही इस प्रकार से की गई है कि नवनिर्वाचित शासक को उत्तराधिकारी सम्राट् की तरह से स्वीकार किया जा सकता है।

लेकिन आइए, हम अपने मूल विषय की ओर लौटें। मेरा कहना यह है कि मेरी बात को समझने वाला हर व्यक्ति यह महसूस करेगा कि उल्लिखित सम्राटों का पतन या तो घृणा के कारण हुआ या अवहेलना के कारण। वह व्यक्ति यह भी समझ सकेगा कि अलग-अलग रास्ते अपनाते हुए भी इन शासकों में से एक का अन्त सुखद हुआ और अन्य सभी का दुःखद। नये-नये शासक होने के नाते, पर्टिनेक्स और आलेग्ज़ान्देर के लिए मार्कस आरेलियस की नकल करने की चेष्टा बेकार और विनाशकारी थी, क्योंकि मार्कस आरेलियस उत्तराधिकार के अन्तर्गत शासनारूढ़ हुआ था। इसी प्रकार कैराकाला, कामोडस और मैक्सिमाइनस आदि के लिए सेवेरस की नकल करना घातक सिद्ध हुआ, क्योंकि उसका अनुकरण करने के लिए आवश्यक पराक्रम उनके व्यक्तित्व में नहीं था।

इसलिए किसी नये राज्य में सत्तारूढ़ होने वाला नया शासक न तो मार्कस आरेलियस का अनुकरण कर सकता है और न ही सेवेरस के पदचिह्नों पर चल सकता है, बल्कि उसे सेवेरस के चरित्र से वही विशेषताएं ग्रहण करनी चाहिए, जो उसके राज्य की स्थापना के लिए आवश्यक हों और मार्कस आरेलियस के चरित्र से वे गुण अपनाने चाहिएं, जो उसके शासन को बनाए रखने के लिए सहायक हो सकें और जो राज्य को दृढ़तापूर्वक स्थापित करने के बाद उसकी कीर्ति का विस्तार करें।

20

दुर्ग तथा अन्य सुरक्षा-उपकरणों की उपयोगिता

अपने राज्यों पर अधिकार बनाए रखने लिए कुछेक शासक अपने शासितों को निःशस्त्र कर देते हैं, कुछ अपने शासित नगरों को बांट देते हैं, कुछ शासक जान-बूझकर अपने प्रति शत्रुता का वातावरण पैदा करते हैं, कुछ अन्य शासक उन लोगों का मन जीतने का प्रयास करते हैं, जो प्रारम्भिक स्तर पर सन्दिग्ध रहे हैं, कुछ शासक दुर्ग बनवाते हैं और कुछ शासक उन्हें मटियामेट कर देते हैं।

इनमें से किसी भी नीति पर कोई निर्णायक टिप्पणी करना असम्भव है। जिन राज्यों में ये विशिष्ट नीतियां अपनायी गई हैं, उनकी विशिष्ट परिस्थितियों का अध्ययन करने के बाद ही कुछ कहा जा सकता है, फिर भी मैं यथासम्भव साधारण तौर पर इस विषय पर चर्चा करूंगा।

कभी भी किसी नये शासक ने अपने शासितों को निःशस्त्र नहीं किया है, बल्कि कई बार निःशस्त्र शासितों को शस्त्र दिए गए हैं। यह इसलिए क्योंकि शासितों को शस्त्र देने का अर्थ स्वयं को सशस्त्र बनाना ही होता है। इससे संदिग्ध व्यक्ति वफादार दोस्त बन जाता है और पहले से ही वफादार चले आ रहे नागरिक मात्र प्रजाजन के दर्जे से उठकर आपके पक्के पक्षधर हो जाते हैं।

फिर राज्य-भर के हर नागरिक को शस्त्र देना व्यवहारतः सम्भव नहीं होता; लेकिन जिनको आप यह विशेषाधिकार प्रदान करते हैं, उनकी मदद से शेष नागरिकों पर कठोर नियन्त्रण करना सहज हो जाता है और जब यह भेद-भाव शासितों की समझ में आ जाएगा, तब ये शस्त्रधर

शासित आपके प्रति और भी उत्तरदायी हो उठेंगे। शेष लोग भी यह समझ कर कि अधिक ख़तरा उठाने वालों तथा अधिक उत्तरदायित्व का निर्वाह करने वालों के लिए शासक द्वारा अधिक उपकृत किया जाना, पुरस्कृत किया जाना अनिवार्य है, आपको क्षमा कर देंगे; लेकिन जैसे ही आप अपने शासितों को नि:शस्त्र करने लगते हैं, वैसे ही आप अपनी कायरता अथवा सन्देह को अभिव्यक्त करते हुए उनके प्रति अपना अविश्वास प्रकट करते हैं और उन्हें नाराज़ कर लेते हैं। अब चाहे आप कायरता वश ऐसा करें अथवा सन्देहवश, उनकी घृणा के पात्र तो बन ही जाते हैं।

अब स्थिति यह हो जाती है कि आप बहुत दिनों तक निःशस्त्र बने। रहने का ख़तरा तो उठा नहीं सकते, अतएव आप भाड़े के सैनिकों का आश्रय लेते हैं और इनका हाल मैं पहले ही बयान कर चुका हूं। अगर ये भाड़े के सैनिक विश्वसनीय भी हों तो इतने विश्वसनीय कभी नहीं हो सकते कि सामर्थ्यवान शत्रु के मुकाबले में आपकी रक्षा कर सकें अथवा आपके अविश्वास के पात्र शासितों के षड्यन्त्रों से आपको बचा सकें। इसीलिए मैंने कहा कि नये राज्य में आया नया शासक सदैव अपने शासितों को शस्त्र देता है और इस प्रकार के उदाहरणों से इतिहास अटा पड़ा है।

लेकिन जब कोई शासक अपने मूल प्रदेश में किसी नव विजित प्रदेश को जोड़ता है, तब उसे अवश्य ही अपने नये शासितों को निःशस्त्र कर देना चाहिए। इस नियम का अपवाद केवल ऐसे व्यक्ति बनाए जाने चाहिए, जिन्होंने विजयाभियान के दौरान नये शासक का साथ दिया हो। यही नहीं इन अपवादों को भी समय और अवसर पाकर कमजोर और स्त्रैण बनाया जाना चाहिए और ऐसी व्यवस्था की जानी चाहिए कि आपके द्वारा शासित सारे प्रदेशों एवं उपनिवेशों में आपके अपने सिपाही ही सशस्त्र रह जायें।

हमारे बुद्धि सम्पन्न समझे जाने वाले विद्वानों एवं पूर्वजों को अक्सर यह कहते सुना गया था कि पिस्तोया को गुटों के द्वारा और पीसी को दुर्गों के बल पर नियन्त्रण में रखना आवश्यक था, इसलिए वे अपने शासित नगरों में फूट के बीज बोया करते थे, जिससे उनका आसानी से शासन किया जा सके।

उन दिनों इटली में एक प्रकार का स्थायित्व विद्यमान था, स्थिरता थी, अतएव यह सलाह निस्सन्देह बुद्धिमत्तापूर्ण मानी जाती थी, लेकिन मेरा ख़याल है कि अब यह सिद्धान्त आज की दुनिया में ठीक नहीं होगा। मैं यह विश्वास ही नहीं कर सकता कि असन्तोष और फूट के बीज बोने से कभी भी कोई भलाई हो सकती है। इसके विपरीत इस प्रकार की फूट के शिकार हुए नगरों का शत्रु का हमला होने पर अनिवार्यतः तुरन्त पतन हो जाता है। कमज़ोर पक्ष सदैव शत्रु से जा मिलेगा तथा दूसरा पक्ष उनका मुकाबला नहीं कर सकेगा।

मेरा विचार है कि मेरे द्वारा उल्लिखित बातों से ही प्रभावित होकर वेनिस के शासकों ने अपने शासित नगरों में गुएल्फ़ तथा ग़िबेलाइन गुटों को पालना शुरू किया था।[1] यद्यपि इन शासकों ने इन गुटों के बीच कभी भी रक्तपात नहीं होने दिया, फिर भी वे इस मनमुटाव को बढ़ावा देते रहते थे, जिससे आपसी मतभेदों में ही उलझे हुए नागरिक कभी भी उनके विरुद्ध एकता के सूत्र में न बंध सकें।

लेकिन जैसा कि हम देख चुके हैं कि घटनाएं इन शासकों की योजना के अनुसार नहीं चली—जब वेनिस के शासकों को वैला के मैदान में खदेड़ा गया तो एक गुट ने साहस बटोरकर उनसे पूरा राज्य छीन लिया। इसलिए इस प्रकार के साधनों को अपनाने वाली शासक को कायर समझा जाता है। किसी भी शक्ति-सम्पन्न और दृढ़ शासन में इस प्रकार की प्रतिद्वन्द्विताओं को कभी सिर नहीं उठाने दिया जाता। इनसे शासक को केवल शान्तिकाल में लाभ पहुंच सकता है, क्योंकि वह इन्हीं के बल पर अपने शासितों पर आसानी से नियन्त्रण रख सकता है ; लेकिन युद्धकाल में

---

1. ये नाम शायद राजमुकुट की प्राप्ति के लिए चली वेल्फ़ तथा वाइबलिंगेन परिवारों की आपसी प्रतिद्वन्द्विता से गढ़े गए हैं। इटली के मध्ययुगीन इतिहास में उथले तौर पर पोप (गुएल्फ़) तथा सम्राट (गिबेलाइन) के समर्थकों को इन्हीं नामों से अभिहित किया जाता था। स्थानीय एवं पारिवारिक द्वन्द्वों के कारण सारा मामला और भी उलझ-सा गया; लेकिन गिबेलाइन लोग अपेक्षाकृत कुलीन एवं सैनिक परम्परा वाले होते थे और गुएल्फ़ लोग उद्योग-व्यापार के धनी होते थे।

इस नीति की कमज़ोरियां प्रकट हो जाती हैं।

इसमें सन्देह नहीं कि किसी शासक की महानता, कठिनाइयों तथा विरोधियों पर विजय पाने की उसकी क्षमता पर निर्भर करती है। इसलिए भाग्य जब किसी नये शासक की महत्ता का महल बनाने पर आता है। और नये शासक को उत्तराधिकार में सत्ता पाने वाले शासक की अपेक्षा अपनी साख जमाने की आवश्यकता बहुत अधिक होती है, तो उसके लिए शत्रु ढूंढ निकालता है और उन्हें उससे भिड़ जाने के लिए प्रेरित करता है, जिससे उस शासक को उनपर विजय पाने का बहाना मिल जाये और इस प्रकार उसे उस सीढ़ी पर चढ़ने का अवसर मिल जाए जो शत्रु ने उसे उपलब्ध करा दी है। यही कारण है कि बहुत-से लोगों का यह विश्वास है कि बुद्धिमान शासक को अवसर मिलते ही, बड़ी चतुराई से, अपने प्रति कुछ विरोध के बीज बोने चाहिए, जिससे कि इस विरोधी मोर्चे को जीतकर वह अपनी प्रतिष्ठा बढ़ा सके।

प्रायः शासकों का, विशेषकर नये शासकों का, यह अनुभव रहा है कि उनके शासनकाल के प्रारम्भ में संदिग्ध नज़र आने वाले लोग उस समय विश्वसनीय मित्र नज़र आने वाले लोगों की अपेक्षा अधिक वफ़ादार एवं उपयोगी सिद्ध होते हैं। सिएना के शासक पेण्डोलफ़ों पेत्रुची ने अपना शासन अन्यों की अपेक्षा अपने संदिग्ध शासितों की सहायता से अधिक चलाया।

लेकिन यहां किसी भी प्रकार का सामान्य सिद्धान्त नहीं बनाया जा सकता क्योंकि परिस्थितियां हर मामले में भिन्न-भिन्न होती हैं। मैं केवल इतना ही कहूंगा कि ऐसे लोगों को अपनी ओर मिला लेने में किसी शासक को कभी भी कठिनाई नहीं हो सकती जो प्रारम्भ में उसके शत्रु रहे हों; लेकिन जिन्हें किसी के आश्रय की आवश्यकता हो और ऐसे लोग पूरी वफ़ादारी से उसकी सेवा करने के लिए और भी अधिक विवश होते हैं, क्योंकि वे महसूस करते हैं कि शासक के मन में उनके प्रति प्रारम्भ में बनी बुरी धारणाओं को अपने सत्कार्यों द्वारा मिटाना ज़रूरी है। इसीलिए शासक उन्हें अपने तथाकथित वफ़ादार सेवकों की अपेक्षा--जो अपने आपको इतना सुरक्षित महसूस करते हैं कि उसके हितों का ध्यान नहीं करते, अधिक उपयोगी पाता है।

बात इसी विषय से सम्बद्ध है। इसलिए मैं नये प्रदेशों को जीतने वाले शासकों को याद दिला दूं कि यदि आपने तोड़फोड़ की कार्यवाहियों को प्रोत्साहन देकर नया प्रदेश जीता है, तो आपको अपने सहायकों के इरादों के बारे में भली-भांति सोच-विचार कर लेना चाहिए। यदि इन सहायकों की कार्यवाहियों का आधार शासक के प्रति स्वाभाविक स्नेह नहीं है, बल्कि वर्तमान शासक के प्रति असन्तोष है, तो उसे उनकी मैत्री को अपने साथ बनाए रखने में काफ़ी कष्ट होगा और कठिनाई भी क्योंकि अपना समय आने पर वह भी उन्हें सन्तुष्ट नहीं कर पायेगा। यदि हम सावधानी से इसके कारणों की जांच करें और पुरातन एवं आधुनिक दृष्टातों का अध्ययन करें तो हम पायेंगे कि शासक वर्तमान प्रशासन से असन्तुष्ट होकर उसके मित्र बनने वाले और उसके आक्रमण का समर्थन करने वाले लोगों की अपेक्षा उन लोगों की मैत्री आसानी से पा सकता है जो वर्तमान प्रशासन से सन्तुष्ट थे और विजेता का विरोध करते थे।

अपने विजित प्रदेशों पर अपनी पकड़ मज़बूत बनाए रखने के लिए शासक लोग दुर्ग बनवाते रहे हैं। ये दुर्ग उनके विरुद्ध विद्रोह का षड्यन्त्र करने वाले लोगों की गतिविधियों का नियन्त्रण करने में और किसी आकस्मिक आक्रमण के मुकाबले के लिए शरणस्थली के रूप में सहायक होते हैं।

मैं इस नीति का समर्थन करता हूं, क्योंकि यह प्राचीन काल से ही व्यवहार में लायी जा रही है, फिर भी हमारे अपने युग में श्रीमन्त निकोलो वितेल्ली ने सित्ता दी कास्तेलो पर अपनी पकड़ मज़बूत करने के लिए ही वहां के दो दुर्गों को तहस-नहस कर दिया था। उर्बिनो के ड्यूक गाइदोबाल्दो, सीज़र बोर्गिया द्वारा अपने उपनिवेश से खदेड़े जाने के बाद जब वहां लौटा तो उसने अपने विजित प्रदेश में अवस्थित तमाम किलों को धूल में मिला दिया। उसने यही सोचा था कि ऐसा करने से उसका राज्य उससे छीनना कठिन हो जायेगा। जब वे बोलोना की ओर लौटे तो बेन्तीवोग्ली ने भी इसी प्रकार की नीति का अनुसरण किया। इसलिए हम सहज ही देख सकते हैं कि दुर्गों की उपयोगिता अथवा उपयोगहीनता परिस्थितियों पर निर्भर करती है और यदि वे एक दिशा में लाभकर होते हैं

तो किसी दूसरी दिशा में हानिकर भी हो सकते हैं।

इसी बात को इस प्रकार से कहा जा सकता है कि जो शासक विदेशी आक्रमण की अपेक्षा अपने ही शासितों से अधिक भयभीत रहता है, उसे दुर्ग बनवाने चाहिए। जो शासक आन्तरिक विद्रोह से ज़्यादा बाहरी आक्रमण के प्रति चिन्तित हो उसे दुर्गों का विचार ही नहीं करना चाहिए। फ्रांसेस्को स्फ़ोर्ज़ा द्वारा बनवाया गया मीलान का परकोटा स्फ़ोर्ज़ा परिवार के विरुद्ध अव्यवस्था के किसी भी अन्य स्रोत की अपेक्षा कहीं अधिक विद्रोहों का स्रोत रहा है और बना रहेगा।

इसलिए सर्वोत्तम दुर्ग रचना यही हो सकती है कि शासक अपने शासितों की घृणा से बचे। यदि अपने किले बनवा रखे हैं और प्रजाजन आपसे घृणा करते हैं, तो ये दुर्ग आपकी रक्षा नहीं कर सकेंगे। एक बार अगर प्रजा ने आपके विरुद्ध शस्त्र उठा लिए तो उन्हें बाहर से मिलने वाली सहायता की कमी नहीं रहेगी।

हमारे अपने युग में फ़ोर्ली की काउन्तेस के अतिरिक्त एक भी ऐसा उदाहरण नहीं है, जिसके मामले में किसी किले ने अपने शासक की सचमुच रक्षा की हो। हां, फ़ोर्ली को उसके प्रेमी काउण्ट जिरोलामो की हत्या के बाद प्रजा के आक्रमण के समय एक दुर्ग में ही शरण मिली थी। इसी दुर्ग में रहकर वह मीलान से सहायता आने की प्रतीक्षा करती रही और अपना राज्य वापस लेने का मौका ढूंढती रही। परिस्थितियां ऐसी विकट थीं कि प्रजा को बाहर से सहायता ही नहीं मिल सकी।

लेकिन बाद में उसके लिए भी किलों की कोई उपयोगिता न रही। सीज़र बोर्गिया ने जब उस पर आक्रमण किया और प्रजाजन जाकर आक्रान्ता से ही मिल गए, तो किले बेकार हो गए। इसलिए पहले ही की तरह बाद में भी उसके लिए किले बनवाने की अपेक्षा प्रजाजनों की शत्रुता से बचना ही सुरक्षा का बेहतर उपाय सिद्ध होता। अतएव सभी कुछ सोचने विचारने के बाद मैं उन सबकी प्रशंसा करता हूं, जो दुर्ग बनवाते हैं और जो दुर्ग नहीं बनवाते; लेकिन मैं हर उस व्यक्ति की निन्दा करूंगा, जो प्रजा की घृणा के प्रति उपेक्षा भाव लेकर दुर्गों की क्षमता को अपनी आस्था का आधार बना लेता है।

21

सम्मान प्राप्त करने के लिए शासक क्या करें?

महान विजयाभियानों तथा निजी योग्यता के चौंकाने वाले प्रदर्शनों से बढ़कर शासक की प्रतिष्ठा बढ़ाने का और कोई साधन नहीं हो सकता। हमारे अपने समय में स्पेन के शहंशाह एरागन के फ़र्डिनैण्ड हैं। उसे एक नया शासक समझा जा सकता है, क्योंकि पहले वह एक कमज़ोर राजा माना जाता था और उस मान्यता से उठकर उसने ईसाई विश्व का प्रथम सम्राट होने की कीर्ति एवं ख्याति अर्जित कर ली है। यदि आप उसकी उपलब्धियों का अध्ययन करें तो पायेंगे कि वे सब अभूतपूर्व एवं तेजोमयी थीं। अपने शासनकाल के प्रारम्भ में उसने ग्रेनाडा पर आक्रमण किया और इसी अभियान से उसकी व्यापक सत्ता की नींव पड़ गयी। पहले तो विना किसी विकर्षण में फंसे और बिना किसी हस्तक्षेप से भयभीत हुए उसने अभियान शुरू किया। उसने इसका सदुपयोग कास्तील के बैरनों की शक्तियों को उलझाये रखने के लिए किया, क्योंकि युद्धक्षेत्र में अपनी तमाम चेष्टाओं को और चेतना को केन्द्रित कर लेने के कारण इन बैरनों के पास देश के भीतर गड़बड़ी पैदा करने का कोई अवसर ही नहीं रहा। इस प्रकार उन्हें देश के भीतर घट रहे घटनाक्रम की जानकारी दिए बग़ैर ही फ़र्डिनैण्ड ने अपनी प्रतिष्ठा बढ़ा ली एवं उनके ऊपर अपनी पकड़ मज़बूत कर ली।

चर्च से एवं प्रजाजनों से प्राप्त धन के बल पर वह अपनी सेना को बनाए रखने में समर्थ रहा और एक लम्बे युद्ध के कारण अपनी स्थायी सेना की मज़बूत नींव भी उसने डाल ली। बाद में वह इसी उपलब्धि के लिए विख्यात भी हुआ। यही नहीं भविष्य में व्यापकतर अभियान करने के लिए धर्म की ही आड़ में उसने एक क्रूर धार्मिक अभियान किया, जिसमें उसने

मोरिस्को लोगों को राज्य से खदेड़ दिया। इससे अधिक कारुणिक अथवा चौंकाने वाला कोई अभियान हो ही नहीं सकता।[1]

धर्म का ही लबादा ओढ़कर उसने अफ्रीका पर हमला किया, इटली पर कूच किया और हाल ही में फ्रांस पर भी धावा बोला है। इस प्रकार उसने सदैव महान् कार्यों की योजना बनायी है और उन्हें पूरा किया है। इससे उसके शासित सदैव आश्चर्यचकित तथा रोमांचित से रहते हैं। उन्हें सदैव इन अभियानों के परिणामों की प्रतीक्षा रहती है और उसकी ये कार्यवाहियां एक निरन्तर शृंखला की तरह चलती रहती हैं—कुछ इस प्रकार से कि उसने दो अभियानों के बीच चुपचाप शासक के विरुद्ध षड्यन्त्र करने का अवसर ही कभी प्रजा को नहीं दिया।

शासक को आन्तरिक प्रशासन-सम्बन्धी अपनी क्षमताओं का भी चमत्कारपूर्ण प्रदर्शन करते रहना चाहिए। ये क्षमताएं ऐसी हों; जैसी मीलाक के बर्नाबो ने प्रदर्शित की थीं। किसी नागरिक के सामान्य नागरिक जीवन में किए गए अपवादात्मक रूप से अच्छे या बुरे काम के लिए उसे पुरस्कृत अथवा दण्डित कुछ ऐसे ढंग से किया जाना चाहिए कि सारी घटना शासितों की चर्चा का विषय बन जाये। इन सबसे बढ़कर अपने हर कृत्य के माध्यम से शासक को अपनी प्रतिष्ठा असाधारण योग्यताओं से सम्पन्न एक महान् व्यक्ति के रूप में स्थापित करनी चाहिए।

अपने-आप को सच्चा दोस्त या सच्चा दुश्मन होने अर्थात् अपने-आप को किसी एक पक्ष का निर्भीक पक्षधर घोषित करने से भी प्रतिष्ठा बढ़ती है। तटस्थता की अपेक्षा यह नीति सदैव अधिक लाभकर सिद्ध होगी। उदाहरणार्थः यदि आपकी पड़ोसी शक्तियां आपस में गुत्थम-गुत्थ हो उठती हैं और उनमें से कोई एक जीत जाती है, तो आप ख़तरे में हो भी सकते हैं और नहीं भी हो सकते। दोनों ही स्थितियों में आपको अपने पक्ष की खुलकर घोषणा कर देने और जमकर लड़ने से लाभ रहेगा, क्योंकि

1. मैकियावेली सम्भवत: ग्रेनाडा से, 14 वर्ष से अधिक आयु के उन तमाम मुसलमानों के निकाले जाने की बात कर रहा है, जिन्होंने ईसाइयत स्वीकार नहीं किया था। यह घटना ईस्वी सन् 1502 की है। इसका श्रेय फ़र्डिनैण्ड की बजाय इजाबेला को अधिक है। मूल लोग तो स्पेन से अन्ततः 1610 में निकाले गए थे।

यदि इन शक्तियों की जय-पराजय आपकी सुरक्षा को प्रभावित करती है और आप अपना पक्ष घोषित नहीं करते, तो आप विजेता की कृपा पर निर्भर होंगे, जबकि पराजित पक्ष आपकी दयनीय स्थिति पर हंसेगा और आपके पास किसी का संरक्षण पाने अथवा किसी के यहां शरण लेने का कोई औचित्य नहीं रह जाएगा। विजेता कभी संदिग्ध व्यक्तियों को मित्र नहीं बनना चाहता, क्योंकि ये (तटस्थ रहने वाले) लोग कठिनाई की घड़ी में उसकी मदद नहीं करते। पराजित व्यक्ति भी आपका तिरस्कार कर देता है, क्योंकि आप उसकी विपत्ति की घड़ी में सदल-बल उसकी सहायता करने नहीं गए थे।

एण्टियोकस इतोलियन लोगों के निमन्त्रण पर वहां से रोमनों को मार भगाने के लिए ही यूनान गया था। उसने अपने दूत रोमनों के मित्रों एकियनों के पास भेजे और उन्हें तटस्थ बने रहने के लिए प्रोत्साहन दिया। दूसरी ओर रोमनों ने एकियनों को अपनी ओर से लड़ने के लिए आमंत्रित करना शुरू किया। मामला एकियनों की परिषद में बहस के लिए उठाया गया इसी परिषद में एण्टियोकस का वह राजदूत भी मौजूद था, जो उन्हें तटस्थता के लिए प्रेरित कर रहा था। राजदुत की इस सलाह के जवाब में रोमन राज्याध्यक्ष ने कहा—"इस राजदूत की सलाह—कि आप युद्ध में हस्तक्षेप न करें, से ज़्यादा अहितकर कोई बात आपके लिए नहीं हो सकती। आप न किसी की कृपा के पात्र बन सकेंगे और न ही सम्मान पा सकेंगे, और फिर भी आप विजेता की लूट का हिस्सा होंगे।"

ऐसा हमेशा होता है कि आपके अमित्र आपको तटस्थ बने रहने की सलाह देते हैं और आपके हितेच्छु-मित्र आपसे सशस्त्र सहायता की मांग करते हैं। अनिश्चय के शिकार शासक त्वरित खतरों से बचने के लिए हमेशा तटस्थता का रास्ता अपना लेते हैं और आम तौर पर मुसीबत में फंस जाते हैं लेकिन जब आप साहस करके किसी एक पक्ष के लिए अपने समर्थन की घोषणा कर देते हैं, तो उस पक्ष के जीत जाने पर विजेता के बहुत शक्ति सम्पन्न होते हुए भी और आपके उसकी कृपा पर निर्भर होते हुए भी, वह आपका अहसानमन्द होता है और अपने-आप को आपके प्रति मैत्री के बन्धन में जकड़ा हुआ पाता है और ऐसी स्थिति में भी आपके

प्रति कृतघ्नता का और कटुता का व्यवहार करे इतना सिद्धान्तहीन एवं गिरा हुआ मैं इनसान को नहीं समझता।

फिर विजय का उत्साह भी कभी इतना अधिक नहीं होता कि विजेता किसी भी स्तर पर उचित-अनुचित का विशेषकर न्याय के आधारभूत सिद्धान्तों का ध्यान ही न रखे; लेकिन दूसरी ओर यदि आपके द्वारा समर्थित पक्ष पराजित हो जाता है, तो वह आपके सामने ढाल बनकर खड़ा हो जाएगा। वह यथासम्भव आपकी हर सहायता करेगा और इस प्रकार आप दोनों एक-दूसरे के ऐसे घनिष्ठ साझीदार बन जायेंगे कि हो सकता है, इस साझेदारी में आप लोगों के भाग्य भी पलटा खा जायें।

अब पराजय की स्थिति में यदि दोनों युद्धरत पक्ष ऐसे हैं कि आपको विजेता से डरने की कोई ज़रूरत ही नहीं है, तो आपको और भी खुलकर किसी एक पक्ष के समर्थन की घोषणा कर देनी चाहिए। इस नीति को अपनाकर आप एक युद्धरत पक्ष की सहायता से दूसरे पक्ष को नष्ट कर देते हैं। यदि यह पक्ष बुद्धिसम्पन्न होता तो दूसरे युद्धरत पक्ष की सहायता स्वयं कर रहा होता। यदि आपका पक्ष जीत जाता है तो आपका साथी आपकी कृपा पर निर्भर करेगा और आपकी सहायता के बग़ैर उसके लिए जीतना असम्भव होगा।

यहां इस बात की ओर ध्यान दिया जाना चाहिए कि किसी भी शासक को किसी ऐसे आक्रमणकारी गुट में शामिल नहीं होना चाहिए जिसका एक भी हिस्सेदार स्वयं उससे ज़्यादा शक्ति सम्पन्न हो। हां, जैसा कि मैं पहले कह चुका हूं, विवशता की स्थिति की बात और है। यह सलाह इसलिए दी गयी है कि यदि आपका पक्ष जीत जाता है तो आप अपने से अधिक शक्ति-सम्पम्न साझीदार के गुलाम होकर रह जायेंगे और शासकों को किसी दूसरे की कृपा पर निर्भर करने की स्थिति से हर कीमत पर बचना चाहिए।

वेनिस वालों ने ड्यूक आव मीलान के विरुद्ध मोर्चा बांधने के लिए फ्रांस के साथ दोस्ती गांठ ली और यह दोस्ती उनकी बरबादी का कारण बन गयी जबकि वे इस साझेदारी से बच सकते थे। लेकिन जब इस प्रकार की साझेदारी अनिवार्य हो जाती है (जैसा कि पोप और स्पेन द्वारा लोम्बार्दी

पर किए गए आक्रमण के समय फ्लारेंस वालों के साथ हुआ) तो शासक को हर कीमत पर उल्लिखित कारणों को दृष्टिगत रखते हुए किसी एक पक्ष का समर्थन करना चाहिए।

फिर, कभी भी किसी सरकार को यह नहीं सोचना चाहिए कि वह खतरों से साफ़-साफ़ बच निकलने का रास्ता अपना सकती है। वस्तुतः हर सम्भव कार्यवाही को किसी न किसी हद तक ख़तरनाक समझा जाना चाहिए। जीवन की धारा ही ऐसी है कि जब व्यक्ति किसी एक ख़तरे से बचने का प्रयास करता है तो किसी दूसरे ख़तरे की चपेट में आ जाता है। बुद्धिमत्ता इसी में होती है कि किसी विशेष ख़तरे की प्रकृति को व्यक्ति पहचान ले और न्यूनतम ख़तरे वाली कार्यवाही का रास्ता अपना ले।

शासक को प्रतिभासम्पन्न व्यक्तियों के प्रति प्रशंसा का भाव भी दिखाना चाहिए, योग्य व्यक्तियों को सक्रिय रूप से प्रोत्साहन देना चाहिए और प्रमुख कारीगरों को सम्मानित करना चाहिए। इसी प्रकार उसे अपने नागरिकों को अपने-अपने कार्य व्यापार का शान्तिपूर्वक निर्वाह करने के लिए प्रेरित करते एवं प्रोत्साहन देते रहना चाहिए—चाहे वे नागरिक व्यापारी हों, खेतिहर हों अथवा किसी अन्य व्यवसाय पर अवलम्बित हों। न तो किसी नागरिक को अपनी सम्पत्ति बढ़ाते समय उसके छिन जाने का भय होना चाहिए और न ही किसी उद्योगपति को किसी नये उद्योग की शुरूआत करते समय ऊंचे करों से आतंकित होकर अपना हाथ रोकना चाहिए। इसके विपरीत शासक को इस प्रकार के कार्य करने और अपने नगर या राज्य की समृद्धि बढ़ाने के इच्छुक व्यक्तियों को पुरस्कृत करने के लिए तैयार रहना चाहिए। इसके साथ-साथ साल-भर में कभी उपयुक्त अवसर पाकर उसे उत्सवों, समारोह एवं प्रदर्शनों के द्वारा प्रजा का मनोरंजन करना चाहिए।

फिर हर नगर संघों-समितियों तथा पारिवारिक समूहों में बंटा हुआ होता है। शासक को इनकी ओर ध्यान देना चाहिए। इनसे समय-समय पर मिलते-जुलते रहना चाहिए और इस प्रकार से सौजन्य एवं उदारता का आदर्श स्थापित करते रहना चाहिए। इसके बावजूद हर समय अपने पद की मर्यादा, गरिमा का भी निर्वाह करना चाहिए, क्योंकि उसके पास कभी भी किसी चीज़ को कभी महसूस नहीं की जानी चाहिए।

22
शासक के निजी सेवक

शासक के लिए अपने मन्त्रियों का चुनाव कम महत्त्व का काम नहीं होता और इन मन्त्रियों की उपयोगिता शासक के अपने बुद्धि-चातुर्य पर निर्भर करती है। किसी भी शासक की बुद्धिमत्ता के बारे में पहली धारणा उन व्यक्तियों की गुणवत्ता के आधार पर बनायी जाती है जिनसे वह घिरा रहता है। यदि वे सुयोग्य एवं स्वामिभक्त लोग हैं तो राजा को हमेशा विवेकशील समझा जायेगा, क्योंकि इससे यह सिद्ध होगा कि उसमें उनकी योग्यता की पहचान करने तथा उनकी वफ़ादारी को जीतने की क्षमता है। यदि ये लोग ऐसे सुयोग्य एवं स्वामिभक्त नहीं होंगे, तो शासक की सदैव आलोचना की जाएगी, क्योंकि उसके द्वारा किए गए मन्त्रियों के चुनाव में ही उसकी प्रथम भूल का दिग्दर्शन हो जाएगा।

जो कोई भी सिएना के शासक पेण्डोल्फ़ो पेत्रुची के मन्त्री के रूप में एन्तोनियो दा विनाफ्रो को जानता था, इस बात को भली-भांति समझ जाता था कि पेण्डोल्फ़ो स्वयं अत्यन्त बुद्धिमान एवं सुयोग्य व्यक्ति है। बुद्धिमत्ता भी तीन प्रकार की होती है। एक प्रकार की बुद्धि वह होती है, जो समस्याओं को स्वयमेव समझ जाती है, दूसरे प्रकार की बुद्धि वह होती है जो दूसरों की समझ-बूझ की दाद देती रहती है, तीसरे प्रकार की बुद्धि न स्वयं कुछ समझती है और दूसरे की समझ-बूझ को दाद देती है। प्रथम कोटि की बुद्धि श्रेष्ठ मानी जाती है, द्वितीय कोटि की बुद्धि अच्छी होती है। तृतीय कोटि की एकदम बेकार। इसलिए निष्कर्ष यह निकला कि पेण्डोल्फ़ो में यदि प्रथम कोटि की बुद्धि नहीं थी, तो कम से कम दूसरे प्रकार की बुद्धि से वह सम्पन्न था। यदि किसी शासक में इतनी निर्णय बुद्धि

है कि वह दूसरों की कथनी-करनी की अच्छाई-बुराई का फैसला कर लेता है तो वह स्वयं सूक्ष्मबुद्धि न होते हुए भी अपने मन्त्रियों के कार्यकलाप की भलाई-बुराई की जांच कर लेगा और तदनुसार प्रशंसा अथवा आलोचना कर लेगा। इस प्रकार से मन्त्री कभी भी उसे ठगने या धोखा देने की बात नहीं सोच सकेंगे और भूल करते समय डरेंगे।

जहां किसी मन्त्री की योग्यता की जांच करने का सवाल है, मैं एक अचूक नुस्खा बताता हूं। आप किसी मन्त्री को आपके हितों की अपेक्षा अपने हितों की अधिक चिन्ता करते हुए देखें, और अपने हर कार्य कलाप में अपना लाभ ढूंढते हुए पायें तो समझ लें कि ऐसा व्यक्ति कभी भी अच्छा मन्त्री नहीं होगा और आप उस पर कभी भरोसा नहीं कर सकेंगे। ऐसा इसलिए कहा जाता है कि शासकीय कार्यभार सम्हालने के लिए तैनात व्यक्ति को कभी भी अपने हित की नहीं, बल्कि शासक के हित की बात सोचनी चाहिए। उसे शासक की समस्याओं का समाधान खोजने के अतिरिक्त अन्य किसी प्रकार की बात में पड़ना ही नहीं चाहिए।

शासक को भी चाहिए कि वह अपने मन्त्रियों की सद्‌भावना अपने प्रति बनाये रखने के लिए उनके प्रति उदारता का बरताव करे, उन्हें सम्मानित करे, उन्हें समृद्धि प्रदान करे और उन्हें अपने प्रति कृतज्ञ बना ले। उनके साथ उत्तरदायित्वों तथा सम्मान में साझीदार बने। इस प्रकार मन्त्री शासक के ऊपर अपनी निर्भरता को महसूस करेगा और अपने पास समृद्धि और सम्मान का अतिरेक पाकर और अधिक की कामना नहीं करेगा। इतने अधिकार और सम्मान पाकर वह परिवर्तन की संभावना से ही डरने लगेगा। इसलिए जब शासक और उसके मन्त्रियों के बीच इस प्रकार के सम्बन्ध होंगे तो उन्हें एक-दूसरे पर विश्वास भी होगा। सम्बन्ध इसके विपरीत होने पर दोनों के ही लिए परिणाम घातक होंगे।

23
चाटुकारों से कैसे बचें ?

एक ऐसा भी विषय है जिसे मैं छुए बिना नहीं छोड़ सकता। यह एक ऐसी ग़लती है जिसे करने से शासक लोग बड़ी मुश्किल से बच पाते हैं। यदि वे अत्यन्त तीक्ष्ण बुद्धि नहीं होते अथवा अपने मन्त्रियों का चुनाव सावधानी से नहीं करते तो वे अक्सर यह भूल कर जाते हैं। मैं चाटुकारों की चर्चा कर रहा हूं जो हर राजदरबार में मधु-मक्खियों की तरह भरे रहते हैं। लोग अपने-अपने काम में खोये-खोये ही इतने खुश रहते हैं और अपनेआप को ऐसे-ऐसे धोखे देते हैं कि उनके लिए इस चाटुकारिता की महामारी के जबड़ों से बचना बड़ा मुश्किल होता है और अगर वे इस बीमारी से बचने की चेष्टा करते हैं, तो लोगों के निरादर के शिकार हो जाते हैं।

ऐसा इसलिए होता है कि चाटुकारों से बचने का एकमात्र उपाय यही है कि आप प्रजा के मन में यह धारणा बैठा दें कि आप सच्चाई का बुरा नहीं मानते; लेकिन यदि हर व्यक्ति आपके सामने सत्य भाषण की सुविधा पा जाता है, तो आपका सम्मान घटता है। अतएव एक चतुर शासक को मध्यम मार्ग का अनुसरण करना चाहिए। उसे प्रशासन के लिए लुद्धिमान लोगों को चुनना चाहिए और केवल उन्हीं को यह छूट देनी चाहिए कि वे उसके सामने सच बोल सकें और वह भी उन्हीं मामलों में, जिनके बारे में वह उनकी राय मांगे अन्य किसी विषय में नहीं।

लेकिन उसे स्वयं भी उनसे जमकर जिरह करनी चाहिए और उनकी बात बड़े ध्यान से सुननी चाहिए। इसके बाद उसे स्वयं अपना मत स्थिर करना चाहिए। यही नहीं, अपनी परिषदों और अपने हर सलाहकार के प्रति शासक का रुख़ ऐसा होना चाहिए कि वे इस बात को महसूस कर सकें

कि वे जितने स्पष्टवादी होंगे, उतने ही स्वीकार्य होते चले जायेंगे। इनके अतिरिक्त शासक को किसी की बात पर कान नहीं धरना चाहिए। उसे एक बार तय कर ली गयी नीति को तुरन्त लागू करना चाहिए और उसका दृढ़ता से पालन करना चाहिए। जो शासक ऐसा नहीं करता उसे या तो चाटुकार लोग इधर-उधर धकेलते फिरेंगे अथवा वह स्वयं परस्पर विरोधी सलाह के चक्कर में पड़कर, वह बार-बार अपमी धारणाएं बदलता रहेगा। परिणामतः उसकी प्रतिष्ठा गिर जायेगी।

मैं इस तर्क के दृष्टान्त के रूप में आधुनिक इतिहास की एक घटना प्रस्तुत करता हूं। वर्तमान सम्राट् मैक्सिमिलियान के सेवक बिशप लूका अपने महामहिम सम्राट् के विषय में कहा करते थे कि वह न तो कभी किसी की सलाह लेते थे और न कभी अपना रास्ता ही खोज पाये। ऐसा इसलिए हुआ कि सम्राट् ने मेरी सलाह के विरुद्ध कार्यवाही की थी। सम्राट् दुराव-छिपाव करने वाला व्यक्ति है। वह किसी को भी अपनी योजनाओं के विषय में नहीं बताता और किसी की सलाह नहीं मानता। लेकिन जैसे ही वह अपनी योजनाओं को क्रियान्वित करता है और उनके बारे में सब लोग जान जाते हैं, तो उसके निकटस्थ लोग इन योजनाओं का विरोध करते हैं और तभी वह बड़ी आसानी से अपने लक्ष्य की ओर से मुंह मोड़ लेता है। परिणाम यह होता है कि वह एक दिन जो कुछ भी करता है, दूसरे दिन ही उसे मिटा देता है, जो कुछ वह चाहता है या जो योजनाएं वह बनाता है, वे कभी स्पष्ट नहीं होतीं और उसके चिन्तन अथवा धारणाओं पर किसी प्रकार का भरोसा नहीं किया जा सकता।

इसलिए शासक को सदैव किसी न किसी की सलाह लेनी चाहिए; लेकिन उसे यह सलाह तभी लेनी चाहिए, जब वह स्वयं चाहे। दूसरों की इच्छाओं का अनुसरण करते हुए नहीं। वस्तुतः उसे उन तमाम लोगों को हतोत्साहित करना चाहिए, जो बिना मांगे किसी मामले में सलाह देने लगते हैं, फिर भी उसे निरन्तर सवाल पूछते रहना चाहिए और जिस बारे में वह सवाल पूछे, उसके बारे में कही गयी सच बात को उसे धैर्यपूर्वक सुनना भी चाहिए।

यही नहीं, यदि उसे ऐसा लगे कि कोई व्यक्ति किसी कारण से उससे

सच्चाई छिपा रहा है तो उसे उस पर अपना क्रोध भी दिखाना चाहिए। कई लोगों की यह धारणा है कि जो भी शासक लोगों पर अपने तीक्ष्ण बुद्धि होने की धाक बैठाता है, वह इसलिए नहीं कि वह सचमुच बुद्धिमान है, बल्कि इसलिए ऐसा करता है कि उसकी सलाहकार परिषदें अच्छी हैं; लेकिन सच्चाई यह नहीं है।

मैं इस सम्बन्ध में एक अचूक नियम का प्रतिपादन करता हूं। जो शासक स्वयं बुद्धिमान नहीं होता, उसे अच्छी सलाह भी नहीं दी जा सकती जब तक वह स्वयं को किसी ऐसे सलाहकार के हाथों में नहीं सौंप देता, जो उसके सारे राजकाज की देखभाल भी करता हो और स्वयं बहुत बुद्धिमान व्यक्ति हो। ऐसी स्थिति में भी उसे अच्छी सलाह तो दी जा सकती है, लेकिन उसका शासन ज्यादा दिन नहीं चलेगा, क्योंकि उसकी ओर से शासन कार्य चलाने वाला व्यक्ति शीघ्र ही उसे राज्य से वंचित कर देगा।

लेकिन जो शासक स्वयं बुद्धिमान नहीं है, उसे एकाधिक व्यक्तियों की सलाह लेते समय अपनी परिषदों में कभी भी किसी मुद्दे पर मतैक्य नहीं मिलेगा और न ही वह उनके भिन्न-भिन्न मतों के बीच कभी कोई सामंजस्य स्थापित कर सकेगा। हर पार्षद अपने ही हितों को ध्यान में रखकर सलाह देगा और शासक जान ही नहीं पायेगा कि उनकी भूल को कैसे सुधारा जाये अथवा कैसे उनकी बात समझी जाये। लोगों को जब तक ईमानदारी से जीने और काम करने के लिए मजबूर नहीं किया जायेगा, तब तक वे हमेशा ऐसा ही करते रहेंगे और कोई सम्भावना ही नहीं रह जाती। अतः निष्कर्ष यही रहा कि जहां से भी मिले, अच्छी सलाह की अच्छाई उसे लेने वाले शासक की बुद्धिमत्ता पर निर्भर करती है। शासक की बुद्धिमत्ता अच्छी सलाह पर निर्भर नहीं करती।

24

इतालवी शासक अपना-अपना राज्य क्यों खो बैठे ?

यदि कोई नया शासक मेरे द्वारा उल्लिखित नियमों का सजगता से पालन करता है तो ऐसा लगेगा जैसे वह बहुत लम्बे समय से शासनारूढ़ रहा हो। वह शीघ्र ही अपने पांव इतनी मज़बूती से जमा लेगा, जितनी मज़बूती से वह लम्बे समय से शासन करता रहने पर भी न जमा पाता। किसी उत्तराधिकारी शासक की अपेक्षा नये शासक की कार्यवाहियों की ओर लोगों का ध्यान कहीं ज़्यादा रहता है और जब इन कार्यवाहियों में पराक्रम का पुट भी होता है, तो वे शाही रक्त की अपेक्षा कहीं अधिक कुशलता से लोगों का मन जीत लेती हैं और उनके मन में स्वामिभक्ति की लौ जगाती हैं।

इसका कारण यह है कि लोग अतीत की अपेक्षा वर्तमान की ओर अधिक आकृष्ट होते हैं और जब वे इस फ़ैसले पर पहुंच जाते हैं कि उनके सामने तत्काल जो कुछ हो रहा है वह अच्छा है, तो वे उसी से तुष्ट हो जाते हैं और अन्यत्र झांकना बन्द कर देते हैं। इस प्रकार से प्रभावित होने के बाद वे अपने शासक की रक्षा के लिए कुछ भी करने को तैयार हो जायेंगे। शर्त यही है कि स्वयं उसी में कोई वैसी कमी न हो। इस प्रकार नये शासक को दोहरी कीर्ति मिलेगी—एक तो नये राज्य की स्थापना का श्रेय, दूसरे उस राज्य को अच्छे कानूनों, समुचित सुरक्षा व्यवस्था, विश्वसनीय सहयोगियों और प्रेरणाप्रद नेतृत्व के गहनों से सजाने और उसे मजबूत बनाने का श्रेय। इसके विपरीत किसी जन्मजात शासक को, यदि वह अपने जन्मजात अधिकार को अपनी अयोग्यता से खो बैठता है, तो दुहरी शर्मिन्दगी उठानी पड़ती है।

आइये, हम नेपल्स के शाह, मीलान के ड्यूक और ऐसे ही कई अन्य शासक की चर्चा करें जो हमारे ही युग में अपने-अपने राज्य-शासन खो बैठे हैं। इनका अध्ययन करने पर हम पायेंगे कि उन सबमें उल्लिखित कारणों से सैनिक संगठन-सम्बन्धी एक कमज़ोरी मौजूद थी, फिर आप यह भी देखेंगे कि इनमें से कुछेक तो प्रजाजनों की शत्रुता मोल ले बैठे अथवा प्रजाजनों के पक्ष में होते हुए भी उन्हें अपने प्रति सामन्तों की स्वामिभक्ति को बनाये रखना नहीं आया। अगर इनमें से किसी एक कारण से उनकी जड़ों में मट्ठा नहीं भरा गया है तो युद्ध के मैदान में पूरी सेनाओं को धकेलने में समर्थ राज्य शासकों के हाथ से नहीं निकल सकते। मेसीडन के शाह फ़िलिप (सिकन्दर महान के पिता नहीं, बल्कि टाइटस क्विण्टियस द्वारा पराजित सेनापति) रोमनों तथा यूनानियों के मुकाबले में एक बहुत छोटी-सी रियासत के शासक थे और इन दोनों विराटाकार शासकों ने उन पर हमला कर दिया।

फिर भी, क्योंकि वह स्वभावतः सैनिक व्यक्ति था और प्रजाजनों को सन्तुष्ट रखने एवं सामन्तों की स्वामिभक्ति अपने प्रति बनाये रखने की कला जानता था, इसलिए कई वर्षों तक इन दोनों महती शक्तियों के विरुद्ध युद्ध का संचालन करता चला गया और अन्ततः कुछेक नगरों का शासन छिन जाने के बावजूद उसके अपने राज्य का शासक बना रहा।

इसलिए हमारे ये शासक, जिनकी सत्ता की स्थापना हुए कई-कई वर्ष बीत चुके थे, अपने-अपने राज्य के छिन जाने के लिए भाग्य को बदनाम नहीं कर सकते। इसका दोष उनके अपने प्रमाद और आलसीपन को दिया जा सकता है, क्योंकि शान्तिकाल में उन्होंने कभी यह सोचा नहीं कि समय की गाति बदल भी सकता है (यह मानव जाति की सामान्य भूल है कि वे लोग सागर के शान्त रहते हुए सागर में तूफ़ान के आने की सम्भावना की ओर से भी आंखें मूंद लेते हैं!), अतएव जब विपदा आयी, तो उन्होंने पहली बात जो सोची वह उसका मुकाबला करने की नहीं, जान बचाकर भागने की सोची। ये शासक यही सोचते रहे कि विजेता की ज़्यादतियों से तंग आकर वे स्वयमेव उन्हें वापिस बुला लेंगे। जब और कोई चारा ही न रहे तो यह नीति ठीक ही रहती है; लेकिन इसी आशा के

बल पर अन्य सावधानियों और सजगताओं की उपेक्षा कर देना ग़लत है। किसी दूसरे द्वारा सहायता का हाथ बढ़ाकर उठा लिये जाने की आशा से ही हमने लोगों को कभी (जान-बूझकर) गिरते हुए नहीं देखा है। हो सकता है यह सहायता न मिले और यह सहायता मिल जाने पर भी आप असुरक्षित रह जाते हैं, क्योंकि आपके द्वारा अपनाया गया तरीका कायरतापूर्ण था, आपके अपने कृतित्व और श्रम पर आधारित नहीं था। प्रतिरक्षा के अच्छे, सुदृढ़ और सुनिश्चित उपाय वही हो सकते हैं, जो आपके अपने कार्य, श्रम और पराक्रम पर आधारित हों।

25

भाग्य किस सीमा तक मानव-जीवन का नियन्त्रण करता है तथा उसका विरोध कैसे किया जाय ?

मैं बहुतेरे लोगों की इस धारणा से अनभिज्ञ नहीं हूं कि भाग्य और भगवान् घटनाओं का नियमन इस ढंग से करते हैं कि मानव की दूरदर्शिता उनकी दिशा को नहीं बदल सकती और मनुष्य का उन पर कोई बस नहीं चलता। इस धारणा के कारण ये लोग यही तर्क दिया करते हैं कि व्यर्थ में जान मारने से और पसीना बहाने से कोई लाभ नहीं होगा। व्यक्ति के लिए संयोग के आगे सिर झुका लेना ही ठीक है।

हमारे अपने युग में यह धारणा बहुत प्रचलित रही है, क्योंकि हमारे ही युग में ऐसी कई एक महत्त्वपूर्ण क्रान्तियां और हलचलें हो गयी हैं, जो मानव की कल्पना से भी परे की बातें थीं और जिनको हमने प्रतिदिन अनुभव किया है, आज भी करते हैं। कई बार इस बात को सोचकर मेरी अपनी भी यही धारणा बनकर रह गयी है। इसके बावजूद मानव के स्वतन्त्र चयन की सम्भावना को रद्द नहीं किया जा सकता। मैं मानता हूं कि यह बात शायद सच ही है कि हमारी आधी गतिविधियों का फ़ैसला भाग्य ही करता है; लेकिन शेष आधे कामों का फैसला तो हमारे ऊपर ही होता है।

मैं भाग्य की तुलना उन तूफ़ानी नदियों में से किसी एक से करता हूं, जो उफान आने पर मैदानों में बाढ़ ले आती हैं, पेड़ों और इमारतों को जड़ और नींव से उखाड़कर धरती पर ला पटकती हैं और एक जगह की मिट्टी को बहाकर दूसरी जगह जमा करने के लिए ले जाती हैं। हर व्यक्ति इन नदियों के आगे भागता है, हर व्यक्ति उनके जोश के सामने सिर झुका

देता है। इनका मुकाबला किये जाने की कोई सम्भावना ही नहीं है। इन नदियों की प्रकृति ऐसी होते हुए भी, यह नहीं समझा जाना चाहिए कि जब ये नदियां शान्त बह रही होती हैं, उस समय सावधानी नहीं बरती जा सकती–कि इन नदियों पर फाटक और बांध नहीं बनाये जा सकते, जिससे कि नदी में बाढ़ आने पर पानी को नहरों में डाला जा सके अथवा उनके प्रवाह की गति को कम विकराल और कम ख़तरनाक बनाया जा सके।

भाग्य का भी यही हाल है। उसकी प्रबलता भी वहीं देखने को मिलती है, जहां उसका नियमन करने के लिए फाटक और बांध नहीं बनाये जाते। यदि आप मेरे द्वारा वर्णित क्रान्तियों और हलचलों के रंगमंच इटली के बारे में सोचें तो आप देखेंगे कि इस देश में न कोई फाटक बनाया गया है और न ही कोई बांध बांधा गया है। यदि इटली को जर्मनी, फ्रांस और स्पेन की तरह (भाग्य के थपेड़ों के लिए) भली भांति तैयार किया गया होता तो या तो यह बाढ़ इतने बड़े परिवर्तन न कर पाती जो उसने किये हैं, अथवा यह बाढ़ आती ही नहीं।

मैं चाहता हूं कि भाग्य का प्रतिरोध करने के सम्बन्ध में मैंने जो कुछ कह दिया है, वही काफ़ी मान लिया जाए; लेकिन अब अपने वक्तव्य को विशिष्ट घटनाओं तक सीमित रखते हुए मैं कहना चाहूंगा कि कई शासक एक दिन समृद्धि के शिखर पर चढ़ जाते हैं और दूसरे दिन उनके भाग्य का सितारा डूब जाता है—और इन शासकों का व्यक्तित्व अथवा चरित्र किसी भी प्रकार से बदला हुआ नज़र नहीं आता। मेरा विचार है कि ऐसा एक तो उल्लिखित कारणों से होता है, जैसे पूर्णतया भाग्य पर निर्भर करने वाले शासक भाग्य का प्रवाह बदलने पर विपदा के शिकार हो जाते हैं। मेरा यह भी विश्वास है कि समयानुकूल नीतियों का अनुसरण करने वाला शासक समृद्धि पाता है और इसी तरह से समय के प्रवाह के विपरीत चलने वाला व्यक्ति समृद्ध नहीं हो पाता।

यह देखा जा सकता है कि लोग अपने-अपने लक्ष्यों की पूर्ति के लिए अर्थात् यश एवं समृद्धि पाने के लिए कई प्रकार के उपाय अपनाते हैं। एक व्यक्ति परिस्थितियों का सावधानी से अध्ययन करके कदम उठाता है, दूसरा व्यक्ति सीधे जोश में आगे बढ़ चलता है। एक व्यक्ति हिंसा का

आश्रय लेता है, दूसरा छल-कपट का। एक व्यक्ति काम करते समय धैर्य से काम लेता है, दूसरा इसके ठीक विपरीत व्यवहार करता है और फिर भी साधनों एवं उपकरणों की इस तमाम विविधता के बावजुद हर व्यक्ति अपने लक्ष्य को पा सकता है। यह भी देखा जा सकता है कि सजगता से कदम उठाने वाले दो व्यक्तियों में से भी एक व्यक्ति मंजिल पा जाता है, दूसरा नहीं पा सकता। इसी प्रकार से दो नितान्त भिन्न मार्गों को अपनाने वाले लोग भी अपनी लक्ष्य प्राप्ति में सफल हो जाते हैं, चाहे उनमें से एक सजग हो और दूसरा भावना-प्रवाह में बहकर काम करने वाला। यह सारा खेल इसी बात का है कि उनके द्वारा अपनाये गये साधन एवं उपाय किस सीमा तक समय के प्रवाह के अनुकूल पड़ते हैं और किस सीमा तक समय-प्रवाह के प्रतिकूल। यही कारण है कि जैसा मैं पहले कह चुका हूं, दो भिन्न-भिन्न तरीकों से काम करने वाले व्यक्ति एक ही लक्ष्य की प्राप्ति कर सकते हैं, जबकि एक ही तरीके से काम करने वाले दो व्यक्तियों में से एक को इच्छित फल मिल जाता है, दूसरे को नहीं मिलता।

इसी से यह भी स्पष्ट हो जाता है कि समृद्धि को क्षणिक अथवा चंचला क्यों कहा जाता है। यदि एक व्यक्ति धैर्य और सजगता से काम लेता है और यह तरीका यदि समय और परिस्थितियों के अनुकूल पड़ता है, तो वह समृद्धि प्राप्त कर लेता है ; लेकिन समय एवं परिस्थितियों के बदलते ही अपनी नीति को न बदलने के कारण वह व्यक्ति बरबाद हो जाता है। हमें कोई व्यक्ति ऐसा नज़र नहीं आता, जो इतना दूरदर्शी हो कि अपनी नीतियों को इस प्रकार के समय के प्रवाह के अनुकूल ढाल सके। इसका एक कारण तो यह हो सकता है कि दूसरे किसी तरीके से काम करना उसके स्वभाव के ही विपरीत पड़ता हो अथवा यह सम्भव है कि सदैव एक ही पक्ष के अनुसरण से लाभान्वित होने के कारण वह स्वयं को अपना मार्ग बदलने के लिए तैयार न कर पाता हो। इस प्रकार से सजग और सावधान रहने वाला व्यक्ति, परिस्थितियों द्वारा की गयी तीव्रगामी साधनों की मांग पूरी न कर सकने के कारण अपने दायित्व का निर्वाह नहीं कर पाता और विपदा में फंस जाता है। यदि वह समय और परिस्थितियों के अनुसार अपने तौर-तरीकों को बदल सके, तो उसके भाग्य का सितारा

कभी न डूबे।

पोप जूलियस द्वितीय हर मामले में जोश से काम लेता था और समय एवं परिस्थितियां उसके तौर-तरीकों के लिए कुछ ऐसी अनुकूल सिद्ध हुई कि उसे अपने हर काम में हमेशा सफलता मिली। गियोवानी बेन्तीवोग्ली के जीवनकाल में ही बोलोना पर किये गये उसके हमले को ही ले लीजिए। वेनिस वालों को अब भी उस पर विश्वास नहीं था। स्पेन के शहंशाह का भी यही रवैया था और जूलियस अभी तक इस मामले को लेकर फ्रांस वालों के साथ बहस ही कर रहा था। इस सबके बावजूद अपने व्यक्तित्व की विशिष्ट प्रबलता और दुर्दमनीयता के साथ उसने स्वयं अपने ही नेतृत्व में बोलोना पर यह पहला हमला कर दिया। इस चाल से स्पेन और वेनिस वाले बेचैन हो उठे और स्तंभित रह गये। वेनिस वाले भयभीत थे और स्पेन के शहंशाह की आकांक्षा नेपल्स के पूरे साम्राज्य को एक बार फिर से जीतने की थी। दूसरी ओर पोप जूलियस ने फ्रांस को इस हमले में अपने पीछे लगा लिया। ऐसा इसलिए हुआ कि जूलियस को हमला करते देखकर और वेनिस वालों को कुचलने में पोप जूलियस की मदद के इच्छुक, फ्रांस के शहंशाह इस निर्णय पर पहुंचे कि उसे सैनिक सहायता देने से इनकार करने का अर्थ उसे हानि पहुंचाना ही होगा। इसलिए उस समय की जोश-भरी कार्यवाही के द्वारा पोप ने वह काम कर लिया, जो कोई भी दूसरा पोप, तमाम मानवीय दूरदृष्टि के बावजूद, नहीं कर सकता था। अगर पोप रोम से कूच करने से पहले अपनी सभी समझौता-वार्ताओं, सौदेबाजियों और आयोजनों के पूरे हो जाने की प्रतीक्षा करता, जैसी कि किसी भी अन्य पोप से आशा की जाती थी, तो वह कभी सफल नहीं हो पाता। फ्रांस के शहंशाह ने कम से कम एक सौ एक बहाने पेश किये होते और अन्यों ने उसे एक सौ एक हौए दिखाकर उसे भयाक्रांत किया होता।

मैं उसके अन्य कृत्यों की चर्चा नहीं करूंगा, क्योंकि उन सबमें उसकी व्यवहार प्रणाली यही रही और वह हर अभियान में सफल रहा। उसका शासन काल इतना छोटा था कि उसे सफलता के अतिरिक्त अन्य प्रकार का अनुभव ही नहीं हुआ। यदि उसके सामने कोई ऐसा अवसर आया होता, जहां उसे सजगता से काम करने की आवश्यकता पड़ती, तो

वह शायद मुसीबत में पड़ गया होता। उसके स्वभाव में सजगता नहीं थी और वह अपने स्वभाव के विपरीत व्यवहार कभी न कर पाता।

इसलिए निष्कर्ष रूप में मैं यही कह सकता हूं कि मानव अपने व्यवहार क्रम में जड़ होता है और भाग्य का प्रवाह सदैव परिवर्तनीय । अतएव मानव तभी तक सफलता और समृद्धि पाता है, जब तक उसकी नीतियां समय के अनुकूल होती हैं। जब कभी इन दोनों में संघर्ष होगा, तभी उसे विफलता का सामना करना पड़ेगा। मेरी यह दृढ़ धारणा है कि सजग होने की अपेक्षा तीव्रगामी होना बेहतर है, क्योंकि भाग्य एक नारी की तरह होता है। उसे अपने सामने झुकाने के लिए उसे दण्डित करना और प्रताड़ना देना आवश्यक होता है। अनुभव से यही सिद्ध होता है कि भाग्य रूपी स्त्री ठण्डे दिमाग से काम लेने वाले बुद्धि सम्पन्नों की अपेक्षा दुर्दमनीय प्रबल प्रवृत्ति वाले पुरुषों के समक्ष अधिक समर्पित होती है। एक नारी होने के नाते वह युवकों को ही पसन्द करती है, क्योंकि वे सजग कम होते हैं और जोशीले अधिक और क्योंकि वे उसपर बलात् शासन करते हैं।

26

इटली को बर्बरशासकों के चंगुल से मुक्त कराने का आह्वान

उल्लिखित सभी बातों की चर्चा करने के बाद मैंने स्वयं से पूछा कि क्या इटली में आज का युग किसी नये शासक को मान्यता देने के लिए अनुकूल है ? और क्या आज की परिस्थितियों में कोई दूरदर्शी एवं योग्य पुरुष यहां पर नयी व्यवस्था चला सकता है, जिससे कि उसे सम्मान प्राप्त हो और प्रत्येक इतालवी व्यक्ति को खुशहाली मिल सके ? एक नये शासक के पक्ष में इतने तत्त्व और सुयोग मिल रहे हैं कि मेरी दृष्टि से उसकी स्थापना के लिए वर्तमान से अधिक अनुकूल किसी अन्य समय की कल्पना ही नहीं की जा सकती और फिर जैसा कि मैं पहले कह चुका हूं, अगर इज़राइलियों को मिस्र में इसलिए गुलामी सहनी पड़ी कि उनके नेता मूल का उद्भव हो सके, अगर साइरस की महानता को मान्यता दिलाने के लिए फ़ारस के लोगों को मेडीज़ के अत्याचार सहन करने पड़े, अगर थीसियस की श्रेष्ठता सिद्ध करने के लिए एथेन्स की प्रजा को बिखर जाना पड़ा, तो इटली की आत्मा का मूल्यांकन करने के लिए हमारे युग में इस देश का अपनी वर्तमान चरम अव्यवस्था की स्थिति में पहुंच जाना ज़रूरी था। उसका यहूदियों की अपेक्षा अधिक गुलाम होना, फ़ारस के लोगों की अपेक्षा अधिक दमन सहना और एथेन्स के लोगों की अपेक्षा अधिक बिखरना, नेतृत्वहीन, अनुशासनहीन, दमित, लुटे-पिटे, बरबाद और प्रताड़ित होना बहुत ज़रूरी था। उसे हर प्रकार की असहायता का शिकार होना ही था।

यद्यपि आज से कुछ समय पहले एक ऐसा व्यक्ति था[1] जिसके व्यक्तित्व में कुछ ज्योति नज़र आती थी और लगता था कि ईश्वर ने देश के पुनरुद्धार के लिए ही उसका सृजन किया था, फिर भी बाद में देखा गया कि अपने कार्यकारी जीवन के चरमोत्कर्ष पर पहुंचकर वह भाग्य द्वारा ठुकरा दिया गया। अतएव आज जीवन-प्राण-हीन हुआ यह देश उस युग पुरुष की प्रतीक्षा कर रहा है, जो उसके घाव भर सके, लोम्बार्डी के पतन और वहां हो रही लूट-पाट को समाप्त कर सके, राज्य में और टस्कैनी में शोषण का अन्त कर सके और लम्बे समय से रिसते चले आ रहे छालों को साफ़ कर सके।

सहज ही देखा जा सकता है कि इटली आज ईश्वर से किसी ऐसे व्यक्ति को भेजने का आग्रह कर रहा है, जो उसे इन बर्बरताओं और अपमान से बचा सके, जो उसे भोगने पड़ रहे हैं। आज देश किसी एक झण्डे तले एक हो जाने के लिए इच्छुक और उत्सुक है। कोई उस झण्डे को खड़ा करने वाला तो हो !

आज यह सोचा भी नहीं जा सकता कि यह देश आपके सम्मानित सदन से अधिक अपनी आस्था का आधार किसे बनाये। इस सदन में न सौभाग्य की कमी है, न पराक्रम की, इस पर चर्च की भी अनुकम्पा है और ईश्वर की भी (चर्च का तो यह सदन आज मुखिया है !) । यही आज इस देश को मुक्ति दिला सकता है। यदि आप मेरे द्वारा परिगणित व्यक्तियों के जीवन एवं कार्यों का ध्यान करेंगे तो पायेंगे कि यह काम कुछ बहुत कठिन नहीं है। ये व्यक्ति अपवाद रूप हो सकते हैं, असाधारण हो सकते हैं ; इसके बावजूद वे भी मानव ही तो थे और उनमें से प्रत्येक के पास जो अवसर था, वह आज उपलब्ध अवसर की अपेक्षा बहुत कुछ हीन था । उनके अभियानों का न तो आज से अधिक कुछ औचित्य था और न ही वे आज की अपेक्षा कुछ आसान थे।

आज हमारे लक्ष्य के पीछे न्याय का महान् बल है। "आवश्यक युद्ध उचित युद्ध होता है और जहां आशा का एकमात्र स्रोत शस्त्रधारण करने

1. स्पष्ट संकेत सीज़र बोर्गिया की ओर।

में रह गया हो, वहां शस्त्र भी पावन होते हैं।' (लिवी) आज राष्ट्र सबसे ज्यादा उद्यत है और उद्यत राष्ट्र में परिवर्तन कठिन नहीं होता। शर्त यही है कि आपका सदन आज उन राष्ट्र नायकों की प्रशंसा एवं अनुकरण करे, जिनकी गणना मैंने करवायी है।

इसके साथ ही ईश्वर द्वारा प्रस्तुत अभूतपूर्व चमत्कार देखे जा सकते हैं। समुद्र विभाजित है, एक बादल आपका मार्गदर्शन कर चुका है, चट्टान फोड़कर जल का स्रोत बह निकला है और मन्ना'[1] की बरसात हो चुकी है, आपकी महानता को मान्यता देने के लिए सभी सुयोग इकट्ठे हो चुके हैं। शेष काम आपका है। ईश्वर सभी कुछ स्वयं नहीं करना चाहता, न ही वह हमसे हमारी स्वतंत्र इच्छा-शक्ति छीन लेना चाहता है। यश और कीर्ति का हमारा भाग, हमारा देय भी हमसे छीनना नहीं चाहता।

इस बात पर आश्चर्य नहीं किया जाना चाहिए कि जिस महत्कार्य के किये जाने की आशा आपके स्वनामधन्य सदन से की जा रही है, उसे मेरे द्वारा गिनाये गये राष्ट्रनायकों में से कोई भी नहीं कर सका अथवा यह कि अभी तक इटली में किये गये तमाम विद्रोहों एवं सैनिक अभियानों के दौरान यही लगा कि राष्ट्र का सारा पराक्रम चुक गया है । यह भी हमारे आश्चर्य का विषय नहीं होना चाहिए। यह सब इसलिए हुआ कि पुरानी सैनिक व्यवस्था ख़राब थी और नयी व्यवस्था स्थापित करने वाला कोई राष्ट्र नायक अभी तक पैदा नहीं हुआ।

और नवस्थापित कानून और परम्पराओं से बढ़कर किसी व्यक्ति की कीर्ति का कोई अन्य साधन नहीं हो सकता। उपयुक्त आधार और महानता की निशानी जब इन परम्पराओं पर होती है, तो वे उस व्यक्ति को पूजा एवं प्रशंसा का विषय बना देती है। आज राष्ट्रीय पुनर्गगठन के लिए अवसरों की कमी नहीं है । आज यदि नेताओं में पराक्रम की कमी न हो, तो अनुयाइयों में उसकी कमी नहीं है। आजकल हो रहे द्वन्द्वों एवं आपसी झगड़ों में ही देख लीजिए, इतालवी लोग शक्ति, कौशल और आविष्कारी

1. 'मन्ना'—दिव्य भोजन। ईसाई एवं यहूदी धर्मशास्त्र की एक किम्वदन्ती के अनुसार अपने भक्तों की भूख-प्यास मिटाने के लिए ईश्वर ने यह भोजन बांटा था।

वृत्ति में अन्यों से कहीं बढ़-चढ़े है; लेकिन जहां सैनिक संगठन का सवाल उठता है, वे तुलनात्मक दृष्टि से पीछे रह जाते हैं।

कारण ? जो योग्य हैं, उनकी आज्ञा का पालन कोई नहीं करता। हर व्यक्ति स्वयं को नेता बनने योग्य समझता है। इसी कारण से अभी तक किसी ने ऐसा पराक्रम और कौशल नहीं दिखाया है कि वह दूसरों पर नियन्त्रण स्थापित कर सके। इस सबके परिणामस्वरूप पिछले बीस साल के लम्बे समय में लड़ी गयी तमाम लड़ाइयों के बीच जहां कहीं पूर्णरूपेण इतालवी फ़ौजें लड़ी हैं, वहीं वे पराजित हुई हैं। इसके प्रमाणस्वरूप तारों, अलेक्सान्द्रिया, कापुआ, जेनोआ, वैला, बोलोना और मेस्त्रे के युद्धों का सर्वेक्षण किया जा सकता है।[1]

इसलिए यदि आपका सम्मानित सदन उन राष्ट्र नायकों के पदचिह्नों पर चलना चाहता है, जिन्होंने अपने-अपने देशों की रक्षा की तो सबसे पहले उसके लिए एक नागरिक सेवा का संगठन- आयोजन ज़रूरी है। इसका कारण यही है कि नागरिक सेवा से बढ़कर वफ़ादार, उससे अधिक ईमानदार और बेहतर कोई सेना हो ही नहीं सकती। ये सैनिक अकेले-

1. तारों में फ़र्नोवो का युद्ध 1495 में अवकाश ग्रहण करने वाली फ्रांसीसी सेना तथा एक इतालवी लीग के बीच हुआ। अलेक्सान्द्रिया को फ्रांसीसियों ने, लुई बारहवें के द्वारा इटली पर किये प्रथम आक्रमण के दौरान 1469 में, लूटा था। नेपल्स पर फ्रांस और स्पेन के संयुक्त आक्रमण के बाद 1501 में कापुआ को फ्रांसीसी सैनिकों ने लूटा और बरबाद किया था । जेनोआ पर फ्रांसीसियो ने 1509 में अधिकार स्थापित कर लिया था (इससे एक ही वर्ष पूर्व फ्रांस-समर्थक कुलीन दल की सत्ता उलट दी गयी थी)। 1509 में ही लीग ऑव् कैम्ब्रे के कार्य-व्यापार के ही क्रम में फ्रांसीसियों के साथ हुए युद्ध में, वैला अथवा आग्नांदेलो के मैदान में वेनिस वाले बुरी तरह पछाड़े गये । बोलोना पर 1511 में, जूलियस द्वितीय के साथ हुए युद्ध में फ्रांसीसियों ने अधिकार कर लिया था । 1513 में विसेन्जा के युद्ध से कुछ ही पहले, जहां वेनिस वाले पराजित हुए थे, वेनिस के निकट अवस्थित नगर मेस्त्रे को सम्राट, स्पेन, मीलान और पोप की सम्मिलित सेनाओं ने लूटा और जला दिया था ।

रवन्ना का युद्ध 1512 में लड़ा गया । (अधिक विवरण के लिए नामावली में देखिए—लुई बारहवां)

अकेले भी ले लिये जायें, तो अच्छे होते हैं, फिर एक संगठित सैन्य के रूप में कार्य करते समय, जब वे स्वयं को अपने शासक के झण्डे तले, उसके द्वारा सम्मानित और पोषित पायेंगे, तो और भी बेहतर एवं उपयोगी सिद्ध होंगे । इसलिए आक्रमणकारी का मुकाबला करने के लिए अपनी प्रतिरक्षा व्यवस्था को इतालवी राष्ट्रीय शक्ति पर आधारित बनाने के लिए इस प्रकार की नागरिक सेना का गठन अनिवार्य है। स्विस और स्पेनिश तोपखानों को अपराजेय समझा जा सकता है, फिर भी उन दोनों सेनाओं में एक ऐसा दोष है, जिसके कारण कोई भी तीसरी सेना न सिर्फ उन्हें युद्ध के मैदान में घेर लेगी, बल्कि निश्चय ही उन्हें पराजित कर देगी।

स्पेनिश तोपख़ाना घुड़सवार सेना का भार नहीं सह सकता और स्विस सैनिक युद्ध के मैदान में अपनी बराबरी के तोपख़ाने के भी सामने जाते हुए डरते हैं। इस प्रकार से देखा गया है और अनुभव से भी यही सिद्ध होता है कि स्पेनिश सैनिक फ्रांसीसी घुड़सवारों से पिट जाते हैं और स्विस सैनिक स्पेनिश तोपख़ाने के आगे घुटने टेक देते हैं। इस बादवाली बात का अभी तक कोई निर्णायक दिग्दर्शन नहीं हुआ है। मगर इसकी सत्यता का कुछ संकेत रवन्ना के उस युद्ध में मिल गया था, जहां स्पेनिश तोपची जर्मन बटालियनों से भिड़े थे। जर्मनों की युद्धकला स्विस युद्धकला से मिलती-जुलती है। भिड़न्त होने पर स्पेनी सैनिकों ने अपनी ढालों का अच्छा उपयोग किया और बड़ी फुर्ती से जर्मनों के बर्थी-भालों के बीच और नीचे धंस गये। यहां उन्होंने असहाय-से हो चुके जर्मनों पर बड़ी निर्ममता से प्रहार किया। यदि उनपर घुड़सवार सेना आक्रमण न करती तो स्पेनी सैनिक जर्मनों का सफ़ाया कर देते।

अतएव इन स्विस एवं स्पेनी सैनिकों की कमियों को समझ लेने के बाद आप एक नये किस्म की सेना का गठन कर सकते हैं, जो घुड़सवार सेना का वार सह सके और दूसरे पक्ष के तोपख़ाने के आगे से भाग न खड़ी हो। यह तभी हो सकता है, जब नयी सेना का गठन हो और उनके गठन के लिए नयी व्यवस्था अपनाई जाये । इसी प्रकार की बातें नये सिरे से की जाये, तो शासक की महत्ता और प्रतिष्ठा बढ़ती है।

इसलिए, यदि हम लोग यह चाहते हैं कि इतने लम्बे समय के बाद

इटली अपने रक्षक को देख और पहचान सके। तो यह मौका चूकने नहीं देना चाहिए और मैं नहीं जानता कि विदेशी बाढ़ से प्रताड़ित सभी प्रान्तों की प्रजा इस देश रक्षक से कितना प्यार करेगी, कि लोगों के मन में प्रतिशोध की कितनी प्यास होगी, कि उनकी वफ़ादारी का संकल्प कितना दढ़ होगा और यह कि उनकी आंखों में कितने आंसू और मन में कितना समर्पण होगा। मैं नहीं जानता कि उसके लिए कौन-से द्वार बन्द होंगे, कौन-से लोग उसकी आज्ञा का पालन करने से इनकार करेंगे ? किस प्रकार की ईर्ष्या उसके मार्ग में बाधक होगी ? कौन-सा इतालवी नागरिक उसके प्रति वफ़ादारी की शपथ नहीं लेगा? यह बर्बर आतंक सभी की नाक में सड़ांध पैदा कर रहा है।

इसलिए अपने इस सम्मानित सदन को यह काम अपने उसी साहस और आशा के साथ अपने हाथों में लेने दीजिये जो हर न्यायसंगत अभियान को हाथ में लेते समय मन में घर कर जाती है, जिससे कि आपही के झण्डे तले हमारे देश का नाम ऊंचाहो और आपके ही तत्त्वावधान में पेट्रार्क की यह उक्ति सत्य हो :

क्रोध के विरुद्ध ईमान लड़ाई में कदम बढ़ायेगा,
और विरोधी को जल्दी मैदान से भगायेगा :
क्योंकि पुराना रोमन शौर्य अभी मरा नहीं है
इतालवी हृदय से वह बुझा नहीं है।[1]

□□

1. यह पद्यानुवाद मैकियावेली की कृति 'प्रिन्स' के एडवर्ड डाक्रे कृत और 1640 मैं प्रकाशित अंग्रेजी अनुवाद पर आधारित है।

शासक

प्रमख नाम और संदर्भ

अगाथोक्लीज़ : ईस्वीपूर्व 317 में सिराक्यूज़ का शासक घोषित किया गया, और इसने धीरे-धीरे, कार्थेज द्वारा शासित प्रदेश को छोड़कर, पूरे सिसिली पर अपनी सत्ता का विस्तार कर लिया। ईस्वीपूर्व 310 हैमिल्कार के नेतृत्व में लड़ने वाली एक कार्थेनियन सेना ने इसे पराजित किया और फिर सिराक्यूज़ को ही घेर लिया। इसने सफलतापूर्वक अफ्रीका तक विजय-यात्रा की, मगर जब सिराक्यूज़ के कई नगरों में स्वयं उसीके खिलाफ़ विद्रोह हुए, तो वह घर लौटने के लिए तथा कार्थेज़ के साथ शान्ति-सन्धि करने के लिए विवश हो गया। ईस्वीपूर्व 289 में मृत्यु। मैकियावेली ने इसके कार्यकारी जीवन का इतिहास रोमन इतिहासकार जस्टिन की कृतियों से लिया है।

अलेग्ज़ान्देर : एम० ऑरेलियस अलेग्ज़ान्देर सेवेरस। ईस्वीसन् 222 से 235 तक रोमन सम्राट्। सम्राट् हैलियोगेबालस का चचेरा भाई था, मगर ईस्वीसन् 221 में सम्राट ने इसे गोद ले लिया। विद्रोही सैनिकों ने, शायद मैक्सिमाइनस के भड़काने से, इसकी हत्या कर दी थी।

अलेग्ज़ान्देर चतुर्थ : कार्डिनल रोडरिगो बोर्गिया। 1492 ईस्वी में पोप पद के लिए चुना गया। 1503 में मृत्यु। अपने भ्रष्ट व्यक्तिगत जीवन और अपनी अवैध सन्तान के प्रति असाधारण समर्पण के भाव के लिए बदनाम, लेकिन वह एक कुशल प्रशासक था। फ्रांसीसियों द्वारा इटली पर हमले के दौरान चुनौती

पाने वाला वह पहला पोप था और उसे फ्रांसीसी-स्पेनिश संयुक्त सैन्य से भी लड़ना पड़ा।

इपामिनोण्डास : ईसापूर्व चौथी शताब्दी का थीबी का सेनापति और राजनीतिज्ञ जिसे यूनान के लिए थीबी को जीतने का श्रेय प्राप्त है।

एकिलीज़ : वीर काव्य 'ईलियड' का नायक। फीनिक्ष तथा सेण्टावर चिरॉन का शिष्य।

एकुतो, गियोवानी : जॉन हॉकवुड के नाम का इतालवी संस्करण। एसेक्स, इंग्लैण्ड का यह निवासी फ्रांस में नौकरी करता था। एडवर्ड तृतीय ने इसे सम्मानित भी किया था। 1360 ईस्वी में वह एक छोटी-सी निजी सेना लेकर इटली गया और वहां उसने अपने व्यवहार के लिए स्थायी ख्याति प्राप्त कर ली। ऐसी धारणा है कि इतालवी भाषा का मुहावरा—'इतालवीकृत अंग्रेज़ शैतान का अवतार होता है।'—इसी प्रकार के झगड़े पर मारकाट करने वाले अंग्रेज़ सैनिकों द्वारा की गयी ज़्यादतियों के फलस्वरूप प्रचलित हुआ होगा।

एण्टियोकस : सीरिया का सम्राट, एण्टियोकस महान, ईस्यीपूर्व 227 से 187 तक। रोमनों के साथ लड़ाई में निरन्तर उलझा रहा।

एस्कानियो : देखिये, स्फ़ोर्ज़ा, कार्डिनल

ओलिवरोत्तो, फ़र्मों का : ओलिवरोत्तो यूफ्रेदुच्ची। मैकियावेली द्वारा वर्णित फ़र्मों की घटनाएं 1501 में घटी थीं। 1502 में सिनिगाग्लिया के स्थान पर गला घोट कर उसकी हत्या कर दी गयी थी।

ओर्को, रोमिरो द : रामिरो द लोक। सीजर बोगिया का मेजोर्दोमो। सीज़र के साथ 1498 में फ्रांस गया। 1501 में रोमाना का गवर्नर नियुक्त हुआ। 1502 में मृत पाया गया।

ओर्सिनी : तेरहवीं शताब्दी के उत्तरार्ध में शक्तिसम्पन्न हो

जाने वाले एक रोमन परिवार का नाम। सीज़र बोर्गिया ने अपने प्रारम्भिक विजयाभियान में इनका प्रयोग भाड़े के सैनिकों के रूप में किया। सीज़र के विरुद्ध हुए षड़यन्त्र में इनकी भी भूमिका थी। मगर सिनिगाग्लिया में सीज़र इन्हें धोखा दे गया।

कैन्नैश्शी : वेनिस और फ्लारेंस के मुकाबले में मीलान के शासक का समर्थन करने वाला बोलोना का एक अधिकारसम्पन्न परिवार था। 1455 में इस परिवार के मुखिया ने अपने प्रतिद्वन्द्वी बेन्तिवोग्ली का मुकाबला करके सत्ता हथियाने का प्रयास किया । एन्नबेल बेन्तीवोग्ली मारा गया, लेकिन प्रजा ने प्रतिरोध किया और कैन्नैश्शी लोगों को नगर से खदेड़ दिया।

कैराकाला : एम० आरेलियस एन्तोनिनस। ईसापूर्व 211 से 217 तक रोम का सम्राट था। सम्राट् सेवेरस का पुत्र। पिता की मृत्यु पर वह एवं उसका भाई गद्दी पर बैठे। ईस्वीपूर्व 212 में उसने अपने भाई गेता की हत्या कर दी और शासन की बागडोर संभाल ली। सत्ता सूत्र का इस्तेमाल उसने बड़ी निर्ममता और क्रूरता से किया। राजस्व में वृद्धि के विचार से उसने साम्राज्य-भर के तमाम स्वतंत्र नागरिकों को रोम की नागरिकता का अधिकार प्रदान कर दिया। मैक्रिनस द्वारा भड़काये जाने पर कुछ लोगों ने उसका वध कर दिया।

कार्माग्नोला : कार्माग्नोला के काउण्ट, फ्रांसेस्को बुसोन। कार्माग्नोला में ही 1390 में पैदा हुए। वेनिस के शासक ने 1425 में उन्हें भाड़े के सेनानायक के रूप में भरती कर लिया। वेनिस और म्लारेंस की संयुक्त सेना के कमाण्डर भी रहे। बाद में उन पर देशद्रोह का सन्देह हो गया और 1432 ई० में वेनिस में उनकी हत्या कर दी गयी।

कार्डिनल कोलोना : सालेर्नो के शासक एन्तोनियो कोलोना का पुत्र गियोवानी।